对话与狂欢
纳博科夫创作的符号学解读

谢明琪 著

东南大学出版社
SOUTHEAST UNIVERSITY PRESS
·南京·

内容提要

本书运用巴赫金的文化符号学理论,尤其是其对话性和狂欢化的核心思维剖析纳博科夫的三部代表作品,力求揭示纳博科夫着力构建的文学表现手段及作家和读者的"审美震撼",并在此基础上揭示纳博科夫与巴赫金在艺术主张、审美策略等方面的共通点,以为我国的文学批评方法探索一条文学经典的文化符号学阐释路径。

图书在版编目(CIP)数据

对话与狂欢:纳博科夫创作的符号学解读 / 谢明琪著. —— 南京:东南大学出版社,2019.12(2020.1重印)
ISBN 978-7-5641-8671-5

Ⅰ.①对… Ⅱ.①谢… Ⅲ.①纳博科夫(Nabokov, Vladimir 1899—1977)—文学研究 Ⅳ.①I712.065

中国版本图书馆 CIP 数据核字(2019)第 285797 号

对话与狂欢:纳博科夫创作的符号学解读
Duihua Yu Kuanghuan: Nabokefu Chuangzuo De Fuhaoxue Jiedu

著　　者	谢明琪	责任编辑	刘　坚
电　　话	(025)83793329　QQ:635353748	电子邮件	liu-jian@seu.edu.cn
出版发行	东南大学出版社	出 版 人	江建中
地　　址	南京市四牌楼2号(210096)	邮　编	210096
销售电话	(025)83794561/83794174/83794121/83795801/83792174/83795802/57711295(传真)		
网　　址	http://www.seupress.com	电子邮件	press@seupress.com
经　　销	全国各地新华书店	印　刷	虎彩印艺股份有限公司
开　　本	787mm×1092mm　1/16	印　张	9.25　　字　数　230千字
版　　次	2019年12月第1版	印　次	2020年1月第2次印刷
书　　号	ISBN 978-7-5641-8671-5		
定　　价	40.00元		

* 未经许可,本书内文字不得以任何方式转载、演绎,违者必究。
* 本社图书若有印装质量问题,请直接与营销部联系。电话:025-83791830。

序

2019年初秋的一天,谢明琪博士发来了她即将在东南大学出版社出版的书稿《对话与狂欢:纳博科夫创作的符号学解读》。虽然这本书稿对我来说并不陌生,是谢明琪在其博士学位论文的基础上修改而成的,但是我依然为该书独到的学术观点、独特的研究视角和阐释方法感到兴奋。其实,对俄裔美籍作家纳博科夫的研究早已成为我国诸多学者研究外国文学的热点之一,不仅不少从事外国文学研究的博士生将其作为自己学位论文的研究对象,国家社会科学基金也曾就相关研究不止一次资助立项。然而,谢明琪博士的书稿带给我别样的感受,也令我看到青年一代研究者的开拓精神。

在认真地读完全篇书稿后,我认为特别值得肯定的是本书在研究方法上的探索,即用符号学的方法来研究纳博科夫的创作艺术。作者以符号学的方法助力文学创作研究,改变了以往对文学文本或创作进行主题思想归纳和艺术特色提炼的研究方式,从而把文学批评和研究的任务视为是不断发掘文本的可阐释空间,这在很大程度上驱散了对于文学文本阐释的"遮蔽",拓展了作为文化符号系统的文学文本的解读。

实际上,国际符号学界关于符号学的定义一直争论不休,不少西方学者把符号学看成是一门研究符号的学问,凡是研究符号的都属于符号学。这样一来,符号学就成了没有边界的学问,因为几乎没有学科不涉及符号,如数学、化学等。如果这一切都属于符号学,显然是不合适的。我认为,符号学的边界在于其自身的独特研究方法,至少在文学艺术领域是这样的,即符号学是把世界看成多元的,能指是可以对应于无数的所指的,而不是一一对应的。符号学研究要在所分析的符号本身中发掘意义的多元,这才是符号学研究的意义和价值。谢明琪博士对纳博科夫的研究,正是实践着这样的理论思维和批评方法。

在具体方法的运用上,谢明琪博士认为,巴赫金以对话性和狂欢化思维为核心的文化符号学理论,以开放的、对话的、具备广博历史文化视野的批评角度和研究策略,对整个符号学、当代文学评论以及现代人文科学的发展影响深远,为文学经典的阐释,尤其是为对像纳博科夫这样的跨文化双语作家的创作的研究,提供了一定的理论基础和方法论支持。也正是鉴于此,她选择了巴赫金的文化符号学理论及其研究方法为指导,以期揭示纳博科夫文学创作中广泛而深刻的主体间性、对话性和狂欢化特征。

谢明琪博士以纳博科夫的《防守》《劳拉的原型》《斩首之邀》《文学讲稿》等文本为研究对象,努力揭示了纳博科夫的小说文本不仅包含了主人公自身的两种声音相互争辩的双声语,而且主人公、作者与读者之间也存在着主体间的对话关系。她认为,追求"审美狂喜"的纳博科夫在文本中利用各种狂欢化的文学表现手段，展现出两重性的狂欢化思维与世界感受，构建起一种开放的、对话的、多维的审美空间：作家创作文本时体会到强烈的审美愉悦，读者在接受文本时也感受到巨大的审美震撼，这种多边的审美感受和交流共同构成了一种感官层面和理性层面的"美学幸福"。

　　本书还进一步对纳博科夫和巴赫金的道德期盼、审美立场和艺术诉求进行参照和对比，揭示他们在艺术主张、审美策略方面的共通点，挖掘他们在形而上追求层面的相似之处。谢明琪博士认为，把巴赫金的理论建构与纳博科夫的文艺实践相结合，既可以加深对巴赫金文化符号学理论的全面理解，又能够拓展对纳博科夫创作文本及文艺观念的多元阐释，从而为我国的文学批评方法探索一条值得借鉴的文学经典的文化符号学阐释途径。

　　文学的研究是与时代的发展和社会的需求紧密相连的，文学经典的解读与当今社会接受的主体性是密切相关的。当今的社会呼唤"平等""民主"和"自由"，提倡"个性"与"集体"之间的价值互动。本书从研究方法的运用到研究对象的揭示，事实上都在实践着这种核心价值观。

　　谢明琪博士的专著显示出的创新性是显而易见的，其实她一直就是一个以批判性思维见长的年轻人。从本科至硕士研究生，再到博士研究生阶段，她不仅具有扎实的俄语、英语基本功，而且在学习中一直显露出一种批判精神，这一点也是她最让我欣赏的地方。她敢于打破习惯性思维范式，善于发现问题，更能够勇于挑战权威。正因为如此，她早在研究生一年级就获得了中国南方地区高校俄语大赛研究生组第一名。毕业留校后，谢明琪博士不仅继续攻读博士研究生，还承担着繁重的教学工作，担任南师大外国语学院俄语系副主任。我从她的身上看到了南师大俄语专业的希望，更看到了我国高校俄语专业发展的未来。

　　谢明琪博士的研究值得我们期盼，我们有理由相信，她一定能够取得更丰硕的研究成果，为我国的俄罗斯文学研究增添更多新的硕果！

国际符号学学会副会长　张　杰
2019年9月26日
于南京东郊巴厘原墅

前　言

俄裔美国作家弗拉基米尔·弗拉基米洛维奇·纳博科夫（Владимир Владимирович Набоков，1899—1977）是20世纪最具影响力的双语作家之一。纳博科夫的创作与其他任何文学经典一样，从符号学视域来看，无论从哪一种角度进行解读，都无法穷尽其全部的意义。符号学助力文学研究，改变了以往对文学文本或创作进行主题思想归纳和艺术特色提炼的研究方式，把文学文本视为可被无限阐释的艺术空间，文学批评和研究的任务就是不断发掘文本的可阐释空间。这在很大程度上驱散了对于文学文本阐释的"遮蔽"，拓展了作为典型文化符号系统的文学文本的解读。

著名文艺理论家、符号学家米哈伊尔·米哈伊洛维奇·巴赫金（Михаил Михайлович Бахтин，1895—1975）同纳博科夫一样，在文本分析、艺术感知和审美感受等方面精耕细作，用力甚勤。巴赫金以对话性和狂欢化思维为核心的文化符号学理论，以开放的、对话的、具备广博历史文化视野的批评角度和研究策略，对整个符号学、当代文学评论以及现代人文科学的发展影响深远，为文学经典的阐释，尤其是为像纳博科夫这样的跨文化双语作家的创作研究，提供了一定的理论基础和方法论支持。

本书旨在以纳博科夫的《防守》《劳拉的原型》《斩首之邀》《文学讲稿》等文本为研究对象，借由巴赫金的文化符号学理论核心和研究方法，以期揭示纳博科夫文学创作中广泛而深刻的主体间性、对话性和狂欢化特征。纳博科夫的小说文本不仅包含了主人公自身的两种声音相互争辩的双声语，而且主人公、作者与读者之间也存在着主体间的对话关系。同时，追求"审美狂喜"的纳博科夫在文本中利用各种狂欢化的文学表现手段，展现出两重性的狂欢化思维与世界感受，构建起一种开放的、对话的、多维的审美空间：作家创作文本时体会到强烈的审美愉悦，读者在接受文本时也感受到巨大的审美震颤，这种多边的审美感受和交流共同构成了一种感官层面和理性层面的"美学幸福"。

本书共分为九个部分：引言部分综合概括了巴赫金的文化符号学理论与纳博科夫的创作文本及文艺思想在对话性与狂欢化思维等方面的相互呼应，从而点出主要研究意义；第一章为文献综述部分，对国内外学术界不同视域下纳博科夫研究所呈现出的"多元共存"的发展态势进行梳理；第二章旨在明确符号学视域下的文学研究价值以及纳博科夫研究的文化符号学阐释现状。与此同时，对巴赫金文化符号学理论的发展流变进行简要梳理，找出贯穿始终的理论核心，即主体间性、对话思想及狂欢化思维；第三章从主体间性的角度来分析《防守》中作者与主人公的博弈关系，进而阐释巴赫金审美主体间动态而多元的对话模式;第四章从对话性角度分析《劳拉的原型》文本内部和文本外围的主人公、作者、读者之间开放的对话空间;第五章从狂欢化思维角度分析《斩首之邀》的狂欢化特征,进而探析纳博科夫打破庸俗世界的意识追求、狂欢化的诗学品格和对彼岸世界的精神向往;第六章阐述纳博科夫贯穿文本创作的文艺思想,在文本、作者、读者、文学批评等方面与巴赫金文化符号学理论的相互契合;结语部分回顾纳博科夫与巴赫金这两位智者之间的语言对话和意识交锋,对全文内容进行总结,并指出后续研究的可拓展空间;在结语部分,笔者试图从对纳博科夫创作的符号学解读中,剖析纳博科夫与巴赫金在艺术思想上的共通之处;最后,在附录里,通过对纳博科夫人生经历的简单梳理,读者可以从中找寻其身份认同、断裂、抛弃和回归的根源,以更充分了解其作品中的精神家园。

综上所述,本书试用符号学研究方法,尤其是巴赫金的文化符号学理论来研究纳博科夫的创作,对纳博科夫和巴赫金的道德期盼、审美立场和艺术诉求进行参照和对比,揭示他们在艺术主张、审美策略方面的共通点,挖掘他们在形而上追求层面的相似之处。将巴赫金的理论建构与纳博科夫的文艺实践相结合,既可以加深对巴赫金文化符号学理论的全面理解,又能够拓展对纳博科夫创作文本及文艺观念的多元阐释,努力为我国的文学批评方法探索一条值得借鉴的文学经典的文化符号学阐释途径。

Preface

Russian-American writer Vladimir Vladimirovich Nabokov (Владимир Владимирович Набоков, 1899—1977) is one of the most influential bilingual writers of the 20th century. From the perspective of semiotics, regardless of the perspective of interpretation, it is impossible to explore the full meaning of Nabokov's works as with any other classics. Semiotics assists literature studies. It changes the way of research on literary works which focuses solely on the induction of themes and the refinement of artistic features. In this respect, a literary text is regarded as an unlimited interpretable artistic space. The task of literary criticism and research is to continuously explore new spaces for interpretation. To a great extent, it dispels the "obscurity" of literary texts' interpretation and expands the interpretation of literary texts as a typical cultural symbol system.

Like Nabokov, the famous literary theorist and semiotician Mikhail Mikhilovich Bakhtin (Михаил Михайлович Бахтин, 1895—1975) works intensively on text analysis, artistic perception and aesthetic feeling. Focusing on dialogism and carnivalism, with an open, conversational and extensive historical and cultural angle of analysis and strategy of research, Bakhtin's cultural semiotic theory exerts a profound influence on semiotics, contemporary literary criticism and the development of modern humanities. Bakhtin's cultural semiotic theory provides the theoretical basis and methodological support for the interpretation of literary classics, especially the creation of intercultural bilingual writers such as Nabokov.

This book mainly selects Nabokov's *The Defense*, *The Original of Laura*, *Invitation to a Beheading*, *Lectures on Literature* and etc. to explore the extensive and profound intersubjectivity, dialogism and carnivalism in Nabokov's literary creation from the perspective of Bakhtin's cultural semiotics. Nabokov's novels contain not only two kinds of disputing double-voicedness of the protagonists themselves, but also a dialogue between the protagonists, the author and the readers. At the same time, in pursuit of "aesthetic ecstasy", Nabokov makes use of all kinds of carnival literary expressions in the text, displays the duality of carnival thought and world understanding, and constructs an open, dialogic and multidimensional aesthetic space: the strong aesthetic pleasure of the writer during the creation, the overwhelm of aesthetic impact of the reader, as well as the physical and emotional "aesthetic happiness" formed by the multidimensional aesthetic feeling and communication.

This book is divided into eight parts: In the introduction, the author summarizes the interaction between Bakhtin's cultural semiotics theory, Nabokov's creative text and literary thoughts in the aspects of dialogue and carnival thinking, points out the significance of this research. The first chapter is the literature review, which makes an analysis on the multivariate development trend of Nabokov's research at home and abroad. The second chapter aims to clarify the value of literary research from the view of semiotics and the current research on cultural semiotics in Nabokov study. At the same time, it briefly combs the development and evolution of Bakhtin's cultural semiotics theory with intersubjectivity, dialogism and carnivalism as the core. The third chapter analyzes the game relationship between the author and the protagonist in *The Defense* from the angle of intersubjectivity, and then explains Bakhtin's dynamic and multielement dialogue mode between aesthetic subjects. The fourth chapter analyzes the open dialogue space among the protagonists, the author and the readers inside and around *The Original of Laura* from the perspective of dialogue. The fifth chapter analyzes the carnival characters of *Invitation to a Beheading* from the perspective of carnival thinking. It explains Nabokov's pursuit of breaking the vulgar world, his carnival poetic quality and his dream for the other world. The sixth chapter expounds Nabokov's literary and artistic ideas throughout his creation which agree with Bakhtin's cultural semiotics theory about the text, the author, the reader and literary criticism. The conclusion of this book reviews the verbal and mental confrontation between Nabokov and Bakhtin. It summarizes the whole works and points out the field for further study.

To sum up, this book aims to use semiotic research method, especially Bakhtin's cultural semiotics theory to guide Nabokov study, to make a thorough reference and comparison of moral expectation, aesthetic standpoint and artistic appeal of Nabokov and Bakhtin. This book reveals their shared values in artistic claims, aesthetic strategies and explores the similarities in their metaphysical pursuit, in order to integrate Bakhtin's theory construction with Nabokov's literary practice. This will not only deepen the comprehensive understanding of Bakhtin's cultural semiotics theory, but also expand the diverse interpretation of Nabokov's texts and artistic ideas. This book, with all its effort, tries to explore a cultural semiotic interpretation of literary classics for the future development of literary criticism in China.

目 录

引言　语言的对话　意识的狂欢 ··· 1
 第一节　纳博科夫创作与文化符号系统 ······························· 1
 第二节　纳博科夫的主体间性创作与巴赫金的对话思想 ················· 4
 第三节　纳博科夫的"审美狂喜"与巴赫金的狂欢化 ····················· 9

第一章　纳博科夫研究综述 ·· 13
 第一节　俄罗斯的纳博科夫研究 ······································ 13
 第二节　英美国家的纳博科夫研究 ···································· 17
 第三节　中国的纳博科夫研究 ·· 22

第二章　巴赫金文化符号学理论与纳博科夫研究 ·························· 28
 第一节　符号学视域下的文学批评 ···································· 28
 第二节　巴赫金文化符号学理论概述 ·································· 31
 第三节　巴赫金文化符号学理论与纳博科夫研究的对话 ················ 39

第三章　《防守》——审美事件主体间的"非复调"对话关系 ················ 44
 第一节　"父亲——作者"——父权的控制 ····························· 47
 第二节　"棋父——作者"——领袖的压迫 ····························· 49
 第三节　"妻子——作者"——审美的同化 ····························· 51
 第四节　"弱者——主人公"——致命的防守 ··························· 53

第四章　《劳拉的原型》——碎片文本的开放对话空间 ···················· 56
 第一节　文本与文本的对话——弗洛拉的无爱之性 ····················· 58
 第二节　文本与作者的对话——王尔德的可逆死亡 ····················· 63
 第三节　文本与读者的对话——开放的文本与构建性的读者 ············ 68

第五章　《斩首之邀》——真伪狂欢之辩 ································· 72
 第一节　"透明"与"不透明"——伪狂欢群体与真狂欢个体的对峙 ······· 73
 第二节　"此岸"与"彼岸"——真伪狂欢世界的交锋 ··················· 78
 第三节　《斩首之邀》——自娱自乐的狂欢化旋律 ····················· 82

第六章 "大师的批评"——对话与狂欢交织的文本批评 ……………… 84
    第一节 文本——主体现实的文学表征 ……………………………… 88
    第二节 作者——创作身份的建构者 ………………………………… 89
    第三节 读者——艺术符号的智性接受者 …………………………… 90
    第四节 文学批评——兼具科学性与审美性的符号审美 …………… 92

结语 ………………………………………………………………………… 97
    第一节 纳博科夫创作的符号学研究视点 …………………………… 98
    第二节 纳博科夫的多层级语言符号 ………………………………… 100
    第三节 纳博科夫的超符号之境 ……………………………………… 104

附录 身份的认同、断裂、抛舍和回归——纳博科夫小传 …………… 107
    第一节 身份认同——源于俄国(1899—1919) ……………………… 109
    第二节 身份断裂——流亡西欧(1919—1940) ……………………… 112
    第三节 身份抛舍——侨居美国(1940—1960) ……………………… 114
    第四节 身份回归——重回欧洲(1960—1977) ……………………… 117

参考文献 …………………………………………………………………… 121
后记 ………………………………………………………………………… 133

引言
语言的对话　意识的狂欢

符号学是一门研究符号的性质、意义及发展规律的科学,它与认知科学及思维科学相互联系,以其多元的研究视域和强大的学科整合力,成为一种跨学科、跨领域的方法论。符号学自创立以来,学界就一直对其进行纵向深入的理论研究和横向扩展的应用研究。所谓符号学的横向扩展可被理解为符号学与其他学科交叉渗透,形成新的子学科或独立学科,如语言符号学、文化符号学等等。本书即属于文学与符号学的跨学科研究探索,主要从巴赫金符号学视角对纳博科夫的创作进行研究,以期为开阔经典艺术文本的批评视野,拓展文化符号系统的意义阐释空间尽一份绵薄之力。

第一节　纳博科夫创作与文化符号系统

俄裔美国作家弗拉基米尔·弗拉基米洛维奇·纳博科夫(Владимир Владимирович Набоков, 1899—1977)是20世纪最具影响力的文学家之一,在俄罗斯文学、英美文学乃至世界文化版图中,都有诸多理由占据一个特殊的位置。他出生成长于沙俄帝国时期,俄国革命爆发之时逃往欧洲,后加入美国籍,在瑞士安享晚年,终身未回苏联。他在文学创作、翻译、文艺批评等方面颇有建树,在象棋、昆虫学尤其是蝶类研究等领域也成就显著。他的艺术人格特立独行,痴迷于捕捉细节,兼备"诗的精确与纯科学的欣喜"[①]。作为一个跨文化的双语作家,纳博科夫的俄语和英语作品文字纷繁复杂,个人风格鲜明,同时载入俄国和美国两个国家的文学史,是杰出的文学现象和文化瑰宝,因此成为评论界的研究焦点和无可替代的艺术经典。纳博科夫的创作生涯始于俄罗斯"白银时代",随后几乎涵盖了20世纪70年代以前文学进程的所有重要阶段。他在创作之余,更是不遗余力地向西方推介普希金、莱蒙托夫、果戈理、丘特切夫等俄罗斯经典作家的优秀作品,无怪

---

① [美]纳博科夫.独抒己见[M].唐建清,译.杭州:浙江文艺出版社,2012:10.

乎阿格诺索夫在《20世纪俄罗斯文学》一书中这样评价他:"正是 B. 纳博科夫的创作保证了俄罗斯当代文学与 20 世纪初文学的延续性,而就其对俄罗斯文学以及 20 世纪后 30 年世界文学的文体演变的影响程度来看,B. 纳博科夫堪称是最现代、最具美学影响力的艺术家之一。"①

在研读了他的文学文本、体悟了他的美学观念、探寻了他的哲学轨迹之后,我们或许可以这样概括,他的艺术品格在于超越一般和概括,尊重个性,珍视细节,发掘生活内部隐藏的艺术性,以意识之力打破时间之狱,到达至善至美的自由彼岸。简言之,正如纳博科夫研究专家布赖恩·博伊德所说:"毫无疑问,纳博科夫是自成一家的。像他热爱的普希金一样,他不傍前人,也无可模仿。"②然而,再精彩的评价都无法囊括纳博科夫全部的艺术态度、独特心灵、盎然诗意和灵光智性。对于自己所敬重的果戈理,纳博科夫曾写过一本以作家的死亡开始,以他的诞生结束的半传记半评论的作品——《尼古拉·果戈理》。在此书最后一章中他写道:"像一切伟大的文学成就一样,他(果戈理)的作品是一种语言现象而不是观念现象……在试图传递我对他艺术的态度时,我还是没有提出其独特存在的任何看得见、摸得着的证明。我只有扪心坚称,我没有想象果戈理。他真的写作过,他真的生活过。"③这是一种虔诚而严谨的批评态度,更是一种颇具符号学风格的研究视角:在纳博科夫眼中,无论是果戈理本人还是他的创作文本,都是一种特殊的个体存在,对其阐释都只能是多元的、对话的、开放的和未完成的,因此任何观念与界定,评论和阐释都无法一劳永逸地勾勒出果戈理的完整画像。

显然,对于纳博科夫这样一位艺术大师而言,他首先也是一个活生生的、多元立体的、独一无二的个体。他身处具体的社会环境和特定的家庭氛围,他既是儿子,也是兄长,同时又是丈夫和父亲。他是殚精竭虑的文学大师,是痴迷忘我的昆虫专家,也是技艺精湛的象棋高手。他是浸透着俄罗斯骨血的俄国作家,是散发着美国风情的英语作家,流亡欧洲二十年又给予他深厚的文化滋养和创作灵感。同样,就这位优秀作家所创作的艺术文本而言,无论是出于哪一种角度的解读,都无法穷尽其全部的意义。毕竟,文学批评只是给我们提供了考察文本的某一个视点,正是从这个视点出发,我们踏上无限接近真实,而又无法到达真实的漫漫长路。

从这个意义上来说,符号学的介入给文学研究注入了一股新风。长久以来,文学批评都重视文学的认知和审美功能,往往以该作品凸显了什么时代背景,以何种艺术形式

---

① [俄]阿格诺索夫. 20 世纪俄罗斯文学[M]. 凌建侯,译. 北京:中国人民大学出版社,2001:370.
② 转引自刘佳林. 纳博科夫研究及翻译述评[J]. 外国文学评论,2004(2):71.
③ [美]纳博科夫. 尼古拉·果戈理[M]. 刘佳林,译. 桂林:广西师范大学出版社,2010:160.

反映了什么社会现象,揭露了什么主要矛盾,表达了作者的什么观点,等等,由此就给文本以确定性的评价。这种文学批评方法虽然可以帮助读者认知作品与具体时代背景、作家生平及其相关史实、艺术形式特色,但却相对忽略了作品本身的多元可阐释性,这就造成了一种对文本的"遮蔽"。而如果借助符号学的整体性研究视角去看待作家作品,那么展现在我们眼前的则是另一番天地。首先,文学作品是一种典型的语言文本,文本是具有语义和语用价值的连贯整体,是具有完整意义和文化特征的各种语言表达手段的整合体系,是多种符号系统的集大成者——文化符号系统的组成单位。正如俄罗斯莫斯科—塔尔图符号学派的领军人物尤里·洛特曼(Юрий Михайлович Лотман)所说,"文本是完整意义和整体功能的载体……在该意义上,文本可被视为文化的第一要素。"①就文学评论而言,符号学回归了对于文本这一语言符号系统的关注,试图考察文本的信息传递功能,即从文本的结构出发,探究人物形象的复杂多义性,从而揭示文本尤其是经典作品庞大的信息承载量。此外,符号学意义上的文本概念囊括并且超越了语言文本的一般概念。"文本的概念也从文字作品扩大到一切文化事物。这样一来,一部电影、一幅绘画、一首歌曲、一场舞剧、一个故宫、一个春节、一场祭祀、一个事件,都因为传递特定的文化信息而成为文化文本。"②由此可见,符号学的文本是一种文化符号。因此,符号学视野下的文学文本分析不仅仅局限于文本内部语言符号的诠释,而是要求把文学作品的形式分析与内容分析相结合,形成内部研究与外部研究的统一,将文本置于人类历史文化长河的宏大背景中,从语言学、哲学、美学、社会学、历史学、心理学等视角进行宏观的、开放的、整体的探讨。文艺批评可以通过对艺术文本的细读与重读、阐释与再阐释,动态地挖掘其隐含的多元文化价值,使其具有恒久的可读性和无限的可解读空间。

依照符号学的观点,文艺作品是一个符号整体,是一种文化符号系统。美国哲学家、符号论美学家苏珊·朗格(Susanne Langer)把艺术作品看作是表现人类情感的符号形式,在人类生存的宏观大背景下,它表现的不是个人情感,而是人类所共有的普遍情感。作为人类普遍情感的物质载体,艺术符号教会我们如何看待世界——我们可以用科学的方式认知,可以用道德的眼光评判,抑或是用一种审美的角度体会。正如德国哲学家、美学家、文化哲学创始人恩斯特·卡西尔(Ernst Cassirer)所说:"审美经验则是无可比拟地丰富。它孕育着在普通感觉经验中永远不可能实现的无限的可能性。……展示事物各个方面的这种不可穷尽性就是艺术的最大特权之一和最强魅力之一。"③

---

① 转引自王铭玉.语言文化研究的符号学观照[J].中国社会科学,2011(3):159.
② 白春仁.融通之旅——白春仁文集[M].哈尔滨:黑龙江人民出版社,2007:229.
③ [德]卡西尔.人论[M].甘阳,译.上海:上海译文出版社,2003:184.

第二节　纳博科夫的主体间性创作与巴赫金的对话思想

艺术符号的无穷花样和审美魅力恰恰是纳博科夫孜孜以求的创作原动力。在人的艺术感知和审美能力方面同样用力甚勤，精耕细作的还有另一位大师——米哈伊尔·米哈伊洛维奇·巴赫金（Михаил Михайлович Бахтин，1895—1975）。巴赫金与纳博科夫身处同一时代，且也是一位涉猎广泛的多面学者。他在文学、哲学、符号学、语言学、社会学、人类学、历史文化学等诸多领域都颇有造诣。巴赫金自20世纪60年代为学界重新发现，至今已成为理论界关注的中心。他的思想体系博大精深，兼具人文关怀与科学精神，各个学科都能从中汲取养分，得到启迪，尤其对人文学科的发展产生了重大影响。因此，巴赫金当之无愧地成为"二十世纪人文科学领域里最重要的苏联思想家，文学界最伟大的理论家"①。就符号学而言，洛特曼认为，"巴赫金对现代符号学的贡献主要表现在两个方面：一是确定了符号的动态性；二是提出了对话思想。"②学界普遍认为，巴赫金在各个时期对符号性质和对话思想的论述贯穿了他的整个学术生涯。

早在1929年，巴赫金就从意识形态角度论及符号："一切意识形态的东西都有意义；它代表、表现、替代着在它之外存在着的某个东西，也就是说，它是一个符号（знак）。"③很显然，巴赫金并没有给符号直接下一个"符号是什么"的准确定义，而是反其道而行之，给我们一种观点——"什么是符号"。他从多方面论述符号的特性（物质性、社会性、历史性、意识形态性、可解码性等等）以及符号的主要形式和内容④。巴赫金着力于语言符号，认为语言是最典型、最纯粹、最普适的符号。在语言当中，符号的功能和特性表现得淋漓尽致。同时，他又不拘泥于语言的范畴，而是站在语言符号的基石上，远眺人类整体的文化符号系统。正如学者刘康所说："从历史观点来看，巴赫金思想的核心是透过言语和话语的变迁来审视文化转型的问题。"⑤因此，这种透过语言符号系统对文化符号系统的审视是历时的、动态的、对话的。

---

① ［法］托多罗夫. 巴赫金、对话理论及其他［M］. 蒋子华，张萍，译. 天津：百花文艺出版社，2001：171.
② 张海燕. 文化诗学的对话——洛特曼与巴赫金的文化理论之比较［J］. 文艺理论研究，2009（1）：110.
③ ［俄］巴赫金. 巴赫金全集：第2卷［M］. 晓河，等译. 石家庄：河北教育出版社，1998：349.
④ 有关于符号的性质详见胡壮麟. 走近巴赫金的符号王国［J］. 外语研究，2001（2）：10-15；王铭玉. 符号的性质及对话理论——巴赫金思想研究［J］. 外语学刊，2010（6）：151-155.
⑤ ［美］刘康. 对话的喧声——巴赫金的文化转型理论［M］. 北京：北京大学出版社，2011：4.

巴赫金把对语言符号系统的关注重心放置于小说文本在对话语境中的批评与解读之上。尽管结构主义者把巴赫金视为同道,但巴赫金与他们实则相去甚远,因为在他看来,对文本的理解不能封闭于文本内部,毕竟小说文本作为语言符号构成的特殊话语结构,是各种思想对话、交流和冲突的场所。巴赫金用整体性的对话视角来看待文学文本与文化文本的关系。"文本只是在与其他文本(语境)的相互关联中才有生命。只有在诸文本间的这一接触点上,才能迸发出火花,它会烛照过去和未来,使该文本进入对话之中。"①在谈到文学文本与文化文本的关系时,他指出"文学是文化整体不可分割的一部分,不能脱离文化的完整语境去研究文学。不可把文学同其他文化割裂开来,也不可把文学直接地(越过文化)与社会、经济等其他因素联系起来。这些因素作用于文化的整体,而且只有通过文化并与文化一起再作用于文学。"②文本作为人文科学的研究对象,充满了主体性意识和对话性思想,它不应被视为一种纯粹的客体来加以研究,而是应该探讨其在特定的社会历史环境下,作为文化符号的意识形态性、交际对话功能以及小说叙述中语言杂多的多元话语所彰显出的兼容并包的文化离心力。巴赫金的这种开放的、对话的、具备广博历史文化视野的、从"超语言学"的角度对符号的人文性、社会性进行考察的文化符号学研究策略,既对整个符号学、也对当代文学评论的发展影响深远。

放眼 20 世纪文学批评理论史,论及纳博科夫,其小说家的耀眼光芒往往遮蔽了他多年从事文艺批评的孜孜不倦。事实上,纳博科夫的文学批评个性鲜明,不循规蹈矩,其中闪现着他个人的艺术诉求和美学观念,并潜移默化地影响着其文学创作。作为一个艺术家,一个科学家,他坚信,世界绝非看上去那样理所应当,一般概念的背后总有隐藏的繁复花样。生命的本质是创造性的,在时空的维度中不断演化扩展为独立的生存样式;艺术并不是生活的避难所,想借艺术之力打破常规和教条,挖掘细节和组合,洞见生命之惊奇与自由,需要的是好奇、温柔、迷醉和想象。纳博科夫沉迷于物理世界的细枝末节,又醉心于心理世界的意识之力。他深爱个体的差异和特殊,然而个体虽不可化约,却非各自分离,看似平淡无奇或者互不相关的普通事物经过重新排列组合,能够构建起一个精巧和谐的世界。"纳博科夫的全部作品都在致力于弄清我们'在为意识所拥抱的世界中的位置'。"③在这个世界中,自我与他者都是鲜活而开放的个体。个体意识是自由的载体,也是牢狱的所在。意识是复杂、流动且多信道的,意识的隔空对话实现了个体间相互价值的传递。

---

① 巴赫金.巴赫金全集:第 4 卷[M].白春仁,等译.石家庄:河北教育出版社,1998:380.
② 巴赫金.巴赫金全集:第 4 卷[M].白春仁,等译.石家庄:河北教育出版社,1998:403.
③ [新西兰]博伊德.纳博科夫传:俄罗斯时期(下)[M].刘佳林,译.桂林:广西师范大学出版社,2009:387.

巴赫金的文化符号学理论自始至终都非常关注个体意识的对话,认为个体意识本身充满了符号,意识不是独立自足的,因为符号只产生于众多个体意识之间相互作用的过程当中。也就是说,意识的构成与实现依靠符号材料,后者产生于个体与外部环境的接触以及与集体社会的交往过程。纳博科夫和巴赫金二人虽身处同一时代,但他们的生存空间大相径庭:纳博科夫在欧美漂泊多年,至死都未能回到苏联,而巴赫金的创作阵地却未从苏联转移。两人家世和性格迥异,在世时也未曾相遇,但这并不妨碍二者意识之间的参照和对话。此前,当文学评论家们把纳博科夫和巴赫金放在一起的时候,通常会指出两者文艺美学思想的差异性。比如,有观点认为巴赫金的复调及对话理论与纳博科夫的叙事结构策略相左:纳博科夫肯定作者身为艺术创作者的强势态度,而巴赫金则看重作者和主人公在审美对抗中的平等对话;纳博科夫强调自己的创作主体性:"我小说的设计是在想象中确定的,每个人物按我想象的路线行动。在那个私有世界,我完全是个独裁者,迄今为止,唯有我为这个世界的稳定和真实负责"①。而在巴赫金的对话理论那里,作者和主人公分别处于独一无二的位置,具备平等的价值体系,互相发挥着评价与存在的能动性,由相互的"外位"立场为对方的边缘划界完形,在审美对抗中完成情感的碰撞和思想的对话。这样看来,纳博科夫和巴赫金在审美主体关系的层面上似乎存在本质的对立。然而,如果仅凭这一点就认为这两位有着不同家庭背景和人生际遇,但都对文学乃至人类文化产生重大影响的伟大心灵之间没有任何交集,这未免有失偏颇。

事实上,无论是纳博科夫还是巴赫金,他们的思想和创作历程都是动态而多元的。如果我们结合巴赫金《论行为哲学》《审美活动中的作者和主人公》等论述,则需重新审视巴赫金理论之于纳博科夫文本分析的可运用性。在巴赫金早期的哲学论述和在《陀思妥耶夫斯基诗学问题》中对作者和主人公关系的看法是有一定差异的。后者侧重作者和主人公的平等对话关系,前者则强调作者对主人公的超视和构建作用。不管审美活动主体之间是强弱制衡还是平等共生的关系,这一论题都凸显了巴赫金理论的对话思维。

巴赫金的对话思想正是其文化符号学的理论主线,展现出一种审美观照模式和人文科学研究方法。巴赫金的"对话"概念可以从狭义和广义两个角度理解。狭义上的对话是说话者与对话者之间的一种言语相互作用形式,而广义上的对话则涉及人类生活的各个层面、各个领域、各个时代的言语互动、行为活动、思想交换、情感交流过程。人类生活的本质是对话性的,在接连不断的对话中,人类文化得以传承和延续。巴赫金从大处着眼,从小处着手,选取小说文本为出发点,从哲学视角和文化视野来推演其文化符号学理论。他借用"复调音乐"的概念来概括陀思妥耶夫斯基小说的特点,认为其小说构建了作

---

① [美]纳博科夫.独抒己见[M].唐建清,译.杭州:浙江文艺出版社,2012:10.

者与主人公个体意识平等对话的空间。作者创造主人公,在与这个他者的意识交流中,自我意识和主体价值才能逐步实现。

巴赫金认为,小说文本中有生命力和话语权的主人公的在场并不意味着作者意识的缺席。主人公之间、作者和主人公之间是一种开放的、平等的对话关系。主人公拥有话语权和自主意识,是有血有肉、个性鲜明的感性个体,而不是作者意识的无力附庸,文本中并不存在所谓至高无上的作者的统一意识,而是借由不同主人公的意识世界推动情节发展,凸显人物形象,增强叙事张力。这种对话性的创作策略恰恰说明作者对主人公的塑造是具有建设性和创造性的。"小说主人公的主体性和不同意识世界的展现,并不意味着作家是消极的、没有自己的艺术构思和审美理想,而是指作家在创作过程中给自己的人物以极大的自由,在其想象的空间内让他们以对话的方式充分表达自己的见解,同时把各种矛盾对立的思想集中置于同一平面上加以描写,努力营造一种共时性的存在状态,而作者的意识则始终都存在于小说中,并表现出高度的积极性。"①

巴赫金的这种开放的、对话的美学策略在纳博科夫的创作中得到了明显呼应。纳博科夫的文学创作同样具有广泛而深刻的对话性,其小说文本中不仅包含了主人公自身的两种声音相互争辩的双声语,而且主人公、作者和读者之间也存在着整体对话关系。他自始至终关注个体的人的存在,探索人与人的关系,并在创作文本中将这种关注和探索诉诸笔端。在纳博科夫大多数柏林时期的短篇小说文本中,都有一位与纳博科夫年龄相仿的自我中心式的叙述者——主人公。在叙事进程中,纳博科夫大胆地采用不同视点——第一人称与第三人称叙事角度之间的反复变换,焦点的突然变化表现出文本的书写既在高速运动,又在不断转向。而叙事主体——主人公既在场,又不在场,他的缺席往往让他更加鲜活和亲切。当纳博科夫在《文学讲稿》中论及福楼拜对理想小说家的看法时曾表示:"即使是理想作品,作家虽说不怎么抛头露面,其实仍扩散在全书中,所以他的不出场反倒成了耀眼的抛头露面了。这就像法国人说的,il brille par son absence——'他因不在场而放射光芒'。"②纳博科夫所强调的主人公的主体性并不等同于作者没有自己任何主张的"零度写作",而是指作者不把自己的观点强加于主人公之上,是充分意识到主人公的主体性,考虑到他真实的存在和感受。主人公之间,作者与主人公之间,可以是各执一词或不谋而合,但是无论如何,作者的声音都不会掩盖和遮蔽主人公的声音。纳博科夫认为,作者创造出主人公,但是并非完全凌驾于主人公之上。作者和主人公之间应该是一种同时共存、互为主体的对话关系,这种对话涵盖了互动、质询、争论、反省,

---

① 王铭玉.语言文化研究的符号学观照[J].中国社会科学.2011(3):165.
② [美]纳博科夫.文学讲稿[M].申慧辉,等译.北京:生活·读书·新知三联书店,1991:86.

正是在这种复杂的、多义的、开放的、未完成的主体间性的对话和参照中,主体得以建构,价值得以实现。不管是作者还是主人公,单一个体都不能直接观望到自己的形象,只能借助于在他者身上的投影瞥见自己,由此挣脱囚禁自我的意识牢笼。

在纳博科夫文学事业的鼎盛时期,他的这种创作倾向尤为明显。很多时候,他会故意让笔下的主要人物脱颖而出,才华横溢,文思敏捷,或多或少地具备艺术家的种种气息和潜质,让他们的思维不屈服于作者的意志,而在文本中天马行空地蔓延开去;有时,他会彻底把人物从小说叙事中解放出来,成为一个具备创作优势的艺术个体。就文本的层次结构而言,主人公创作的子文本提供了一个内部空间,镶嵌于作者整体的母文本的外部空间之内,它们之间层次界限分明,意义却又相互渗透,这种多层级文本"你中有我,我中有你"的对话形式,让整个文本充盈着叙事张力,如此就构成了纳博科夫文本创作的重要特点之一——"套娃文本"①。正是在这种"套娃文本"叙事结构中,蔓延的思想、泛滥的情感、鲜活的感官构成了虚构人物的全部内心世界。这些人物不是纳博科夫叙事事件的某个构成,不代表某个既定原型,也不体现某一具体观念,他们本身就是独立的存在事件,是具备独立意识的他者。

关注他者、守住自我的这种主体间性创作策略,后来成为纳博科夫艺术人生的终身操守:他拒绝向中心靠拢,拒绝向霸权屈服,拒绝向权威低头。他对弗洛伊德主义的坚决抵制并非表示他厌恶心理学,恰恰相反,他总是希望把心理学家和科学家的好奇心、知识和准确赋予观察对象和阅读者。他之所以讥讽弗洛伊德为"维也纳巫医"②,把弗洛伊德主义视为"被无知者、守旧者或重病患者所崇拜的中世纪的玩意"③,是因为他深爱个体意识的无限可能,不想把个体局限于清规戒律和条条框框之中。个体的存在是由无数特殊构成的,无法从一般中推演而出,"某种独特的生命花样,每个人的悲伤与热情……都遵循他个性化的规律。"④

在这一点上,同样对弗洛伊德主义进行批判的巴赫金与纳博科夫在思想上有着自然而深刻的契合。巴赫金跳出文本的局限,又进一步指出文化转型时期的特点是"语言杂多(разноречие),众声喧哗"⑤。我们从 разноречие 这个俄文单词就能看出他对于对话思想核心概念的理解——俄语中,разно- 这个前缀表示"不同的,多样的",而речь 表示"言

---

① См. Давыдов С. Тексты-матрёшки Владимира Набокова[M/OL]. M.:Кирцидели,2004. [2014-10-12] https://litresp.ru/chitat/ru/%D0%94/davidov-sergej-sergeevich/teksti-matryoshki-vladimira-nabokova.
② [美]纳博科夫. 斩首之邀[M]. 陈安全,译. 上海:上海译文出版社,2006:前言 3.
③ [美]纳博科夫. 独抒己见[M]. 唐建清,译. 杭州:浙江文艺出版社,2012:23-24.
④ [新西兰]博伊德. 纳博科夫传:俄罗斯时期(下)[M]. 刘佳林,译. 桂林:广西师范大学出版社,2009:402.
⑤ [美]刘康. 对话的喧声——巴赫金的文化转型理论[M]. 北京:北京大学出版社,2011:2.

语",即若干个多元异质的声音在一个统一的文化整体中发出自己的声音,表达各自的主体意识,从而瓦解了所谓"权威声音""语言神话""独白话语"的中心地位,构成了文化整体的存在特征和生存方式。文化在各种话语激烈的交锋与对话中呈现出勃勃生机,而各种话语在"你中有我、我中有你"的多元互动中,也愈加深刻地体会到自我价值与他者价值,"从而把中心话语霸权所掩饰的文化冲突与紧张的本质予以还原,在话语与话语的互相对话、交流中,化解矛盾与冲突。"①在巴赫金看来,对话针对文化的积极建构性远远大于其破坏性和解构性——反对一元权威,承认差异性,保持个性,在自我与他者的参照和对话中实现主体价值的建构。

第三节 纳博科夫的"审美狂喜"与巴赫金的狂欢化

纵观巴赫金的学术生涯,他从陀思妥耶夫斯基的复调小说追本溯源,借由分析文艺复兴时期拉伯雷的作品,进而挖掘民间文化中的狂欢化思维及其针对转型时期文化符号系统的强大离心力、塑造力和建构力。巴赫金认为,狂欢节文化造就了狂欢式文学。"在狂欢中,人与人之间形成了一种新型的相互关系……人的行为、姿态、语言,从在非狂欢式生活里完全左右着人们一切的种种等级地位(阶层、官阶、年龄、财产状况)中解放出来……"②巴赫金极富创见地把狂欢节的这种颠覆精神扩散到文学创作和文艺批评当中,阐发了狂欢化的诗学理论。"狂欢式转为文学的语言,这就是我们所谓的狂欢化。"③通过对狂欢化的论述,巴赫金进一步展示了转型时期文化的独特存在形式——语言杂多。可以说,狂欢化是语言杂多的一个具体例证。在拉伯雷的小说中,充盈着各种饱满、夸张、生机勃勃的狂欢化的文体表现形式。诅咒与赞美的和声,节日欢宴与肉欲感官的交织,高贵王权的权威话语与市井小人的淫词艳语的混杂,这是"一个没有观众,没有导演的自由平等的乌托邦,它嘲笑一切等级差异,反对一切常规,亵渎所有神圣,颂扬平等和逆俗的婚姻"④。

巴赫金把拉伯雷的小说创作称为"怪诞现实主义",重点分析了戏拟在小说文本中的作用。就字面意思来说,戏拟是一种模仿和模拟,但绝不是文学、语言对于现实的摹仿或

---

① [美]刘康.对话的喧声——巴赫金的文化转型理论[M].北京:北京大学出版社,2011:6.
② [俄]巴赫金.巴赫金全集:第5卷[M].白春仁,顾亚铃,译.石家庄:河北教育出版社,1998:161-162.
③ [俄]巴赫金.巴赫金全集:第5卷[M].白春仁,顾亚铃,译.石家庄:河北教育出版社,1998:161.
④ [美]刘康.对话的喧声——巴赫金的文化转型理论[M].北京:北京大学出版社,2011:7.

再现,而是语言对语言的模拟。戏拟包含了插科打诨、讽刺戏谑、玩笑调侃的成分,但其主旨却是深刻而严肃的。"一切事物都有可被模拟的地方,亦即自己可笑的方面,因为一切事物无不通过死亡获得新生,得以更新。"①戏拟是狂欢化语言的一种具体表现,是深入并渗透到文本肌理的话语策略和组织原则,带来转型时期的文化符号系统语言杂多、众声喧哗、多音齐鸣的狂欢化世界感受,"给因日益封闭自守而渐趋僵化的体系注入活力,使它具有强烈的当下感和现实感。"②

巴赫金依旧延续从语言符号到文化符号的研究思路,运用文化符号学视角,从"语言狂欢"开始,进而探究"文化狂欢",其审美意义要远大于其政治意义。尽管巴赫金身处于社会动荡、文化发生重大变革的时代,他对苏联斯大林当局的肃清运动和文化专制主义心怀不满,但是他的文化理论更注重探索文化整体的发展规律和生存形式,力图建构一个公允的、美满的、个性的、愉悦的、审美的人文公共空间而非无政府主义的政治乌托邦。因此,巴赫金的狂欢化理论之审美旨趣在于颠覆社会、伦理、宗教、美学、文学的各种等级与既定规范,打破艺术文本的机械性和封闭性,瓦解单一文化的霸权地位,使各种话语、价值体系和意识形态能在对立冲突中平等对话,消除二元对立,促进多元共生。可见,巴赫金的狂欢化思维依旧体现了贯穿其文化符号学研究脉络的对话思想,其主旨在于强调特殊与个性、注重平等参与,体现了一种积极乐观的人文关怀。

纳博科夫小说创作及其文学观念中也存在一种与狂欢化思维相互对应的美学思想——"审美狂喜"③,或译做"美学幸福"。"对于我来说,只有在虚构作品能给我带来我直截地称之为美学幸福的东西时,它才是存在的;那是一种多少总能连接上与艺术(好奇、敦厚、善良、陶醉)为伴的其他生存状态的感觉。"④纳博科夫对现实的主观性看法使他摆脱了传统文学中艺术对现实的简单反映论,文学作品是语言符号系统,也是富有创造力和想象力的作家对现实世界的诸多材料和细节进行重组加工后构建起来的崭新的艺术世界。"审美狂喜"的体验将审美活动的主体和客体,即作者、文本和读者三者联系起来,构建了一种对话的、多维的、开放的审美空间;作家在创作文本时体会到强烈的审美愉悦,读者在接受文本时也感受到巨大的审美震颤,这种多边的审美感受和交流共同构成了一种感官层面和理性层面的"美学幸福"。

---

① [俄]巴赫金.巴赫金全集:第6卷[M].晓河,等译.石家庄:河北教育出版社,1998:167.
② 转引自郭晓丹.弗·纳博科夫与周星驰的审美狂喜与狂欢[D].黑龙江大学硕士论文,2006:15.
③ [美]纳博科夫.洛丽塔[M].于晓丹,译.南京:译林出版社,2000:323-324.关于审美狂喜,于晓丹的译文如下:"小说之所以存在,是因为它带给我勉为其难地称之为审美的狂喜,一种不知怎么,不知何地,与存在的另一种状态联系起来的感觉,艺术好奇心、柔情、善意和迷狂是那种状态的准则。"
④ [美]纳博科夫.关于一本题名《洛丽塔》的书[M].金绍禹,译//洛丽塔.主万,译.上海:上海译文出版社,2005:500.

纳博科夫所强调的这种"美学幸福",作为一种审美诉求和创作主旨直接反映在其文本创作当中。早在欧洲流亡时期,纳博科夫就被评论界称为"形式作家",他在文本中总是善用各种令人眼花缭乱的文字游戏,离合字、双关语、字谜、隐喻、戏仿等等不胜枚举;而在人物塑造方面,除了前文所说的主人公双重身份、双声语的争辩与对话,还有一个显著特征在于纳博科夫引经据典,移花接木,虚实难辨,通过娴熟的借用、巧妙的嫁接、高明的审丑体验使我们听到人物形象塑造的狂欢化律动。纳博科夫的创作就像是一幅拼贴画,各种互不相关的细节兼收杂取,信手拈来,在这位语言魔术师的巧手中交汇糅合,融为一体。纳博科夫借由复杂多变、花样繁复的创作形式,设计出一种构思精巧的文学"骗术",让中心主义的权威大厦在酣畅淋漓的嬉笑怒骂中轰然倒塌,让司空见惯的人和事物抽丝剥茧,呈现出焕然一新的艺术内涵。非凡的家世、渊博的学识、深厚的文艺积淀、流亡的人生体验,跨文化、跨语言的写作背景使得纳博科夫在作品中成功嫁接了多元文化的因素,勇于在艺术形式上推陈出新,对个性推崇备至,向传统发起冲击,表现出他个人非同寻常的感知方式和艺术品格。他的这些艺术主张恢复了文学的本来面目,使文学避免了枯竭的厄运,焕发出勃勃生机。纳博科夫的"审美狂喜"是一种具有魄力和生命力的狂欢化文学体验和世界感受,是文本内部的"语言狂欢"向文本外部的"文化狂欢"的一种延伸与拓展。"审美狂喜"是纳博科夫小说文本的外部表征,也是其文艺创作的内在核心。纳博科夫的文学创作和文艺批评都承担了一种严肃的艺术使命,即打破传统的一元中心的语言神话模式,建立起多元共存的理想秩序。纳博科夫理想的文化主体必须是个性的、特殊的、多元的,在他者话语的延展中存在和完形。对话是对中心主义对个人精神和个性压迫的反抗。只有通过对话,个性的特征才不会被抹杀,人格的平等和自由才不会消减,文化符号系统中主体的建构和与他者的价值交换才能得以实现。

综上所述,我们可以看出,纳博科夫的创作手法、艺术理想和精神诉求都与巴赫金的文化符号学理论的对话内涵和狂欢化思维不谋而合。纳博科夫的小说世界是一个多重维度的虚构文本空间,展现出一种艺术本身所固有的强大张力和审美属性。字里行间不是泛泛而谈、附庸风雅的概括和理念,而是栩栩如生、跃然纸上的花样和细节。纳博科夫对个人意识的重视与对权威性的排斥恰恰反映了他对自我使命的强调、对差异性和特殊性的尊重以及对能超越有限时空与狭隘自我的艺术与爱的期盼。由于时政所迫,巴赫金丰富的符号学哲思往往需要通过文艺理论婉转表达,而这种具备美学感染力的文艺转化恰恰成为文本分析有力的方法论支撑;纳博科夫的文艺美学思想虽未单独著书立说,但却始终指导着作家创作,在其作品中得以贯穿实现。可以说,巴赫金的文化符号学理论与纳博科夫文艺美学思想及文学创作实践之间有诸多水乳交融之处。近年来,国内外许多学者已经注意到巴赫金与纳博科夫的微妙联系,并从不同视角展开研究。比如,从作家生平和文本分析出发,尝试将巴赫金符号学理论与纳博科夫创作批评相结合。然而,这种符号学理论与文学批评的融合仍有待加深加强;再者,纳博科夫的一些较为冷门的作品,例如未竟之作《劳拉的原型》等,同样值得学界投以足够的关注。总之,巴赫金文化符号学理论与纳博科夫文学创作实践的交叉研究仍存在着广阔的拓展空间。本书将依据符号学研究思路,尤其是以多元维度、开放姿态、对话视角著称的巴赫金文化符号学理论,深入指导对纳博科夫创作的研究。在对话的语境下,结合纳博科夫和巴赫金的人生际遇,在人类文化语境和文学世界版图中,将二者的文艺美学思想进行参照和对比,以期将巴赫金符号学理论与纳博科夫文学实践相结合,拓展纳博科夫创作文本的阐释空间。而在符号学背景下对纳博科夫进行研究,也将充分映证巴赫金理论强大的包容性和生命力。

第一章
纳博科夫研究综述

在《独抒己见》这本访谈录中,纳博科夫曾声称自己是个"一元论者"①。然而,读者却能感受到他身上多元共存的创作特征。从地域上来说,纳博科夫研究从最初的俄罗斯侨民文学界转移到美国,而后又回归俄罗斯本土,最终扩大到世界范围。不管是哪一个国家,针对纳博科夫这样一位有着多重文化身份和广阔写作视野的文学家,国内外学术界的批评研究也呈现出一种多元共存的发展态势。

第一节 俄罗斯的纳博科夫研究

俄罗斯的纳博科夫批评最早应追溯到1916年。当时,17岁的纳博科夫还在圣彼得堡捷尼舍夫中学学习,他自费出版了自己的第一本诗集。一个记者为了奉承纳博科夫的父亲,为这本诗集写了一篇五百行的正面评论。而纳博科夫的文学老师、象征派诗人弗拉基米尔·吉皮乌斯(В. Гиппиус)在文学课上公然对这本诗集冷嘲热讽。这位诗人的堂姐、著名的女诗人济娜伊达·吉皮乌斯(З. Гиппиус)则不留情面地在一次文学集会活动中对纳博科夫的父亲说:"他决不会、决不会成为一个作家。"②然而,这位骄傲的女诗人说错了。

逃离俄国之后,纳博科夫以"弗拉基·西林"③(Влади Сирин)为笔名,在俄罗斯侨民文学界崭露头角,他的文学声名也在各种毁誉参半的评价中逐日累积。当时,俄罗斯侨民文学界因艺术观点不同分为两个不同的派别。两派的学术争端也体现在对于纳博科

---

① [美]纳博科夫.独抒己见[M].唐建清,译.杭州:浙江文艺出版社,2012:88.
② [新西兰]博伊德.纳博科夫传:俄罗斯时期(上).刘佳林,译.桂林:广西师范大学出版社,2009:154.
③ 在俄罗斯民间传说中,西林(Сирин)是一种神鸟,长着美女的脸孔和猫头鹰的身体,不管从语言转换还是形象刻画的角度,西林都与古希腊神话中用歌声诱人的海妖塞壬(Siren)一脉相承。纳博科夫之所以使用这个笔名,一方面彰显了他的艺术独立性,另一方面表明了他的创作风格和艺术目的:迷醉、愉悦和传承。

夫作品的不同态度上。早期的俄罗斯侨民文学评论中对他持彻底的否定态度,如格·阿达莫维奇(Г. Адамович)和格·伊凡诺夫(Г. Иванов)以《数目》(Числа)杂志为阵营,极其坦率地表明了他们对纳博科夫的反感,认为他背离了俄罗斯文学传统,其作品是"非俄罗斯性"的,只是庸俗无奇、炫耀技巧的文学骗局。年轻的西林只是处心积虑地使用修辞方法和陈词滥调,但却成了这些表达方式自我陶醉的囚徒,无法表达真正的感情和意义。显然,这些侨民文学界中比纳博科夫年长的权威不能适应纳博科夫对传统材料和形式的全新组合,或者说他们不能适应西林给俄罗斯文学增添的令人惊奇的新元素。

然而,当时以开阔的政治视野和宽容的美学态度著称的巴黎俄罗斯侨民文学杂志《当代纪事》(Современные записки)则与《数目》杂志对峙,出版了纳博科夫的《玛申卡》(Машенька)①、《卢仁的防守》(Защита Лужина)②、《暗箱》(Камера обскура)③、《绝望》(Отчаяние)、《斩首之邀》(Приглашение на казнь)④和《天赋》(Дар)等作品,并刊登了一系列来自俄罗斯侨民评论家、作家、诗人、新闻记者等对纳博科夫的肯定评论和高度赞扬,比如,米·奥索尔金(М. Осоргин)、尼·别尔别罗娃(Н. Берберова)、弗·霍达谢维奇(В. Ходасевич)、康·莫丘里斯基(К. Мочульский)、济·沙霍夫斯卡娅(З. Шаховская)等人都对纳博科夫大力推崇。他们认为,流亡在外的俄罗斯侨民作家大多数是"俄罗斯民族文化的承载者和继承人,他们把捍卫普希金(……)、托尔斯泰和陀思妥耶夫斯基的人道主义当成自己的义务"⑤,纳博科夫亦是如此。霍达谢维奇等人特别针对纳博科夫作品中的艺术性问题进行了探讨。他们发现纳博科夫小说中反复出现的艺术主题是理解作家创作的关键之处。霍达谢维奇通过对纳博科夫的《卢仁的防守》和《暗箱》的解读,得出结论:"全面仔细地阅读之后可以证明,西林在很大程度上是一个形式艺术家","艺术家的生命和艺术家头脑里一个构思的生命——这就是西林的主题,他的几乎每一部作品都不同程度地展示着这个主题。"⑥

纳博科夫离开欧洲,到达美国,而后又重返欧洲,直到1977年去世他都没能重回祖国。纳博科夫的作品在苏联的命运与当时的政治格局密切相关。纳博科夫在世期间,因为他的国籍和创作身份,其作品被禁止在苏联出版发行,学界也鲜少提及他的名字。想要读纳博科夫的作品,只能在书刊黑市上秘密买卖,或者像阿·托尔斯泰的儿子那样塞

---

① 英译本名为《玛丽》(Mary)。
② 英译本名为《防守》(The Defense)。
③ 英译本名为《黑暗中的笑声》(Laughter in the Dark)。
④ 英译本名为《斩首之邀》(Invitation to a Beheading)。
⑤ [俄]阿格诺索夫. 俄罗斯侨民文学史[M]. 刘文飞,陈方,译. 北京:人民文学出版社,2004:4-5.
⑥ Мельников. Н. Г. Классик без ретуши. Литературный мир о творчестве Владимира Набокова[M]. М.:Новое литературное обозрение,2000:217.

在衣服里偷偷带回国。1965年苏联出版的《简明文学百科辞典》有关于"纳博科夫"的词条这样写道:"纳博科夫的作品具有特别反动的性质。"①这是对于作家空洞的扭曲和高度政治化的粗暴概括。

进入20世纪80年代,伴随着美苏两国关系的缓和,苏联官方开始接受俄罗斯侨民作家及其作品。在这种俄罗斯侨民文学回归的背景下,纳博科夫的小说也开始在苏联公开发行,作家终于"魂归故里"。1986年夏天,苏联《象棋》杂志刊登了纳博科夫的《卢仁的防守》中描写卢仁和图拉提象棋比赛的精彩片段,由此拉开纳博科夫被解禁的序幕。1988年8月17日,美苏两国的文学家们在莫斯科举行了关于纳博科夫的"圆桌会议"。1989年被宣布为"纳博科夫年",此后,纳博科夫成为俄国评论界关注的焦点,其研究热度与日俱增。在俄罗斯成立了专门的纳博科夫研究机构,各种研讨会和纪念活动层出不穷。1993年,在圣彼得堡成立了纳博科夫基金会。该基金会下设圣彼得堡纳博科夫故居纪念馆和定期出版的《纳博科夫纪事》杂志。1999年,适逢作家100周年诞辰和普希金200周年诞辰,在俄罗斯先后举办了题为《普希金和纳博科夫》《俄罗斯文学和世界文学中的纳博科夫》的国际学术研讨会,2002年,在圣彼得堡的纳博科夫博物馆召开了首届纳博科夫专题讨论会。这些会议的举办加强了俄国学者与国外学界的交流与沟通,扩大了纳博科夫创作的国际影响力,拓展了纳博科夫研究的学术空间。

20世纪90年代,受当时政治局势的影响,苏俄学者对纳博科夫的某些评价是较为审慎的。然而,随着政治环境的逐渐宽松和文艺思想的不断解放,纳博科夫重新引发了俄罗斯文学界的广泛关注。尽管此时,纳博科夫已经跻身一流作家行列,在文学艺术领域的地位也相当稳固,他的作品更是得到了普遍认可,但和最初侨民文学界的毁誉参半的反应一样,俄罗斯评论界也发出了否定和肯定两种不同的声音。评论家德·乌尔诺夫(Д. Урнов)和30年代的批评家格·阿达莫维奇和格·伊凡诺夫一样,对纳博科夫的作品嗤之以鼻,认为它们是"反文学""假经典",纳博科夫只是一个被评论家夸大其词的文学偶像,很快就会穷途末路。曾经为《简明文学百科辞典》撰写了第一个有关纳博科夫的词条的奥·米哈伊诺夫(О. Михаилов),作为俄罗斯国内研究俄罗斯流亡文学的权威人物,他对纳博科夫的态度也有所保留。他从实用主义美学角度出发,认为纳博科夫只能算是颇具智力、想象力和文学天赋的文体大师,但其作品只注重空洞的文字游戏,缺乏道德观念的支撑和服务社会的意识,因此只能游离在俄罗斯文学主流之外。纳博科夫也许不曾想到,历史再一次重演:年少时革命浪潮中"不合时宜"的诗兴,而后以各种形式与他

---

① Alexandrov V E. The Garland Companion to Vladimir Nabokov[M]. New York & London: Garland Publishing, Inc., 1995:243.

相伴六十载,如今面对一个风云变幻的世界,依旧被认为是"不合时宜"的。

　　与此同时,更多的评论家为纳博科夫作品的艺术性、深刻内涵及其与俄罗斯文学传统之间的密切联系极力辩护。他们把形式批评与意义阐释相结合,从比较文学、现代美学等角度出发,取得了众多高水平的研究成果。比如,俄罗斯最早的纳博科夫传记是济·沙霍夫斯卡娅写的《寻找纳博科夫》(1991)①,其中收录了作家同时代人的回忆以及关于纳博科夫创作的评论;1992 年,尼·阿纳斯塔斯耶夫(Н. Анастасьев)的《纳博科夫现象》面世。阿纳斯塔斯耶夫通过纳博科夫的私人信件和友人对他的评价勾勒出他的生活图景,进而对作家的创作身份进行详尽的解读。他从文化诗学领域对纳博科夫作品进行具体批评,从文艺学的角度探讨了作家创作中的"俄罗斯性"和"非俄罗斯性"问题。2002 年阿纳斯塔斯耶夫又出版了《纳博科夫现象》的改写本《纳博科夫:孤独的国王》。该书融人物传记、作品批评与诗学研究为一体,展现了纳博科夫创作的整体特色。1994 年出版的瓦·利涅茨基(В. Линецкий)的《对抗巴赫金——一本关于弗·纳博科夫的好书》指出,互文理论的基础在于语义积累概念的回归,它保证了文学的模拟与记忆功能的实现。利涅茨基把研究重点放在纳博科夫创作的诗学特征之上。1997 年,亚历山大·多里宁(А. Долинин)主编的两卷本的《纳博科夫:赞成与反对》集结了俄罗斯和英美众多知名纳博科夫研究者的评论文章,深入挖掘了作家的创作风格和个性特点,研究视角全面、多元而新颖。1999 年出版的会议论文集《普希金和纳博科夫》重点比较了纳博科夫早期俄语作品和普希金作品的异同,探讨了纳博科夫翻译的《叶甫盖尼·奥涅金》的美学价值。2000 年,尼·麦利尼科夫(Н. Мельников)主编的《不加粉饰的经典作家:弗拉基米尔·纳博科夫创作的文学世界》一书罗列了纳博科夫生前著名批评家们对其作品的重要评论。2002 年,由麦利尼科夫主编的《纳博科夫:关于纳博科夫及其他》则把注意力投射到读者较少关注的纳博科夫的访谈、评论、短评、辩论性的简讯以及与文学翻译有关的文章上,其中绝大部分的俄语材料和一些照片及画作此前从未公布。编者试图通过这些珍贵的素材展现纳博科夫的美学信念、文学好恶以及这位谜一般"不透明的"经典作家的价值准则和人生之路;2016 年,阿·兹罗车夫斯卡娅(А. Злочевская)的《20 世纪神秘主义元小说的三副面孔:赫尔曼·黑塞、弗拉基米尔·纳博科夫、米哈伊尔·布尔加科夫》,从比较文学的维度分析三位作家的重要作品——《荒原狼》《天赋》《大师与玛格丽塔》等作品,以此探讨他们相似的哲学美学策略和文学叙事风格。

　　俄罗斯(苏联)的纳博科夫研究历经百年,经历了一个漫长而复杂的过程:从 20 世纪上半叶俄罗斯侨民文学界的褒贬不一,到 20 世纪中期苏联官方的全面禁止,再到 20 世

---

① 该书最早于 1979 年在法国巴黎出版发行。

纪末俄罗斯文学界的主动接纳。解禁之后的30年对于俄罗斯纳博科夫研究来说可谓意义非凡。学者们除了延续对"俄罗斯性"与"非俄罗斯性"的争论,对纳博科夫与其他俄国经典作家之间文学渊源的探究,还借鉴了西方学者的研究方法,丰富了纳博科夫研究课题,加强了国际间的学术交流与合作,拓展了纳博科夫创作的阐释空间。

第二节　英美国家的纳博科夫研究

20世纪20至30年代,纳博科夫的作品一般是在巴黎、柏林等地的俄侨杂志上登载。由于这些杂志的发行范围较小,只是在俄国流亡者中间流通,杂志的对外影响力十分有限,在俄侨文学界之外,纳博科夫仍然名不见经传。1940年,纳博科夫迁居美国之后,他改用英语写作,且创作技巧日臻成熟,但仍没有引起英语评论界的充分关注。真正让纳博科夫引人瞩目的还是他的《洛丽塔》(Lolita)。1958年,这部命运多舛、广受争议的小说由美国的普特南出版社重新出版,此后数月高居畅销书排行榜榜首。正是这场席卷欧美、波及世界的"洛丽塔飓风"让纳博科夫"守得云开见月明"。尽管存在否定的声音,但众多学者仍对作家持肯定的态度,比如爱德蒙·威尔逊(E. Wilson)曾与纳博科夫有着深厚的友谊和密切的文学交往,他为作家在美国文学界的立足提供了重要帮助;格雷厄姆·格林(G. Green)和玛丽·麦卡锡(Mary McCarthy)等人对纳博科夫创作的肯定论调奠定了纳博科夫在英美文坛的地位。可以说,如果没有爱德蒙·威尔逊、格雷厄姆·格林、玛丽·麦卡锡等人的关怀备至、大力推崇和学术互动,纳博科夫在美国开始的第二次文学生涯将会更加艰难。

1960—1964年,著名的企鹅出版公司先后出版了《普宁》(Punin)、《黑暗中的笑声》(Laughter in the Dark)、《斩首之邀》(Invitation to a Beheading)、《塞巴斯蒂安·奈特的真实生活》(The Real Life of Sebastian Knight)等作品,畅销刊物《花花公子》《纽约客》等也开始登载纳博科夫的小说片段。纳博科夫扬名天下,成为英美学界评论的焦点。这一时期,学者们开始关注纳博科夫作品中的现代主义及后现代主义的美学特征。厄普代克(John Updike)甚至把纳博科夫称作"当今拥有美国国籍的最优秀的英语散文作家"[①]。进入70年代,因为纳博科夫我行我素的创作理念与出版商的商业利益、当时流行的女权主义运动和"去欧洲中心论"文学思潮都不相吻合,晚年的作家并没有如同50至60年代

---

① 转引自刘佳林.纳博科夫研究及翻译述评[J].外国文学评论,2004(2):71.

那样在文坛上引起轰动,然而,他的作品仍然引发了评论界此消彼长、针锋相对的批评。

时至今日,英美学者对纳博科夫的研究成果丰富,批评视域宽广。整体来说,英美学界对于纳博科夫的关注主要有以下几个方面:

第一,"俄罗斯性"之争论。从20世纪早期纳博科夫以独特的写作风格在俄罗斯侨民文学界崭露头角,到50年代凭借英语小说在20世纪美国文学界大放异彩,再到60至70年代以构思复杂、技艺高超的作品声名远扬,纳博科夫的文学身份让不少学者认为纳博科夫放弃了俄国文学传统,彻底成为"世界主义者""非俄罗斯化"的美国职业作家。西方也有不少学者以俄罗斯侨民文学批评家格·阿达莫维奇、格·伊万诺夫等人曾用的"西欧风格"来定义纳博科夫的创作。另一些评论家则认为这种说法断章取义,有失偏颇,应该从整体上考虑作家的创作全貌,而不是截取作家个别的写作片段。纳博科夫的文本不仅具有后现代主义文体特性,更继承并发展了俄罗斯文化传统。不清楚纳博科夫和俄罗斯文学的密切关系,就不能准确理解作家的创作内涵。

涉及"俄罗斯性"这一论题的代表性成果有:安德鲁·费尔得(Andrew Field)的《纳博科夫:他的艺术生涯》(1967)、玛丽娜·诺曼(Marina T. Naumann)的《蓝色柏林之夜:纳博科夫20年代的短篇小说》(1978)、马克西姆·施拉耶尔(Maxim Shrayer)的《纳博科夫短篇小说的世界》(1999)等等,学者们从艺术风格和叙事策略等方面分析了纳博科夫与俄罗斯经典文学的渊源。

第二,文本形式批评。这是霍达谢维奇等人开创的纳博科夫研究中美学与"元文学"的批评模式的延续,即从文本内部的词语、句法、叙事结构等问题入手,集中探讨作品的艺术形式和文体风格,如佩奇·斯特格纳(Page Stegner)的《逃入美学:纳博科夫艺术论》(1966)和朱莉亚·巴德(Julia Bader)的《水晶地:纳博科夫英语小说中的技巧》(1972)继承和发展了霍达谢维奇等人的形式批评观念。巴德的结论是:纳博科夫的大多数小说都涉及从事写作活动的艺术家,纳博科夫作品关注的中心是艺术创造主题。

应该说,巴德继承了霍达莫维奇等人的形式研究成果,指出纳博科夫创作中艺术主题的重要性,然而这并不是一把能够解密纳博科夫艺术世界的万能钥匙。过多强调艺术形式,就容易走向把纳博科夫研究简单化的误区,把纳博科夫的小说看作是对艺术家从事艺术创造活动的表现和阐释,小说里纷繁复杂的情节、情感、人物构建都不过是艺术创造过程的简单表现而已。这样的研究思路很显然和纳博科夫本人的创作观念大相径庭。他认为作家的艺术风格不是工具或方法,而是作家艺术人格的组成与特质。由此可见,纳博科夫不是一个只会玩弄花招的文学魔术师。基于此,形式批评之外的文本意义阐释也就成了研究者们的重要目标。

第三,文本意义阐释。劳伦斯·李(Lawrence Lee)在把形式批评与意义阐释相结合方面做出了自己的努力。1976年他发表了《弗拉基米尔·纳博科夫》,指出纳博科夫的作品主题和创作目的就是艺术本身,创造艺术即是创造自我和创造生命,借此逃脱时间的牢狱。埃伦·皮弗(Ellen Pifer)在《纳博科夫和小说》(1980)一文中对纳博科夫小说的伦理层面展开研究。他认为纳博科夫不仅是注重文学游戏和精巧构思的艺术家,他还是一个遵从道德约束力的伦理个体,他的创作反映了其对人类生存问题和伦理道德的深刻思考。朱利安·康纳利(Julian Connolly)的《纳博科夫的早期小说:自我与他者的几种形式》(1992),兼顾形式批评与意义阐释,从叙事学角度分析纳博科夫俄语小说中的自我与他者的关系,并创造性地根据两者关系模式的演变对纳博科夫早期的小说创作进行划分。杜兰塔耶(Leland de la Durantaye)的《风格很重要:纳博科夫的道德艺术》(2010)论证了纳博科夫如何借助小说艺术策略,展现对人类意识与道德的个体感知。莫里斯·库图(Maurice Couturier)的《纳博科夫的厄洛斯与欲望诗学》(2014)借用"Eros"一词,分析纳博科夫作品的一个关键维度——爱与性如何从美学层面推动小说情节的展开和艺术世界的延伸。

第四,形而上学批评。纳博科夫早在1944年撰写《尼古拉·果戈理》时就提到了"彼岸世界":"在这超尘绝俗的艺术层面,文学当然不关心同情弱者或谴责强者之类的事,它诉诸人类灵魂的隐秘深处,彼岸世界的影子仿佛无名又无声的航船的影子一样从那里驶过。"[①] 1979年,薇拉在为纳博科夫去世后出版的俄语诗集撰写前言时明确指出,"彼岸世界"是纳博科夫创作的"首要主题",它"渗透于他所写的一切"[②]。事实上,从他早期作品中直接出现的变形、鬼魂和亡灵复现,一直到晚期作品中更为谨慎含蓄的死亡与再生的处理方式,"彼岸世界"始终是纳博科夫创作的重要主题。

关于"彼岸世界",乔纳森·西松(Jonathan B. Sisson)的《纳博科夫作品中的宇宙同步与彼岸世界》(1979)、巴顿·约翰逊(Barton Johnson)的《后退的世界:纳博科夫的几部小说》(1985)、布赖恩·博伊德(Brian Boyd)的《纳博科夫的〈爱达〉:意识之域》(1985)、大卫·拉特利奇(David Rutledge)的《纳博科夫的永恒奥秘——其作品中的形而上学》(2010)等论文都有相关论述。而亚历山大罗夫(Vladimir Alexandrov)的《纳博科夫的彼岸世界》(1991)则是此问题研究的集大成者。亚历山大罗夫认为,纳博科夫的艺术观念是建立在超验王国的直觉基础上的,体现为一个哲学层面的彼岸世界。纳博科夫的创作表明,他的形而上学、伦理学、美学三位一体,密不可分:纳博科夫相信存在一个永恒的、美和秩序并存的彼岸世界,善恶自有分辨。他的美学范畴包含艺术创作主题和艺术表现

---

① [美]纳博科夫.尼古拉·果戈理[M].刘佳林,译.桂林:广西师范大学出版社,2010:159.
② See Alexandrov V E. Nabokov's Other World[M]. Princeton:Princeton University Press,1991:4.

形式的统一。此外,亚历山大罗夫还分析了纳博科夫创作与俄罗斯白银时代文学传统和哲学观念之间的密切联系。

第五,文化纵深批评。研究者们对纳博科夫的多重文化身份,与世界文学及其他艺术形式的对话关系进行考察,认为纳博科夫是站在俄罗斯文化渊源的基础上,在世界文化的多元格局中进行个性化创作的,是具有"世界性"跨文化写作身份的文学大师。他的俄语作品与英语作品是相通、并重且互动的。欧美学者的一些杰出著作对后世的纳博科夫研究产生了深远影响。1995年出版的《纳博科夫研究指南》由亚历山大罗夫主编,由来自九个国家的数十位学者共同完成,几乎涵盖了纳博科夫创作的方方面面。此外,《纳博科夫研究指南》梳理了纳博科夫和普希金、陀思妥耶夫斯基、果戈理、托尔斯泰、契诃夫、勃洛克、别雷、古米廖夫、霍达谢维奇、乌斯宾斯基、莎士比亚、塞万提斯、福楼拜、爱伦·坡、柏格森、弗洛伊德、卡夫卡、乔伊斯、普鲁斯特等作家之间的创作渊源。《纳博科夫研究指南》的出版是纳博科夫研究史上的重大事件,该指南以其开阔的艺术视野和宽广的创作语境,成为纳博科夫研究者们的必读书目。

传记方面,安德鲁·费尔得将他的《纳博科夫:他艺术中的生活》(1967)和《纳博科夫:他的部分生活》(1977)这两部作品合并修订为《弗·纳博科夫的生活与艺术》(1986),但纳博科夫本人对费尔得的传记非常反感①。让·布洛的《蝴蝶与洛丽塔》(1995)以精练的篇幅、充满哲思的文字勾勒出纳博科夫的人生道路和创作轨迹。2000年,美国著名传记作家史黛西·希芙(Stacy Schiff)的《薇拉:符拉基米尔·纳博科夫夫人》获得当年度普利策文学奖(传记类)。这本传记生动地再现了纳博科夫与薇拉52年的婚姻生活,一个神话般的文学爱情故事。芭芭拉·威利(Barbara Wyllie)的《纳博科夫评传》(2010)完整记录了纳博科夫的生命轨迹和艺术生涯,全面考察了他的俄语、英语创作,精准分析了他的重要作品、自传、书信以及文学评论。2011年莉拉·赞加内(Lila Zanganeh)的《魔法师:纳博科夫与幸福》问世。赞加内作为一位纳博科夫的忠实读者,借助于对纳博科夫之子德米特里的访谈和对纳博科夫故地的探访与感受,用巧妙的语句与作家虚拟对话,探寻时间、记忆、情欲和爱的足迹,以传记、评论、文学创作相结合的新颖形式解读纳博科夫作品中关于幸福的秘密。

迄今为止最权威的纳博科夫传记当属布赖恩·博伊德的《纳博科夫:俄罗斯时期》(1990)和《纳博科夫:美国时期》(1991)。这部传记是纳博科夫研究进程中一座忠实而科学的丰碑。布赖恩·博伊德博曾多次拜访薇拉、德米特里等纳博科夫的亲朋好友,实地

---

① 纳博科夫本人及后来的权威传记作家博伊德都坚决否定了费尔得的传记,认为它"不但是一个庞大的错误简编,而且行文妄自尊大,令人作呕"。详见[美]威利.纳博科夫评传[M].李小均,译.桂林:漓江出版社,2014:180.

考察了纳博科夫故居,研读了大量关于作家的档案资料,将纳博科夫个人的生命历程和创作生涯相结合,在占据大量客观事实的同时,又能对纳博科夫的个人境遇和创作文本进行富有创见的分析和颇具诗意的解读。他坚持认为,纳博科夫不仅仅是一个文体大师,"他是一个非常严肃的思想家——一个认识论者,一个形而上学论者,一个道德哲学家,一个美学家。"①他的工作就是试图厘清纳博科夫创作的哲学脉络和美学风格。可以说,博伊德的传记在纳博科夫研究领域极具分量和参考价值,因此成为众多纳博科夫研究者的必备资料。

欧美学界的纳博科夫研究视野宽广,成果丰富,并且成立了各类研究纳博科夫的机构,形成了专门的检索网站和资料库,其内容也保持同步更新。1978年,国际纳博科夫学会在美国成立,并开始出版半年刊《纳博科夫研究者》。1993年,由著名的纳博科夫研究专家巴顿·约翰逊主持的电子论坛《纳博科夫在线》(Nabokov Online Journal)开通,1994年他又发起创办了《纳博科夫研究》学术年刊。1995年,由爱德蒙斯提议、美国宾夕法尼亚大学图书馆赞助的"赞巴拉"(Zembla)网站开通。随后,由博伊德主持,新西兰奥克兰大学赞助的"爱达在线"(Ada Online)网站投入使用。这些媒介和组织的形成与发展有助于在全球范围内推进纳博科夫研究的进程。

此外,纳博科夫的小说不仅以文学形式呈现,部分作品更是被改编为电影、电视剧、音乐剧、歌剧、戏剧等多种艺术形式呈现给大众。从20世纪60年代至今,《洛丽塔》《黑暗中的笑声》《斩首之邀》《绝望》《玛丽》《防守》等作品先后被搬上银幕和舞台。纳博科夫的文学作品之所以受到导演们的青睐,是因为他的小说具有电影般的质感和格调,视觉和感官刺激充斥其中,禁忌与浪漫交相辉映,而多元的艺术表现形式恰恰体现了纳博科夫创作文本作为一个独特文化符号的经久不衰的生命力。

英美国家的纳博科夫研究进程是多元而动态的。最初,英美学界偏重于早期俄罗斯侨民批评家所热衷的"俄罗斯性"之争、美学与"元文学"的形式批评模式,此后研究者们开始把形式批评与意义阐释相结合,并逐渐强化了对纳博科夫创作中形而上学和文化纵深层面的关注。英美学者的一些颇有学术价值的著作丰富了有关纳博科夫的研究成果,对我国的纳博科夫批评具有一定的借鉴意义。

---

① [新西兰]博伊德.纳博科夫传 俄罗斯时期(上)[M].刘佳林,译.桂林:广西师范大学出版社,2009:引言3.

第三节　中国的纳博科夫研究

我国的纳博科夫研究因为多种因素影响起步较晚,从 20 世纪 80 年代之初开始,并随着其作品译介工作的推进而深入。经过三十多年的努力,纳博科夫研究的队伍不断壮大,从最初的译者担当研究主力,演变为如今的从不同视角开展文学评论。我国学者对纳博科夫作品进行了多角度的深入探讨,其研究范围和研究手段都有明显突破。

1981 年翻译家梅绍武先生翻译了长篇小说《普宁》,1987 年他发表了《浅论纳博科夫》一文,介绍了作家生平及其主要作品,概括了纳博科夫的创作理念,提炼了欧美学界主流的批评意见,由此拉开了我国纳博科夫研究的序幕。从 1989 年开始,中国出现了"洛丽塔热",至今已有十几种《洛丽塔》中译本先后问世,值得一提的是,这一时期对《洛丽塔》的宣传普遍存在过分商业化的问题,利用一些充满噱头的宣传语,如"异乡变态情""国外开禁小说"等来博人眼球[①]。

随着《洛丽塔》浪潮的席卷,国内出版业对于纳博科夫作品的关注与日俱增,涌现出大量小说、讲稿和传记的中译本。1998 年至 2000 年时代文艺出版社曾推出过一套纳博科夫译作,这本是国内纳博科夫研究的大事件,然而其中一些低水平的译本却引起了国内一些翻译家,如刘佳林等人的不满,他们认为有些译者的翻译态度随意而草率,对纳博科夫的文学观念和创作风格知之甚少却又自作聪明,贸然动笔。译者本应该呈现给国内研究者的优秀译作,却沦为引起学术误解的糟粕之物,因此这些译作"在相当程度上限制、妨碍了真正的学术研究"[②]。

纵观这一时期的研究成果,其中有相当一部分是译介性的,如于晓丹的《纳博科夫其人及其短篇小说》、陆道夫的《纳博科夫长篇小说述评》等文梳理了纳博科夫的诗歌创作和昆虫学研究,介绍了国外纳博科夫的研究现状。因为当时研究视野和研究水平的局限,国内学者同西方学者一样对于纳博科夫存在一定误解,认为他热衷于炫耀文学技巧,对读者充满恶意,是"一位'形式主义者'、'唯美主义者'、'纯艺术论者',以及多少还是一位冷酷无心肝者"[③]。然而,20 世纪 90 年代的研究成果中仍有一些论文具有独特的学术

---

① 详见刘佳林.纳博科夫研究及翻译述评[J].外国文学评论,2004(2):76.
② 刘佳林.纳博科夫的诗性世界[M].上海:上海人民出版社,2012:18.
③ 聂丽珠.《文学讲稿》和纳博科夫[J].广西师范学院学报(哲学社会科学版),1994(3):38.

价值,比如梅绍武的《纳博科夫和文学翻译》、高尚的《一幢造在高处的多窗的房间——纳博科夫及其〈洛丽塔〉》、于晓丹的《〈洛丽塔〉:你说什么就是什么》、刘佳林的《论纳博科夫的小说主题》等等。临近 21 世纪,国内研究者们的水平也在稳步提高,出现了一些较有分量的成果,如陈平在《火焰为何微暗——纳博科夫小说〈微暗的火〉评析》一文中,使用一种崭新的解读模式,运用罗兰·巴特的理论来阐释《微暗的火》,提升了文学批评的高度和广度,而孙靖的《〈洛丽塔〉的后现代性阐释》和肖谊的《水晶宫、梦境与现实——论〈洛丽塔〉的表现艺术》则是以后现代主义为出发点,探讨纳博科夫作品的后现代美学特征。

从 2005 年开始,上海译文出版社再次推出了纳博科夫作品的一系列译作,保留了梅绍武的《普宁》《微暗的火》,龚文庠的《黑暗中的笑声》等优秀译本,重新翻译了《洛丽塔》《斩首之邀》《防守》《黑暗中的笑声》《绝望》《透明》《眼睛》《说吧,记忆》《魔术师》《瞧,这些小丑!》《王、后、杰克》等,虽然其中仍有部分翻译细节有待商榷,但是整体水平较之前的译本已经有了明显提高。此外,其他出版社也相继推出了一些中译本,与上海译文出版社形成了书目互补。其中,较为著名的译作有申慧辉的《文学讲稿》,金绍禹的《〈堂吉诃德〉讲稿》,谭惠娟的《劳拉的原型》,唐建清的《独抒己见》,韦清琦的《爱达或爱欲:一部家族纪事》,刘佳林的《尼古拉·果戈理》《荣耀》,丁骏和王建开的《俄罗斯文学讲稿》,等等。广西师范大学出版社出版了刘佳林翻译的布赖恩·博伊德所著的《纳博科夫传》。这部译作对于国内研究者具有非比寻常的意义。刘佳林是一位勤勉而忠诚的纳博科夫研究者,从翻译到评论,十几年如一日与纳博科夫相伴相随。正是出于对作家深沉的热爱,凭借坚定的学术毅力,依托深厚的中英文语言功底,他的译文准确流畅,形神兼备,文采飞扬,为推进国内纳博科夫研究做出了巨大贡献。上文提到的纳博科夫传记《蝴蝶与洛丽塔》《纳博科夫评传》《魔法师:纳博科夫与幸福》的中译本分别于 2010 年、2011 年、2016 年在国内出版发行。2017 年由唐建清翻译的《致薇拉》面世。该书是纳博科夫写给妻子薇拉的书信集,这些信写于 1923 年至 1975 年之间,其中大部分写于 20 世纪 20 至 30 年代。信件内容涉及日常生活和文学创作,字里行间洋溢着他对薇拉强烈而专注的爱意。这些私人信件的翻译加深了国内读者对于纳博科夫个人生活和创作历程的认识,展示了纳博科夫作为一位艺术家的秉性——好奇、温柔、善意和激情。

纳博科夫中译本的大量出版对于促进作家在中国的广泛传播起到了积极作用,也激发了评论界对其作品的充分关注和阐释热情。此前着重强调的商业性宣传因素慢慢淡化,翻译和研究也转而回归到艺术的本质,形成了更为冷静严肃的学术思考。之前受研究水平与眼界格局所限,对于纳博科夫的种种误读也随着研究的深入逐渐消解。总体来说,国内研究者延续了国外学界所关注的一系列研究课题,借鉴了国外研究的模式与方法,拓展了纳博科夫创作的研究空间。近年来,国内纳博科夫研究趋向与西方学界的研究格局类似,可分为"细化"与"泛化"两个向度①。前者注重作家创作文本、作品主题和人物建构的解析,后者强调将纳博科夫置于俄罗斯及世界文学艺术整体和人类文化大语境中进行研究。学者们从不同视角阐释纳博科夫的创作文本,探析作家的文艺美学思想,可谓洋洋大观,硕果累累。

期刊论文方面,据不完全统计,在知网上可查的涉及纳博科夫的文章数量将近1000篇。这些成果关注的议题主要可分为以下几个方面:

第一,关于作家创作思想及文学归属的研究。如张冰的《纳博科夫与白银时代俄国文化精神》、周启超的《独特的文化身份与"独特的彩色纹理"——双语作家纳博科夫文学世界的跨文化特征》、赵君的《"作家的艺术就是他真正的护照"——"异类"流散作家纳博科夫对身份认证的超越》、王安的《"玻璃小球中的彩色螺旋"——探寻纳博科夫"向彼而生"的人生与艺术主题》、杨傲霜和王安的《〈阿达〉中的植物意象:纳博科夫的艺术模仿论表征》、吴娟的《拟态、演化与叙事:纳博科夫〈天赋〉对进化论的文化反思》等;

第二,关于创作主题的研究。如刘佳林的《论纳博科夫的小说主题》、汪小玲的《论纳博科夫的流亡意识与纳博科夫研究的多元文化视角》、蒙柱环的《文化流浪者、精神创伤与"时空交错"——从〈洛莉塔〉和〈普宁〉看纳博科夫的文学主题》、朱涛的《论纳博科夫作品中隐性主题的艺术功能——以〈防守〉为例》、何畅的《"非家"的风景——纳博科夫笔下的风景想象》等;

第三,关于人物形象构建的研究。如何岳球的《洛丽塔:纳博科夫的"变态"蝴蝶》、孙敏的《过早凋零的野百合——纳博科夫〈洛丽塔〉中的洛丽塔形象解读》、马红旗的《逃离·守卫·绝望——纳博科夫三部早期作品主人公的身份研究》、邱畅的《纳博科夫英语长篇小说中俄国流亡知识分子形象研究》等;

第四,关于现代主义、后现代主义美学特征和叙事风格的研究。如汪小玲的《论〈洛丽塔〉的叙事策略与隐含作者的建构》、肖谊的《论纳博科夫〈梦锁危情〉的叙事艺术》、王丹的《纳博科夫的后现代空间叙事》、张鹤的《"一条复杂的小蛇"——简析纳博科夫的小说〈普宁〉的叙述结构》、陈冬秀的《伦理边界、自我伦理学与审美狂喜——纳博科夫小说中的后现代伦理问题》等;

第五,关于比较文学视角的研究。如刘佳林的《纳博科夫与堂吉诃德》《纳博科夫与陀思妥耶夫斯基》、童明的《梦蝶·应和·变形:现代异化和美学经验》、张鹤的《纳博科夫VS弗洛伊德》、高建华的《纳博科夫与库普林爱情故事的叙事策略——以〈黑暗中的笑

---

① 详见刘佳林.纳博科夫研究及翻译述评[J].外国文学评论,2004(2):76.

声〉与〈石榴石手镯〉为例》、邱畅的《纳博科夫小说叙事策略与中国古典小说叙事策略——以〈洛丽塔〉与〈红楼梦〉为例》等;

第六,关于纳博科夫作品翻译问题的研究,即从具体的翻译实践中深化对于作家创作理念和小说文本的理解和把握。如李小均的《纳博科夫翻译观的嬗变》、谭惠娟的《结构魔方与审美狂喜——纳博科夫〈劳拉原型〉的"元小说"艺术特征》、谢盛良的《美学视角下文学翻译的"陌生化"手法解析——以〈洛丽塔〉英译汉为例》、段峰和马文颖的《纳博科夫与文学自译》、张政和刘晗的《异曲而同工:纳博科夫与林语堂翻译观之比较》等。

学位论文方面,国内的硕士论文多是对纳博科夫的一部或几部作品进行分析,也有部分论文从纳博科夫的文艺美学思想入手,整体数量众多,此处不再赘述。博士论文方面,据不完全统计,国内共有20余篇以纳博科夫文学创作及艺术思想为研究专题的博士论文。比如,2005年马红旗的《弗拉基米尔·纳博科夫的政治意识》研究了纳博科夫的政治意识体现在其对艺术自由的追求及强烈的俄罗斯情结;2006年吴剑萍的《现代、后现代语境下的纳博科夫小说诗学研究》指出纳博科夫创作中的现代主义与后现代主义文学特征,重点探究了作家如何处理艺术与现实、艺术与道德的关系及其独特的"审美狂喜"内涵和读者接受维度;2006年戴晓燕的《游弋于传统和现代之间:纳博科夫的小说及他在中国的命运》探讨了纳博科夫创作的重要主题,分析了文本中的叙述者问题和互文手法,考察了纳博科夫在中国的传播、接受以及对当代作家的影响;2010年王卫东的《焦虑 探索 超越——论纳博科夫的身份认同》主要运用"身份认同"理论,结合作家的"审美狂喜"意识和"想象的共同体""第三空间"等概念,分析了纳博科夫创作身份认同的变化过程;2010年刘文霞的《"俄罗斯性"与"非俄罗斯性"》从早期俄侨评论界对纳博科夫毁誉参半的评论入手,通过对小说文本的分析和作家文学美学观念的阐释,指出"既要看到纳博科夫作品中的跨文化色彩,又不能忽视他作品中的'俄罗斯性'"。纳博科夫双语作家的独特身份就决定了其创作中的俄国文化渊源和英美文化渗透。纳博科夫的双语创作是连续而对话的,既有对普希金、果戈理、陀思妥耶夫斯基、别雷等为代表的俄罗斯文学经典作家的借鉴,也有对俄罗斯"白银时代"文化精神的传承,更有他对西方文明的理解和反思。纳博科夫的文学品格就是将这些跨文化的因素结合起来,进行个性化的艺术加工和再创作;2012年许原雪的《纳博科夫小说中男性视阈下女性形象的建构》从女性主义文论入手,结合解构主义、弗洛伊德主义、原型批评等理论,探讨了纳博科夫的三部小说《玛丽》《黑暗中的笑声》《洛丽塔》中的女性形象构建及其中所反映的传统男性心理;2016年陈为艳的《冲突与协调:论纳博科夫小说的艺术与伦理》指出纳博科夫创作中的"艺术性"与"伦理性"只是看似不可调和,实质相互兼容,纳博科夫推崇艺术,极力反对作品中的思想灌输与道德说教,但是这并不是拒绝伦理意识和道德关怀。相反,对艺术自由的强烈追求体现为创作题材的突破、艺术形式的创新、作者的价值观在文本内的倒置等,体现了作家更深层次上的伦理道德观念和美学诉求;2017年喻妹平的《从人物叙述者看纳博科夫小说的叙事伦理》选取纳博科夫三部人物叙事代表作《绝望》《普宁》《微暗的火》,探究作家深刻的叙事伦理表达,通过主要人物叙事,折射出隐含的作者形象,展现了纳博科夫创作所蕴含的道德性和艺术性,体现了作家对人类社会政治与文明的独到见解;2019年曹晓娇的《想象与转换:纳博科夫小说的意义衍生机制研究》基于洛特曼文化符号学理论,对《玛丽》《黑暗中的笑声》《斩首之邀》和《洛丽塔》这四部小说从文本层次、文化层次、符号圈层次等方面深入探索文本的意义衍生机制,通过想象与转换扩展文本意义的可阐释空间。

相关论著方面,国内纳博科夫研究的专著多数是由博士学位论文修改而成,如2007年李小均的《自由与反讽:纳博科夫的思想与创作》、2007年王霞的《越界的想象——纳博科夫文学创作中的越界现象研究》、2009年谭少茹的《纳博科夫文学思想研究》、2010年王青松的《纳博科夫小说——追逐人生的主题》、2012年刘佳林的《纳博科夫的诗性世界》、2013年王安的《空间叙事理论视阈中的纳博科夫小说研究》、2014年陈辉的《纳博科夫早期俄文小说研究》等。总体来说,这些著作既反映了国内外纳博科夫研究的热点问题,也体现了中国学者多元的解读视角。例如,2014年赵君的《后现代文艺转型期纳博科夫小说美学思想研究》以其博士论文《艺术彼在世界里的审美狂喜——纳博科夫小说美学思想探幽》为基础,在文化大背景下系统阐释了纳博科夫的美学思想,探讨了他的艺术本源论、现实观、小说内在的诗性品格及其独特的艺术批评与鉴赏观念等等。2015年吴娟的《纳博科夫:"一位严格的道德家"》从"鞭挞罪恶""掌掴愚昧""嘲讽庸俗""把至高无上的权利赋予温厚、才智和尊严"这四个方面分析了纳博科夫文本中道德主题的表现方式,探讨了纳博科夫创作中的道德观念和伦理价值;2015年郑燕的《纳博科夫之"他者"意识空间构建》是基于其博士论文《纳博科夫的另一世界:为言语的"自我"重建的自我意识之空间》撰写的英文著作。该书通过对纳博科夫的《斩首之邀》《塞巴斯蒂安·奈特的真实生活》和《说吧,记忆》这三部作品的解读,分别从哲学、美学、文化三个视角探讨了纳博科夫的"在言之我"以他者或他性穿越时空和文化层的文学策略。

总体来说,以上这些论文和专著体现了国内纳博科夫研究中的若干重点、热点问题及基本研究趋向:

第一,"现代性"和"后现代性"是纳博科夫研究的热门词汇。国内研究者借鉴了国外学者对纳博科夫作品中的现代主义、后现代主义美学特性的阐释。虽然纳博科夫本人反对"文学流派"之类的统一概念,他坚持认为:"我对文坛上诸如团体、运动、流派这类东西不感兴趣。我只对个体的艺术家感兴趣。"①然而,这些学者对纳博科夫创作中现代性、后现代性艺术特征的探讨,不失为一种从文学史的定位来分析作家创作风格的一种富有成效的研究方法。

第二,纳博科夫创作的"俄罗斯性"是另一个热门议题。和国外学界一样,纳博科夫的流亡经历、英语写作和独特创作理念也让国内评论界为其"俄罗斯性"与"非俄罗斯性"争辩不休。近年来,我国研究者针对纳博科夫对于俄罗斯文学经典的借鉴及其创作与世界文学之间的渊源做了细致而深入的研究。目前,国内学界普遍认为,纳博科夫是浸透着俄罗斯骨血,同时吸收了西方文学精华,兼具俄英文化视野的双语作家。

第三,对纳博科夫创作及思想的整体把握占据研究的重要地位。学者们科学而理性地借鉴了欧美及俄罗斯学界的研究成果,前期的偏差与误读得以校正,流于表面的跟风阅读已被深思熟虑的深度解读替代。从不同研究视点引发的论述和阐释从多个角度勾勒出纳博科夫创作的整体风貌,体现了纳博科夫文本及思想研究的多维度、多样性及多元化趋势。

---

① [美]纳博科夫.独抒己见[M].唐建清,译.杭州:浙江文艺出版社,2012:4.

第二章
巴赫金文化符号学理论与纳博科夫研究

第一节　符号学视域下的文学批评

通过梳理欧美、俄国及中国学界的纳博科夫研究成果，可以看到学者们运用不同的理论方法，从各自的评论视角出发，对纳博科夫艺术创作中最主要的问题进行了细致详尽、颇具个性和启发性的清晰论述，显示了科学研究的批评路径和对纳博科夫的深入理解。以纳博科夫批评实践为起点，纵观国内外学界长期以来的评论传统，文学批评一般都是借助于科学思维范式，即通过归纳、论证、演绎、总结等方法，拨开复杂的文学表象，找出隐藏的确定意义，以一种独白的、确凿的、完成的表述方式来论述自己的观点。长久以来，文学评论更重视文学的认识功能，往往以该作品反映了什么社会现象，表达了作者的什么观点，揭露了什么主要矛盾，以怎样的艺术审美形式表现等，就给文本盖棺论定。然而，文学研究既是一门独立的学科，也是一种独特的创作活动，对文学作品的研究本身就是一种文学再创作。再者，一部文学经典作品，因为研究视角的多元、审美受众的差异和社会历史文化背景的更替，其文学现象之后的意义，必然是复杂的、不确定的和未完成的。因此，文学批评不应仅仅满足于探究"这是什么"或"怎样是"，而应尽可能地挖掘"这可能是什么"。

从这一研究诉求来看，符号学的介入可以给传统文学批评提供一个崭新的视角。随着人类文明的发展，对于"人"的理解在不断地丰富和扩充。20世纪德国哲学家、文化哲学创始人恩斯特·卡西尔曾经给"人"下了一个崭新的定义："我们应当把人定义为符号的动物（animal symbolicum）来取代把人定义为理性的动物。只有这样，我们才能指明人的独特之处，也才能理解对人开放的新路——通向文化之路。……符号化的思维与符号化的行为是人类生活最富有代表性的特征，并且人类文化的全部发展都依赖于这些条件,这一点是无可争辩的。"①卡西尔认为,真正把人与动物相区分的是人的符号功能和人的符号活动。"除了在一切动物种属中都可看到的感受器系统和效应器系统以外,在人那里还可发现可称之为符号系统的第三环节,它存在于这两个系统之间。这个新的获得物改变了整个的人类生活。"②动物只能对物理世界给予它的各种"信号"做出条件反射,只有人才能够把这些"信号"改造成为有意义的"符号",以符号来解释、把握世界,利用符号去创造出他所需要的"理想世界"。

在卡西尔看来,信号是物理世界的实体性存在,而符号具有意义的功能和价值。"所有在某种形式上或在其他方面能为知觉所揭示出意义的一切现象都是符号。"③人是符号的动物,人所具备的符号功能使人对周边环境的应变能力大大高于动物的简单反应能力。人的"符号智慧"表现在他能利用符号去创造文化,建造"一个使人类经验能够被他所理解和解释、联结和组织、综合化和普遍化的符号的宇宙"④。人类通过符号活动构成一个超出物质世界的符号世界——文化世界。语言、艺术、历史、科学、神话、宗教等人类文化的各种形式都是符号活动的产物,是人类用以认知和解释世界的符号系统,是人类自身建构的符号宇宙的组成部分。简言之,符号是人类生存和文化发展的关键所在。人通过创造符号来认识世界,创造文化,一切源于物质世界,但又超越了自然界的限制,从而开辟了广阔的精神天地。人所建立起来的这种文化世界里的每一门学科知识的承载、解读和传播都要借助于符号;人身处于符号世界,其思维、语言和交流都离不开符号。因此,对符号的深入研究能够促进人类进一步加深对世界、文化、思维和自身的认识。

符号学的研究对象就是"符号现象""符号活动""符号功能""符号智慧"等等。它研究符号的本质、符号的发展变化规律、符号的各种意义、各符号之间以及符号与人类活动之间的关系。任何物体都不存在单一的符号表现形式,任何符号都无法穷尽它意义上的多义性以及内涵的丰富性。不同的人创造不同的符号,进而诞生不同的文化,而不同的文化又会使受其影响的人对符号产生不同的解释。而人类的文化世界并非一成不变,对于符号的理解和接受也是动态和多元的。有学者认为,"符号学是研究作为基本文化事实的、作为文化和社会生活实质的信息和结构的互相交流和再加工的一门科学。"⑤在科学文化占主导地位的时代,科学是人类文化最高、最权威、最不易撼动的成就。然而,人的符号功能使人能够利用自然世界去创造一个符号性的、充满生命力的精神世界。这样

---

① [德]卡西尔. 人论[M]. 甘阳,译. 上海:上海译文出版社,2003:34-35.
② [德]卡西尔. 人论[M]. 甘阳,译. 上海:上海译文出版社,2003:33.
③ 转引自朱立元. 现代西方美学二十讲[M]. 武汉:武汉出版社,2006:116.
④ [德]卡西尔. 人论[M]. 甘阳,译. 上海:上海译文出版社,2003:280.
⑤ 郭鸿. 文化符号学评介——文化符号学的符号学分析[J]. 山东外语教学,2006(3):4.

一来,哲学认识论的范围得以拓展,即从纯自然科学领域扩大到人类思想文化维度,从而彰显了人的主体价值。卡西尔认为,艺术与科学同为人类符号活动和文化形式,同属人类文化体系。他对艺术这一求美的符号活动的理解,是在与求真的科学理论知识和求善的道德伦理判断的比较中确立起来的:"科学在思想中给予我们以秩序;道德在行动中给予我们以秩序;艺术则在对可见、可触、可听的外观之把握中给予我们以秩序。"①卡西尔指出,科学是对物质世界的客观描绘和高度概括,而艺术是对物质世界的创造性提炼与重构;科学符号的本质特征是抽象的概念,而艺术符号的本质特征是具象的形式;科学活动的基本准则是理智的控制,而艺术符号的基本特征是情感的塑造。因此,艺术较科学而言,更具蓬勃的生命张力,充分彰显了人的个性与情感,最大限度地实现了人的主体精神的张扬与解放。

在这一点上,苏珊·朗格与卡西尔可谓一脉相承。她把艺术看作是"人类情感的符号形式的创造"②,把艺术作品看作是一个符号整体来分析和理解。文艺作品就是艺术符号,就是一种富于表现力的情感符号,它表现的不是艺术家个人的情感宣泄,而是人类的普遍情感,它是情感概念的物质载体。这种情感不同于非理性的情绪爆发,它作为生命有机体的组成部分,反映了一种具备逻辑品格的生命形式和符号体验。艺术的知觉过程是审美对象与审美主体之间的对话,是可见物与见者之间的互动,是符号本体、客体、主体融合的结果。艺术是由人创作出来的符号语言,是用艺术的符号构筑的人为世界。进入到艺术的世界,"我们不再生活在事物的世界实在性之中,而是生活在诸空间形式的节奏之中,生活在各种色彩的和谐和反差之中,生活在明暗协调之中。"③

文学文本同任何艺术形式一样,也是生命形式和普遍情感的符号化表达。小说不是一对一的、机械的代码系统,而是一个具有意义价值和审美内涵的艺术符号整体。小说家们通过制造艺术符号,"将经验形式化并通过这种形式将经验客观地呈现出来以供人们观照、逻辑直觉、认识和理解。"④读者通过阅读参与艺术家的创作过程,通过对文本的直观感受对其所表达的生命形式进行把握,使人的头脑和心灵受到震颤,从而更新自己的生命定义。审美价值的本质不仅是要激发起某种情感,而是要洞见这种情感的本质,洞见一种生命形式,再由这种生命形式去传承由艺术所产生的激情,从而达到一种自由、自主的境界,最终实现生命的解放。

洛特曼认为,文本是文化的缩小模式。符号学视域下的文学文本不仅是一个语言符

---

① [德]卡西尔.人论[M].甘阳,译.上海:上海译文出版社,2003:213.
② [美]朗格.情感与形式[M].刘大基,傅志强,周发祥,译.北京:中国社会科学出版社,1986:51.
③ [德]卡西尔.人论[M].甘阳,译.上海:上海译文出版社,2003:193.
④ [美]朗格.艺术问题[M].滕守尧,朱疆源,译.北京:中国社会科学出版社,1983:121.

号系统,更是一种复杂的、对话的、多义的文化符号系统。借助符号学视角,研究者通过阐述文学文本的信息传递功能,从文本的结构出发,挖掘人物形象的复杂多义性,从而揭示文本尤其是经典作品庞大的信息承载量,通过对文本的细读与重读、阐释和再阐释,使其保持恒久的可读性和无限的解读空间。经典文学作品的符号学解读有赖于作者、文本、读者之间的对话:作者创作文本,在文本中留下空白;读者从自我视域中提取经验填补空白;作者的艺术生命在读者的无限解读中得以延续;文本价值在读者的积极构建中得到丰富。审美主客体的对话是未完成的,对文本的理解也没有固定的理论模式,每一种解读都没有绝对的正误,而是意识的碰撞与对话。符号学视域下的文学研究没有线性的终点,只有发散的维度,随历史更迭而流动。"如果说科学或法律朝着一种永恒的固定情景前进,对它们来说这种永恒也是必要的基础,如果说司法和数学顶得住赫拉克利特的流水,并且希望在河岸上静止不动的话,正是在这'逝者如斯'的河床上,文学获得了自己的活力,找到了自己的意义。"①文学应该拥有鲜活的生命力,而符号学的研究视角可以让文学批评不止于得出一个结论,确定一种含义,而是平添一份众声喧哗、和而不同、多元共生的文化包容和人文观照。

显然,对于纳博科夫这样一位意识情感和艺术表现都极其丰富的经典作家来说,其作品就是一个可以被无限阐释、永远都难以穷尽的独特艺术空间。也许,符号学批评是解读和研究纳博科夫创作的一种理想途径,尤其是巴赫金的文化符号学理论及批评方法。

第二节 巴赫金文化符号学理论概述

作为现代符号学研究三大前沿阵地之一的俄罗斯符号学研究不仅具备悠久的学术渊源,鲜明的跨学科特性,还充盈着对人类深层文化结构及社会历史发展轨迹的思考。可以说,俄罗斯的符号学研究侧重于文化符号的研究,文化符号学是俄罗斯符号学研究的整体特色。作为俄罗斯符号学阵营承前启后的关键人物,苏联著名思想家、符号学家、语言学家米哈伊尔·米哈伊洛维奇·巴赫金"被看作俄罗斯结构主义和形式主义的开拓者和超越者"②,对莫斯科—塔尔图学派的形成与发展具有深远影响,直接促成了该学派

---

① [法]布洛.蝴蝶与洛丽塔[M].龙云,译.上海:上海人民出版社,2010:14.
② 王铭玉.符号的性质及对话理论——巴赫金思想研究[J].外语学刊,2010(6):151.

"向文化符号学的转向"①。他那极富创见的思想被埋没了相当长的时期,在20世纪60年代被学界重新发现,随即引发阐释热潮。正如维·伊凡诺夫(В. Иванов)所说,"提出于二十年代、而仅仅在今天才成为研究者们注意中心的符号和文本系统的思想的功劳,是属于巴赫金的。"②

巴赫金与纳博科夫一样,也是一位兴趣广泛的多面学者。他在文学、哲学、美学、符号学、语言学、社会学、人类学、历史文化学等诸多领域都颇有建树,其思想体系博大精深,兼具人文关怀与科学精神,各个学科都能从中汲取养分,得到启迪,尤其对人文学科的发展进程产生了重大影响。结构主义学派视巴赫金为自己的理论同盟,其代表人物托多罗夫(Tzvetan Todorov)称巴赫金是"二十世纪人文科学领域里最重要的苏联思想家,文学界最伟大的理论家"③,认为"巴赫金理论是一种符号或元语言学理论,旨在创立与自然科学研究方法有所不同的人文科学认识论和解释学"④。国内学者胡壮麟教授指出,作为符号学家的巴赫金对于符号并未给出一个完整而明确的定义,而是明确强调了符号的独特属性,即物质性、历史性、社会性和意识形态性这四个特点⑤。王铭玉教授在此基础上,又展开说明了符号的可解码性、话语性和元语言性⑥。

实际上,除了对符号性质的关注,巴赫金符号学思想的主线是对于对话理论的坚持。"对话主义作为巴氏学说的哲学出发点与理论归宿,更在其整个思想体系中占据着至为重要的核心位置。"⑦巴赫金确立了以对话理论为核心的符号学立场,从哲学、美学、诗学的高度去动态而多元地认识语言符号及文化符号,是一种互动的、开放的、未完成的人文学科研究方法和审美观照方式。狭义上的对话是一种人与人之间言语互动的交流形式,巴赫金则赋予对话更广阔和更深刻的内涵。他将对话由具象含义上升为一个抽象概念,认为它既是具体的语言现象,人类基本的生存方式,也是人类活动与思想的本质特征。对话是意识与意识间的交往,是主体意识的平等参与,作为符号之属性及功能的意义正是在这种动态的、未完结的对话语境中产生。巴赫金选择把对语言符号系统的关注重点放在小说文本在对话语境中的批评与解读之上。这种文化符号学的研究策略对符号学

---

① 王铭玉,陈勇.俄罗斯符号学研究的历史流变[J].当代语言学,2004(2):163.
② 转引自钱中文.理论是可以常青的——论巴赫金的意义[M]//巴赫金全集:第1卷.晓河,等译.石家庄:河北教育出版社.1998:31.
③ [法]托多罗夫.巴赫金、对话理论及其他[M].蒋子华,张萍,译.天津:百花文艺出版社,2001:171.
④ [美]刘康.对话的喧声——巴赫金的文化转型理论[M].北京:北京大学出版社,2011:引言8.
⑤ 详见胡壮麟.走近巴赫金的符号王国[J].外语研究,2001(2):10-15.
⑥ 详见王铭玉.符号的性质及对话理论——巴赫金思想研究[J].外语学刊,2010(6):151-155.
⑦ 蒋述卓,李凤亮.对话:理论精神与操作原则——巴赫金对比较诗学研究的启示[J].文学评论,2000(1):128.

及当代文学评论影响深远。20世纪之前,不少文艺批评家往往自觉或不自觉地把艺术的内在发展规律和外在的历史文化背景视为是二元对立的,出现了社会历史批评和形式主义等流派。进入20世纪,文化的变革转型逐渐使这种二元对立状况得到改变。从20世纪后半叶至今,文艺作品的文化批评理论蔚为大观。巴赫金以对话思想为核心的文化符号学理论就是其中的重要一环。研究者们普遍认为,巴赫金的符号学思想是动态变化的,也许只有在其生活经历和创作历程中,才能够对其思想的学术渊源和发展过程有较为清晰的认识。

巴赫金思想发展的第一阶段是早期哲学—美学阶段。1895年11月16日(俄历11月29日),巴赫金出生于俄国小城奥廖尔的一个没落贵族家庭。与纳博科夫浓厚的崇尚英国风气的家庭氛围不同,巴赫金家与当时一般的俄国旧式贵族家庭一样,崇尚德国式教育。这种传统自然而然地孕育出巴赫金对于抽象哲学思辨的爱好。也正是出于对语言和哲学的热爱,1914年至1918年,年轻的巴赫金就读于圣彼得堡大学古典语文系。这四年正值第一次世界大战和俄国十月革命时期。在社会剧烈动荡的激流中,青年巴赫金正式开始了自己的学术求索。他对政治没有投入过多热情,也不想成为故纸堆里的老学究,他的目标就是做一位能够自由阅读、思考和写作的学者。站在圣彼得堡思想与文化的前沿,巴赫金广泛接触各种思想流派。毕业之后,他在小城内维尔与一群志同道合的青年知识分子组成了哲学小组,热情争辩着古希腊哲学、康德和黑格尔的学说。巴赫金成为内维尔哲学小组的中心人物,他与好友卡冈(M. Каган)、伏罗希诺夫(B. Волошинов)等人从德国古典哲学命题出发,关注波诡云谲的社会变革时期的文化转型问题。1920年,内维尔哲学小组的成员们纷纷搬迁至维特布斯克。在当时苏联早期相对宽松的文化政策下,巴赫金和他的同道们继续着先前哲学与文化的自由辩论。这一段时间,巴赫金生活潦倒,疾病缠身,因严重的骨髓炎而截去右腿,但他依然坚持写作,以康德哲学为发端,撰写了有关哲学、美学、伦理学的一系列文章。然而,除了《艺术与责任》(1919),其他著作在当时都未能发表,而且因为巴赫金长期颠沛流离,很多手稿都不幸遗失了。直到70年代末至80年代中期,他的《文学作品的内容、素材和形式问题》(1975)、《审美活动中的作者与主人公》(1979)、《论行为哲学》(1986)才由后人整理出版。这些文章的核心问题即这一阶段巴赫金思想的着力点,在于探讨人如何在自我与他者的回应与对话中实现主体建构。这个议题充分体现了康德哲学、新康德主义对巴赫金的建构论思想的深远影响,但他"并没有沿着自己西方导师们的老路前行。他摒弃了他们哲学体系中迷惑人的逻辑严密性,摒弃了他们的关于一般的学说,因为在他们所认为的一般中已失却了部分的和个别的东西——人"①。他围绕着康德三大批判所阐释的认识论、伦理学和美学命题,探索人的主体性通过与他者的对话、回应而得以建构的过程。可以说,从美学和价值论的角度来探索主体间性,即主体建构的实践性、参与性和对话性这一研究旨趣,既是巴赫金思想的独到之处,也使他对人类价值交换和对话交流的基本媒介和物质载体——活的语言产生了浓烈的兴趣。

第二阶段是马克思主义语言学阶段。1924年列宁逝世。巴赫金在列宁格勒②与昔日哲学小组的朋友们继续哲学、美学、语言学问题的探讨,形成了列宁格勒小组。虽然学术界至今都对这一时期的几部著作如《生活语言与艺术话语》(1926)、《弗洛伊德主义批评纲要》(1927)、《文艺学中的形式主义方法》(1928)和《马克思主义与语言哲学——语言科学中的社会学方法基本问题》(1929)的作者问题莫衷一是,但是通过对理论立场、论证手法和表现风格的比对和分析,我们有理由相信巴赫金是以主要作者的身份参与了这一系列著作的撰写工作。只是鉴于当时主、客观上的各种原因,巴赫金没有署名③。"以他在苏维埃知识生活的微末地位,在那些岁月里,巴赫金用自己的名字怎么可能发表如此之多的专著和文章——那时的政治形势对于他那一类知识分子来说正日益恶化。"④这一阶段的巴赫金依旧是没有社会地位和学术地位的"无业游民",靠政府的残疾人补助、妻子做玩具获得的收入和自己开设哲学讲习班的收入勉强度日。但是他的精神生活是异常富足的,处处闪现着真知灼见的光芒。在小组成员与马克思历史唯物主义观点的影响下,在与弗洛伊德主义、俄国形式主义和结构主义正面交锋的过程中,在20世纪西方现代哲学的"语言学转向"的大背景下,巴赫金的思想也经历了一次"语言学转向"——由抽象的哲学美学思辨进入具体的、实践性的语言学命题。1929年,他第一次以真名出版了《陀思妥耶夫斯基创作问题》⑤,以敏感的耳朵捕捉到了作家用小说语言谱写的复调乐章。巴赫金以语言为理论基石,视话语为根本要素,在主体间生生不息、多姿多彩的对话活动中,探究人类文化整体演进的伟大历程。可以说,巴赫金以独特的批判性思维和文化人类学视角,在当时西方学术界的"解构"之歌中,发出了自己"建构"的声音。

第三阶段是转型时期的文化理论建构阶段。1929年,巴赫金因参加反政府地下宗教团体活动被捕。第二年,巴赫金夫妇离开列宁格勒前往哈萨克斯坦的库斯塔纳依开始了

---

① [俄]孔金,孔金娜.巴赫金传[M].张杰,万海松,译.上海:东方出版中心,2000:11.
② 1924年列宁逝世后,圣彼得堡更名为列宁格勒。
③ 详见萧净宇.超越语言学[M].上海:上海人民出版社,2007:引言7-8;[美]刘康.对话的喧声——巴赫金的文化转型理论[M].北京:北京大学出版社,2011:29-30.
④ 霍奎斯特,克拉克.米哈伊尔·巴赫金[M].语冰,译.北京:中国人民大学出版社,2000:208-209.
⑤ 《陀思妥耶夫斯基创作问题》于1963年修改再版,并更名为《陀思妥耶夫斯基诗学问题》。

长达六年的流放生涯,这也使巴赫金躲过了上世纪 30 年代政治运动的狂风暴雨。在流放过程中,巴赫金从未丧失独立人格和学术追求。正是在那些落后闭塞的流放地和小乡村里,巴赫金可以静下心来,避免了各种政治运动可能带来的影响,专注于自己的学术探索。在这些孤苦困厄的岁月里,尽管明知没有任何发表的可能,他依然笔耕不辍,著书立说,其思想深度、研究视野和论证方法都得到了进一步拓展和提高,因此迎来了个人学术生涯的发展高潮。20 世纪 30 至 40 年代,巴赫金借小说叙述来探讨人类文化的语言杂多现象,以此来把握人的存在事件和不同历史时期的文化发展。这一时期的代表作有《小说的话语》(1934—1935)、《小说的时间形式和时空型》(1937—1938)、长文《史诗与小说》等。1941 年,他完成了《拉伯雷和他的世界》一书,通过对文艺复兴时期拉伯雷《巨人传》的评析,阐发了西欧文化的狂欢节传统和民间文学的狂欢化诗学特征。这本书也是他提交给苏联科学院高尔基世界文学研究所的副博士论文。虽然答辩委员会建议可以直接授予巴赫金博士学位,然而苏联卫国战争的爆发和其他政治原因却使他失去了获得博士学位的机会,仅获得了副博士学位。不过,因为有了副博士学位,巴赫金才得以在大学任教。

直到 20 世纪 50 年代末 60 年代初,高尔基世界文学研究所的两位青年学者巴恰洛夫和科日诺夫偶然读到了这本因为时局所限,早在 1929 年就出版却一直无人问津的《陀思妥耶夫斯基创作问题》。他们对这一巨著拍案叫绝,为巴赫金的窘迫处境奔走呼号。直至 60 年代,伴随着《陀思妥耶夫斯基诗学问题》与《拉伯雷和他的世界》的出版,巴赫金才重新被学界发现,并引发巨大轰动。1969 年,巴赫金终于得以在莫斯科安度晚年。在人生的最后阶段,他着重整理手稿,回顾学术生涯,提炼思想精华,写了很多笔记和提纲,在这些只言片语中却凝聚着巴赫金对人生体验和思想历程的总结:

> 我的许多思想内在的某种开放性……我对变化的热爱,对使用不同的词汇描述同一现象的热爱。焦点的多元。……
> 语言一直向前,寻找对应和理解①。

1975 年 3 月 7 日,就在纳博科夫逝世的前两年,巴赫金在莫斯科去世。他的遗言只有一句话:"我走到你那儿去了。"②这个"你"也许是身在天国的终身爱侣叶琳娜,也许是作为人类生存事件——开放的、未完成的对话中的"自我"与"他者",也许是纳博科夫和其他所有伟大而永恒的艺术家所共同追求的精神之境——"彼岸世界"。

纵观巴赫金思想的流变过程,我们可以发现其"在批判中建构"的理论策略。通过对

---

① 转引自[美]刘康.对话的喧声——巴赫金的文化转型理论[M].北京:北京大学出版社,2011:46-47.
② [美]刘康.对话的喧声——巴赫金的文化转型理论[M].北京:北京大学出版社,2011:47.

康德主义、索绪尔的语言学思想、形式主义、结构主义及弗洛伊德主义等理论流派的借鉴和批判,在各种思想的交锋与融合中,巴赫金站在一个开放的、未完成的、对话的"超语言学"研究角度探索语言及文化符号系统。如果说卡西尔的文化哲学认为人具备符号功能,文化是人的符号活动的具体产物,那么巴赫金的文化符号学之核心要义在于借助具体的语言符号系统来审视整个文化系统的形成、转型与发展。巴赫金认为,一个统一的文化整体是由若干多元异质的文化构成的,每种不同的文化都具有强烈的主体意识,所以多种文化共存的社会,必然会充斥着各种不同的话语和声音。各种语言、各种文化之间的交流对话,打破了文化定型时期大一统的"一言堂",瓦解了所谓"权威声音""语言神话""独白话语"的中心地位,构成了文化整体的存在特征和生存方式。巴赫金认为语言、文化、历史三者紧密相连,密不可分。语言既是人类实现价值交换和对话交流的基本媒介,也是文化的根本载体。

不同于索绪尔(Ferdinand de Saussure)静态的、共时的语言符号系统的研究,巴赫金借鉴了索绪尔"一分为二,强调其一"的策略,但又将语言学与社会学研究方法相结合,重点把握"活的语言中超出语言学范围的那些方面"①,即具有社会性的个人的言语行为——话语,并以此创立了与以往"独白"理论相对的"对话"学说。在巴赫金的符号学理论中,符号不是僵死的语言材料的堆砌,而是能指与所指之间的动态互动。语言不是静态的、抽象的、封闭的、恒常的符号系统,而是动态的、具体的、开放的、多变的符号系统,在社会交往和价值交换中体现出无穷的意义,包含着丰富的对话性,因此"不是在语言体系中研究语言,也不是在脱离对话交际的篇章中研究语言;它恰恰是在这种对话交际之中,亦即在语言的真实生命之中来研究语言"②。巴赫金对结构主义也持批评态度,把结构主义者视为"索绪尔的跟随者"。巴赫金认为结构主义对文本的封闭式研究方法是机械化、形式化和非人格化的"代码更替",过分强调语言的系统性与共时性研究会割裂文本与具体历史文化语境的联系,并最终导致文本对话性的缺失。对于以艾亨鲍姆(Б. Эйхенбаум)、什克洛夫斯基(В. Шкловский)、雅各布森(Р. Якобсон)为代表人物的俄国形式主义,巴赫金赞同形式主义者将文艺学研究引回文本的做法,但又批判了他们将"诗歌语言"和"日常语言"对立起来,只注重文学内部研究,即"文学性"研究,只在语言符号系统内部考查语言结构和规则,而忽视了文本的外在社会性和意识形态因素。

纵观巴赫金的符号学理论建构历程,他虽然没有对符号提出明确而完整的定义,但他强调了符号的物质性、社会性、历史性和意识形态性,并进一步对语言符号的特性做了

---

① [俄]巴赫金.巴赫金全集:第5卷[M].白春仁,顾亚铃,译.石家庄:河北教育出版社,1998:239.
② [俄]巴赫金.巴赫金全集:第1卷[M].晓河,等译.石家庄:河北教育出版社,1998:269.

分析，指出要在人类具体的社会交往和意识对话中考察语言。"语言在其实际过程中，不可分割地与意识形态或生活内容联系在一起。"①透过语言符号在社会交往中的实际使用和历史变迁来考察文化转型问题，这是一种小中见大，从微观到宏观、从具体到抽象、从个别到一般、兼顾形式与内容的文化符号学研究策略。巴赫金认为转型时期的文化具有语言杂多、众声喧哗的宏观特征，而由语言符号构成的特殊话语结构——文本则是各种思想对话、交流和冲突的微观场所。在他看来，构成文学文本的语言既是审美的，也是社会的。文本作为人文科学的研究对象，充满了主体性意识和对话性思想，它不应被视为一种纯粹的客体来加以研究，因此，巴赫金将其文化符号学研究的重心放置于探究文本的意识形态性与对话功能的实现之上。小说中的对话性语言是文学文本的"最强形式"，排除了统一的、绝对主义的独白形式，即排除了个人意识形态的统一性，彰显了一种个体的、民族的、社会的差异性和多样性。

巴赫金将科学论述与诗学解析相结合，考察语言符号的文学表达方式，借由表达的意义分析进入内容的价值分析，也正是在对陀思妥耶夫斯基的小说叙事文本对话性分析的基础上构建起了文化符号学对话理论的大厦。巴赫金认为陀思妥耶夫斯基小说的语言特征体现了一种众声喧哗、多元共生的对话性特点，是不同于以往传统"独白小说"的"复调小说"。"小说——是社会各种话语，有时是各种语言的艺术组合，是个性化的多声部。"②作家具备一种能力：在小说文本中展示处于不同立场，价值相当的作者与主人公的意识交锋，同时又能跳出文本，将整个时代的主导思想和微弱声音导入文本内部。作者不是至高无上的权威，而是给予不同人物、不同意识以自由言说的权力，借由不同声音的强弱对比，阐发自己的艺术诉求和审美理想。可以说，复调小说的内部和外部各个成分之间的关系具有对话性质，对话主体具有平等性、独立性、差异性，这使得文本呈现出对话性、开放性和未完成性的特点。

在探究了小说的对话策略，巴赫金又继续在小说领域考察狂欢化诗学问题。沿着欧洲文学发展进程的脉络，巴赫金深入文本内部的诗学结构，综合探讨了小说的社会历史文化渊源、诗学品格和美学功能。"狂欢化"是巴赫金文化符号学理论中的重要一环，这个概念源自古希腊罗马或更早时期的"狂欢节"型庆典。广义上来说，这类庆典包括了古希腊时期的酒神祭祀仪式，古罗马时代的农神节，中世纪、文艺复兴时期的欧洲狂欢节庆典活动，当代不同国家的一些民间节庆，如俄罗斯的谢肉节、西方国家的复活节、万圣节、愚人节等，甚至包含了我们日常生活中一些司空见惯的庆祝活动，如婚礼、葬礼、生日宴、

---

① [俄]巴赫金全集：第1卷[M]. 晓河,等译. 石家庄：河北教育出版社,1998:417.
② 转引自董小英. 再登巴比伦塔：巴赫金与对话理论[M]. 北京：生活·读书·新知三联书店,1994:23.

集市、庙会等等。巴赫金通过对这种特殊的人类社会活动形式历史演进的考察,结合对欧洲文学发展史中具体作家创作实践的研究,探讨了文本自身的狂欢性体裁特点、诗学结构和与狂欢式文化传统之间的深刻渊源。"狂欢节上形成了整整一套表示象征意义的具体感性形式的语言,从大型复杂的群众性戏剧到个别的狂欢节表演。这一语言分别地,可以说是分解地(任何语言都如此)表现了统一的(但复杂的)狂欢节世界观,这一世界观渗透了狂欢节的所有形式。这个语言无法充分地准确地译成文字的语言,更不用说译成抽象概念的语言。不过它可以在一定程度上转化为同它相近的(也具有具体感性的性质)艺术形象的语言,也就是说转为文学的语言。狂欢式转为文学的语言,这就是我们所谓的狂欢化。"①巴赫金的这段话明确了狂欢化的含义——将狂欢式的内容转化为文学语言的表达,这就是狂欢化。

巴赫金指出,狂欢化对于文学的整体发展具有吐故纳新、除旧布新的重要作用。"在欧洲文学的发展中,狂欢化一直帮助人们摧毁不同体裁之间、各种封闭的思想体系之间、多种不同风格之间存在的一切壁垒。狂欢化消除了任何的封闭性,消除了相互轻蔑,把遥远的东西拉近,使分离的东西聚合。"②可见,狂欢化是语言的表述手段,是一种特有的文艺思维方式,也是一种多元的、开放的、对话的世界观。正是这种狂欢精神释放了人们被权威压抑的个性,解放了被教条禁锢的思想,摧毁了主体间平等交流的障碍,打破了诸多反义词之间的界限——神圣与粗鄙、崇高与卑贱、高雅与低俗、聪慧与愚钝……都在狂欢精神的指引下二元合一,融为一体。在对狂欢化的论述上,巴赫金重点考察了小说文本,他用"狂欢化"一词来描述拉伯雷小说等文学文本的主要诗学特征,同时力证了转型时期的文化特征——"语言杂多,众声喧哗",彰显出一种强大的文化离心力和生命张力。可以说,巴赫金狂欢化理论构建和研究实践的总体策略是把狂欢节型的庆典、仪礼、形式移植到文学中,又借由对文学狂欢化的解读,阐发了狂欢精神的核心概念,并将这种精神扩散到文学之外的其他文化领域。综上所述,对话理论和狂欢化诗学是巴赫金多年来潜心研究、精心架构的文化符号学理论体系的核心部分,业已成为文学批评和文本分析的阐释途径与解读策略,昭示了一种革新的、多元的、渗透着对话精神和狂欢思维的研究方法、文艺观念和文化史观。

---

① [俄]巴赫金.陀思妥耶夫斯基诗学问题[M].白春仁,顾亚铃,译.北京.生活·读书·新知三联书店,1988:175.

② [俄]巴赫金.陀思妥耶夫斯基诗学问题[M].白春仁,顾亚铃,译.北京.生活·读书·新知三联书店,1988:190.

第三节 巴赫金文化符号学理论与纳博科夫研究的对话

钱中文先生曾为《巴赫金全集》中译本作序,标题意味深长——《理论是可以常青的——论巴赫金的意义》。巴赫金思想在苏联一度湮没,如今却不仅在原苏联的境内,而且在中西学界大放异彩。各种语言学派、文艺批评流派都能在巴赫金这里寻找到理论支撑。巴赫金和结构主义、形式主义、弗洛伊德主义的批评论战既是对抗,也是共鸣。随着20世纪60年代苏联符号学研究的兴起,加之雅各布森、托多罗夫、克里斯蒂娃(J. Kristeva)等人不遗余力地引荐,巴赫金的思想在苏联及其解体后独立的各个国家被重新认识,并逐渐影响到西方,并因其对差异、他性、个体的兼收并蓄,追求平等参与的人文精神诉求和重视主体间性的对话美学立场,成为影响当代中西方文论的重要理论之一。

20世纪末,后结构主义和结构主义批评家重新发现了巴赫金,而首当其冲成为关注中心的是其思想成熟期的小说叙述理论、对话理论和狂欢化思维,而巴赫金早期的聚焦主体建构问题的哲学美学思辨则是在这之后才被学术界逆向发现,再次引起轰动的。其实,纵观巴赫金思想的流变过程,在其学术生涯早期,他强调自我与他者在主体建构中的关系,为日后对话思想的形成与发展奠定了基础。巴赫金思想发端于康德哲学和新康德主义哲学,汲取了现代物理科学相对论有关于价值互动和相对视点的养分,通过批判黑格尔主义大一统的二元对立和形而上学,努力解决个别与一般,个体与整体的二律背反。巴赫金强调差异、他性和关系,凸显感性个体存在的价值,认为自我与他者在对话中实现价值交换,利用各自的视域剩余,外位于彼此,其外在性的互补使自我与他者能够在变动不居的交流和互动中同时共存,相互观照,进而逐渐实现主体的建构,并达到至善至美的美学超在境界。

不同于卢卡契(G. Lukacs)在《小说的理论》一书中对于史诗和小说的评价,巴赫金通过研读大量希腊罗马文化典籍,提出了自己独到的见解。他认为,史诗叙述中语言单一的中心神话展现了一种权威统一的文化向心力;而小说叙述中语言杂多的多元话语彰显了一种兼容并包的文化离心力。"文化语言与情感意向从单一和统一的语言霸权中获得了根本解放,从而使语言的神话性趋于消失,使语言不再是思想的绝对形式。"① 纳博科夫的小说文本和美学立场也是对话的、开放的、未完成的。一方面,纳博科夫的文本往往

---

① 转引自[美]刘康. 对话的喧声——巴赫金的文化转型理论[M]. 北京:北京大学出版社,2011:引言6.

充斥着具备"双重人格"的主人公的自言自语,在这种独白中隐藏着主人公自我意识与他者意识的激烈交锋。这种"双声语"的话语结构是一种对话性的独白,展现了主人公内部自我与他者声音的辩论,形成了类似于巴赫金的"微型对话"的内心对话;另一方面,在纳博科夫的小说中,主人公、作者、读者代表不同意识发出声音,参与对话,形成"多声部"的话语结构。这种整体的对话关系也使小说文本的开放性成为可能。小说的文本不再是一个独白的、封闭的、已完成的文本,审美事件中的主人公、作者、读者同处于"大型对话"的关系网上,文本的意义也在流动的对话中不断产生,从自足走向了开放,可被言说,却又难尽其言。总之,充满张力的"微型对话"和"大型对话"彼此交融着出现在纳博科夫的创作当中,形成了作家个人特立独行的文体风格和对话态度。

再者,从个人经历来看,纳博科夫和巴赫金都出生于19世纪90年代的俄罗斯,一生都因革命风暴和极权压迫而颠沛流离、历经坎坷。1917年的俄国十月革命彻底改变了纳博科夫的人生轨迹,他从一个养尊处优的贵族青年蜕变为一位流亡国外的侨民作家,并由此走上了欧美文学的创作道路;巴赫金的学术阵地虽然未从苏联转移,但1929年当时苏联极左的文化大清洗运动使巴赫金身陷囹圄,流放边城,远离政权与文化的中心。他的著作被束之高阁,他的思想在当时的意识形态环境下也很难被学界认可。因此,由于时局所迫,巴赫金丰富的哲思妙想往往需要通过文艺理论婉转表达,而这种具备美学感染力的文艺转化却恰恰成为文本分析独特的方法论;纳博科夫的文艺美学思想虽未单独著书立说,仅散见于其访谈录及文学讲稿中,但却始终指导着作家创作,在艺术文本中得以贯穿实现。

巴赫金在《陀思妥耶夫斯基诗学问题》中提出了对话理论,将陀思妥耶夫斯基的小说定义为多声部的复调小说,而这种复调理论不仅是小说叙事策略,更是一种文化哲学思想,体现了巴赫金对抗独白社会、权威话语和"人的物化"的人文追求。无独有偶,纳博科夫在他的《文学讲稿》中分析福楼拜的《包法利夫人》时,用"多声部配合法"概括这一作品的整体艺术结构,并进行了详细的文本分析。巴赫金的复调理论与纳博科夫的"多声部配合法"之间具有天然的契合性,两位大师的思想交锋也体现了一种主张平等、崇尚个性的对话精神。

可以说,纳博科夫与巴赫金两人虽身处同一时代,但他们的生存空间是完全不同的。纳博科夫在欧美漂泊多年,至死都未能回到苏联,而巴赫金虽辗转多地,但从未离开苏联半步。他们素昧平生,性格迥异,人生遭遇也不尽相同,但他们的思想却能跨越时空,遥相呼应:面对生活遭遇和政治困境,巴赫金的自由思辨是文艺理论化的"曲线救国",而纳博科夫也不直接表达政治和道德观点,寄情于文学创作与文艺批评之中。与其他哲学前辈和苏联符号学家相比,巴赫金的研究少了一些说理的抽象外壳,多了一些直觉思维和人文关怀。而纳博科夫一向强调的是"好小说都是好神话"①,需要借助头脑、心灵和敏感的脊椎骨进行带有"审美狂喜"的创造和解读。"神话仿佛具有一副双重面目。一方面它向我们展示一个概念的结构,另一方面则又展示一个感性的结构。它并不只是一大团无组织的混乱观念,而是依赖于一定的感知方式"②。这种感知方式就是诗性的思维,也正是这种诗性彰显了艺术这一独特的人类文化符号系统的永恒魅力。对于艺术,纳博科夫和巴赫金做出了共同选择:反对权力话语、反对各种僵化的主义和概念,坚守信念,尊重个性,努力发出独立的声音;他们都有着强烈的"破坏欲",对权力话语不屑一顾,对霸权声音嗤之以鼻,对古旧传统大胆颠覆。但解构之后,不是彻底地摧毁,而是积极地建构。他们破坏的显然是浇风薄俗的此岸世界,建立的是至纯至美的艺术彼岸世界。因此,用巴赫金文化符号学理论来指导纳博科夫创作的研究,有助于加深对巴赫金思想的认识,拓展纳博科夫创作的批评视野。

近年来,国内外一些学者已经注意到巴赫金文化符号学理论与纳博科夫小说文本及创作思想的微妙联系。期刊论文方面,汪小玲的《论〈斩首之邀〉的狂欢化诗学表现》以《斩首之邀》为依托,从狂欢化语言外在表现的四种特点,即从全民性、仪式性、无间性、戏谑性入手,分析了小说的狂欢化诗学特征;李一岚的《论纳博科夫小说〈绝望〉中的镜像对称和虚构性》以小说中真实与虚构的关系和界限为切入点,探究了纳博科夫文本的镜像对称手法、虚构性叙事策略和艺术本质;宋艳芳的《作者、文本和读者的对话——〈微暗的火〉的一种阐释》将纳博科夫的《微暗的火》放置在巴赫金对话理论、结构主义理论和接受美学理论的多元背景下进行探讨,分析了作者、文本、读者之间开放的、未完成的对话关系。

学位论文方面,国内一些青年学者也勇于提出自己的学术见解。比如,在本书第一章中提到的许原雪的《纳博科夫小说中男性视阈下女性形象的建构》,借用巴赫金的狂欢化理论来分析《黑暗中的笑声》的女主人公玛戈,认为玛戈与新情人雷克斯为欧比纳斯建构了一个具有强烈女性主义色彩的狂欢化世界,通过诡笑、嘲讽、辱骂、殴打等手段将欧比纳斯降格为小丑和玩物,摧毁了传统的男性霸权和主体地位;2005 年欧阳灿灿的《论纳博科夫小说中的时间意识》阐释了纳博科夫小说文本内容的狂欢化和叙事形式的空间化;2006 年邹菁菁的《一个颠倒的世界——解读〈洛丽塔〉的狂欢诗学》借用巴赫金的狂欢诗学理论和德里达的解构理论,指出读者对《洛丽塔》的误解根源在于读者忽略了小说的

---

① [美]纳博科夫.优秀读者与优秀作家[M].范伟丽,译//文学讲稿.申慧辉,等译.北京:生活·读书·新知三联书店,1991:19.
② [德]卡西尔.人论[M].甘阳,译.上海:上海译文出版社,2003:119.

艺术细节和狂欢诗学特色;2006年郭晓丹的《弗·纳博科夫与周星驰的审美狂喜与狂欢》分析了两人不同形式的艺术文本,探讨了他们在后现代语境下审美取向的异同,以及在不同艺术符号与文化符号之间的跨越;2007年毕晨蕊的《论〈洛丽塔〉的狂欢双重性》探讨了小说男女主人公人格的狂欢化双重共生性;2010年孙玉石的《纳博科夫诗学问题》探讨了纳博科夫小说文本的复调性,作者和主人公之间关系的对话性,作家创作思维的狂欢化以及具体叙事语言中对"仿格体""讲述体""故事体""暗辩体"的运用;2013年杜洋的《纳博科夫小说对话的未完成性研究》以巴赫金的对话理论为切入点,探讨了纳博科夫小说创作的对话性和未完成性,以及从中体现的作家本人追求自由、崇尚个性的对话精神和审美旨趣;2014年封小林的《论〈洛丽塔〉中的对话模式》探讨了小说文本中的文本对话模式,作者、文本和读者之间的对话模式以及文化对话模式共同构建了《洛丽塔》的多元复调艺术世界;2014年吕雯雯的《狂欢的盛筵——用巴赫金的复调和狂欢化理论探析〈微暗的火〉》,主要通过巴赫金复调理论分析小说结构上的"大型对话"和内容上的"微型对话"如何体现意识的独立性和思想的对话性,从狂欢化理论角度探寻小说对话生成的狂欢化语境,从"感官的快感"和"理智的快感"两个方面对纳博科夫的"审美狂喜"艺术追求加以剖析;2016年宣晓煜的《纳博科夫长篇小说〈玛申卡〉中的俄罗斯形象》运用巴赫金的时空体理论,分析了《玛申卡》中的日常生活时空体、田园诗时空体、个人时空体和道路时空体等时空关系,多角度审视了纳博科夫创作意识中的俄罗斯形象。

与此同时,在国外学术界中,米兰大学的艾尔达·加瑞托教授(Elda Garetto)从审美活动中的主体"我"与"他者",即作者与主人公的关系入手,重点分析了《天赋》《眼睛》《绝望》《防守》等文本,揭示了巴赫金与纳博科夫在审美主体关系问题上的共通点,以此阐释巴赫金与纳博科夫在哲学美学观点上的交融之处。俄罗斯学者卡洛特涅娃(Л. Колотнева)在此基础上则更进一步,把重点投射到单个文本《斩首之邀》,意图展示文本、作者与主人公的相互交织;波列娃(Е. Полева)从巴赫金的《审美活动中的作者与主人公》入手,从心理学、伦理学、美学层面上及认识论的角度分析《绝望》中自我与他者的关系,展现了纳博科夫与巴赫金对于艺术本质思考的相似性以及他者对于主体性构建的重要意义;车斯佳科娃(В. Чистякова)的《纳博科夫小说〈微暗的火〉中的历史狂欢化》一文指出狂欢化在纳博科夫创作中既是历史进程的艺术再现方法,也是20世纪历史悲剧的诙谐戏仿手段;扎伊采娃(Ю. Зайцева)运用巴赫金与塔尔图学派的符号学理论,集中阐释了纳博科夫文学创作中的镜像策略;兹罗车夫斯卡娅(А. Злочевская)的副博士学位论文研究了纳博科夫小说中的自我反省问题,以《塞巴斯蒂安·奈特的真实生活》《微暗的火》《瞧,那些小丑!》为例,阐释了纳博科夫双语创作中借助人物建构和叙事策略而实现的文学自我反省。她在另一篇文章中重点论述了黑塞(Hermann Hesse)、纳博科夫、布尔加科夫（М. Булгаков）小说创作中的镜像悖论；1999 年，丽莎·尊舍因（Lisa Zunshine）编著的《纳博科夫在边缘：重绘批评的边界》跳出了文学研究的局限，采取跨学科研究方法，探讨了纳博科夫文学创作和音乐、歌剧、戏剧、芭蕾、绘画等其他艺术形式的关系，从而拓展了纳博科夫创作文本的多元文化符号阐释空间。这些成果反映了在文学批评走向文化研究的大背景下，纳博科夫研究者们的文化符号学兴趣转向。

  前人的研究成果对笔者以整体视域梳理和把握巴赫金文化符号学理论和纳博科夫文学创作的尝试不可或缺且大有裨益。然而，应当指出的是，其中的一些学术论文虽然或多或少地涉及巴赫金的镜像、狂欢化、审美活动中的自我与他者对话关系等内容，但更注重单独的文本分析、几位作家的审美策略比较或个人创作背景介绍，从巴赫金思想的局部展开论述，或者在其他理论中附带论及，因此，对于巴赫金符号学思想发展进程的整体把握和对话理论之于文本批评的结合与运用仍有待加强。再者，通过对不同视域下纳博科夫研究现状的梳理，可以看出，国内外评论界往往还是聚焦于《洛丽塔》《微暗的火》等作家最著名的作品。但是如果从符号学角度来看，纳博科夫的一些较为"冷门"的作品，无论是其形式还是内容都颇具审美魅力和阐释价值。可以说，巴赫金文化符号学理论与纳博科夫具体文本及创作观念的结合存在着一定的拓展空间。基于此，本书后续章节旨在以巴赫金文化符号学理论中的主体间性、对话思想和狂欢化思维为主线，从审美活动的主体关系，文本、作者、读者的多层面对话模式以及狂欢化诗学外在语言表现与内在精神特征等角度来逐一分析纳博科夫的《防守》《劳拉的原型》以及《斩首之邀》这三个小说文本。

第三章
《防守》——审美事件主体间的"非复调"对话关系[①]

通过第二章对巴赫金思想流变的梳理,可以看出巴赫金早期深受康德哲学的影响,他尤其关注康德学说的主体建构论,认为自我与他者共同参与主体建构的存在事件,个体具有一个外在于他者的独特生存位置,只有在主体间的对话中才能实现价值交换和视域互补,并且因为自我与他者的这种主体间性,个体得以不断完善,进而实现主体价值。学术界普遍认为,巴赫金早期从认识论和关系美学角度对主体间性的论述,为日后的理论发展奠定了坚实的哲学基础。更有学者认为,巴赫金的对话思想与狂欢化思维都是对主体间性的哲学美学思辨的进一步扩展和多角度论证。他的学术生涯发端于主体建构论,并且始终贯穿着他对主体间性的探究。在纳博科夫的创作实践中也不乏对主体间性问题的探索与思考。小说《防守》中,纳博科夫着力展现弱小自我对强大他者屈服、逃离、抗争的过程,凸显了主体之间不平等、非复调的关系。鉴于此,本章试图以巴赫金文化符号学理论的主体间性视角来分析《防守》中作为审美活动主体的作者与主人公之间的博弈关系。

从巴赫金的学术轨迹可以看出,巴赫金遵循从微观到宏观的思路,以小说文本为出发点,以开放的文化视野和广博的哲学视角来阐述其文化符号学理论。他独树一帜地借用音乐创作中的"复调音乐"概念,来概括陀思妥耶夫斯基小说的特点。"复调的实质恰恰在于:不同声音在这里仍保持各自的独立,作为独立的声音结合在一个统一体中,这已是比单声结构高出一层的统一体。如果非说个人意志不可,那么复调结构中恰恰是几个人的意志结合起来,原则上超出了个人意志范围。可以这么说,复调结构的艺术意志,在于把众多意志结合起来,在于形成事件。"[②]巴赫金认为,陀思妥耶夫斯基的小说构建了作者与主人公自主意识平等对话的空间,进而形成了自我与他者不同主体间的多声部复调形式。在阐述复调理论时,巴赫金超越了一般叙事学的范畴,他的美学策略在于"从小说

[①] 本章阶段性研究成果已发表。详见谢明琪.巴赫金审美活动主体"非复调"对话关系视角下的《防守》解析[J].俄罗斯文艺,2017(2):137-143.

[②] [俄]巴赫金.巴赫金全集:第5卷[M].白春仁,顾亚铃,译.石家庄:河北教育出版社,1998:27.

语言入手,关注的却是小说语言的人文精神"①。作者创造主人公,强烈地感受到他者意识的存在对自我意识确立的必要性。自我意识永远是未完成的和不确定的,只有在与他者意识的对话中,自我形象才能不断充实,自我意识和主体价值才能逐步实现。因此,"主人公的'主体意识'是构成小说对话的前提条件;没有人物'对话化'自主意识,就不可能有人物心灵的'微型对话',也不可能有小说布局上人物之间、作者与人物之间的'大型对话'。"②

巴赫金对于作者与主人公关系的关注即是对审美活动主体对话模式的关注。纵观巴赫金思想的流变过程,其理论成熟时期的对话策略与他早期的哲学美学思辨颇有渊源,而这一哲学美学思想发端于康德哲学和新康德主义。前者是"启蒙主义理性精神向现代主义美学精神过渡的一个交叉点",后者是"现代科学理性和人文理性两股思潮汇聚的交叉点"③。站在这两个交叉点上,巴赫金把学术目光投射到人的主体性问题之上。巴赫金认为人的主体建构在自我与他者的对话交流和价值交换中实现。自我与他者都是具备自主意识的感性个体存在。刘康指出,俄文单词 бытие(存在)与событие(事件、进程)属于同根词,前缀 со-表示"一起""共同",如此看来,巴赫金特别强调了人的存在是个性的、特殊的、不完整的个体事件,也是共同的、统一的、完整的社会进程④。主体性只有在自我和他者的关系中才能得到确立。这种关系不是非此即彼,而是亦此亦彼。其关键点在于个体具备"应分性"(ответственность),应当积极地承担参与存在事件的责任。巴赫金巧妙地使用了这个抽象的俄文单词,既指出了个体在伦理学层面上的责任感,也强调了认识论层面上的回应性。人类文化的三大范畴——科学、艺术和生活正是基于主体之间的应分关系而获得统一。

巴赫金的主体论既是哲学论证也是美学命题,更是哲学美学观念的文化符号学推演。在其美学论文《审美事件中的作者和主人公》中,巴赫金指出,审美事件中作者与主人公的对话正是行为哲学中自我与他者关系的美学实践。在他看来,美具有主体间性,这是一个深刻的文化哲学概念。只有肯定自我与他者各自的主体性,以及主体间的差异性和共生性,才能在"间性"的基础上确立、巩固和发展自我的"我性"和他者的"他性",主体之间的对话才能成为可能。基于对这种主体间性的考量,巴赫金提出了审美活动的展

---

① 王铭玉.语言文化研究的符号学观照[J].中国社会科学,2011(3):166.
② 刘坤媛.巴赫金"对话"理论中国化的启示[J].社会科学战线,2006(4):109.
③ [美]刘康.对话的喧声——巴赫金的文化转型理论[M].北京:北京大学出版社,2011:9.
④ [美]刘康.对话的喧声——巴赫金的文化转型理论[M].北京:北京大学出版社,2011:10.

开需要具备以下三个条件①：

第一、"视域剩余"。个体看自己时总是不完整的，存在一定的盲区，需要借助他者之眼才能实现对自我的整体把握；

第二、外在性。每一个个体都有自己独特的视域，都是站在游离于他者的位置来观察的，因此外位于他者；

第三、超在性。审美主体间对话的最终意义在于自我与他者的互相观照和相互渗透，从而达到超在的美学最高境界。

巴赫金认为，人的存在身份有三种：自我眼中之"我"，自我眼中之"他者"，他者眼中之"我"。自我眼中之"我"是构建存在事件的源头和中心，而自我眼中之"他者"就如同自我的参照系，以一个出于自我边缘的外视立场，传递关于他者眼中之"我"的信息，赋予自我眼中之"我"以清楚的认识和整体的评价。巴赫金行为哲学中的自我与他者，在审美活动中表现为"作者"和"主人公"。作者和主人公是审美事件的主要参与者，他们占据不同位置，承载各自的应分和责任。审美创作是作者的一次生存事件，其对象是以主人公为中心构建起来的生活。主人公存在，承载着艺术创作的内容，但却不完满，不具备有效的评价和完形；而作者则站在主人公的外位，利用审美"超视"为主人公的形象勾勒轮廓，为主人公的世界设定边界。如果说巴赫金在《陀思妥耶夫斯基诗学问题》中侧重于作者和主人公的平等对话关系，那么这里他强调了作者对主人公的建构作用以及作品实现整体性所必需的作者的优势地位，彰显了审美主体间的不平等、"非复调"关系。

在纳博科夫的审美格局和艺术创作中，这种作者与主人公之间不平等的对话关系在宏观上体现为"始终在场"②的艺术创造者——作家本人对其笔下主人公的权威意志，在微观上则表现为其作品中作者与主人公的博弈关系。不管是强调平等对话的复调理论，指向作者"超视""超知"的非复调论述，还是强调作者权威的强势态度，巴赫金和纳博科夫都聚焦于审美主体关系性的阐释，因此，两者的思想是共性中存在差异，差异中又存在共性。从巴赫金文化符号学理论的主体间性角度来看，小说《防守》中作为审美活动主体的作者与主人公之间不是一种多元共生的平等对话关系，而是一种非此即彼的不平等对话关系。纳博科夫把主人公卢仁的一生分为三个阶段：童年时期的象棋萌芽、成年后的象棋竞赛、恋爱结婚、崩溃自杀的结局。在整个成长和消亡的过程中，相继活跃着三个权威"作者"——父亲老卢仁、棋父瓦伦提诺夫、妻子。在他人意志掌控下，卢仁从一开始就

---

① 详见［俄］巴赫金.审美事件中的作者和主人公//巴赫金全集：第1卷.晓河，等译.石家庄：河北教育出版社，1998：51.

② ［美］纳博科夫.独抒己见[M].唐建清，译.杭州：浙江文艺出版社，2012：18.

是弱势的、不自足的、被降格的。仅仅在他跳窗自杀的一瞬间,主人公的审美主体意识才得以释放。

第一节 "父亲——作者"——父权的控制

《防守》开篇展示了卢仁入学的场景。"令他最感震惊的是从星期一开始他就叫卢仁了。"①入学是人生的重要时刻。一个迫切需要身份认同的孩子却没有名字,而仅被称作卢仁。姓氏代替了名字,成为一个已设定的代码。代码的作者是卢仁的父亲老卢仁,写了好多书的二流作家。他最得意的作品是一本规划卢仁人生的书:"我真诚地希望我的儿子永远像托尼一样善待动物……我写这本书是为我儿你的将来着想。"②尽管不合群的卢仁在学校过得很不开心,因为父亲枯燥无味的作品受尽嘲笑,性格愈发孤僻自闭,但老卢仁对自己为儿子安排的一切心安理得,因为他是这部小说至高的作者,儿子是恭顺服从的主人公。

父亲要凭借作者的权威和优势预先决定儿子的命运,作者对于主人公的"超视"和"超知"勾勒出主人公形象及其生活边界。对于老卢仁来说,他处于儿子的外位,这是一种原则,更是一种策略和优势,他能够看到作为主人公的儿子自身看不到的层面和缺陷。很可惜,他滥用了这种作者的优势,闯进了儿子本该自己负责的实有存在事件,并对儿子的生活进行强制的干预和设定。面对父亲的强权、现实的不快、身份的缺失,卢仁选择用漠视、反叛甚至仇恨的心理,自我封闭、拒绝交流的性格作为回应。他把自己先后安放在魔术、数学、拼图的避难所里:魔术的把戏让他"体验到一种神奇的快乐"③;一本《趣味数学》难题集让"他徜徉在这些神奇线条的天堂中,人间的线条全然不在心上了";智力拼图游戏让他"感到无以名状的激动"④。直到卢仁在姨妈那受到象棋启蒙,他才找到了一个可以防御外界的城堡,并随着对象棋的热爱与依赖,逐渐释放出自己深藏的艺术天赋。

老卢仁也一直认为儿子有一种隐秘的天才特质。他在书中"经常思索他的儿子会长成个什么样子……,在这些书里常常闪现着一个金发少年的形象,'倔强','郁闷',后来

---

① [美]纳博科夫.防守[M].逢珍,译.上海:上海译文出版社,2009:1.
② [美]纳博科夫.防守[M].逢珍,译.上海:上海译文出版社,2009:15.
③ [美]纳博科夫.防守[M].逢珍,译.上海:上海译文出版社,2009:18.
④ [美]纳博科夫.防守[M].逢珍,译.上海:上海译文出版社,2009:19.

成为一位小提琴演奏家或画家,整个成长过程中从未失去道德美。"①卢仁在父亲强大的意志里具有了圆满的外表形象和内在归属。尽管学业和性格都不如人意,但他没有辜负父亲对于天赋的期望,"似乎太出乎意料——同时也是如此不可避免和命中注定"②地培养起一种对于象棋的爱好和痴迷。他在与不同对手的博弈中进步神速,前途无量,随后以一个天才儿童的身份参加象棋比赛,在俄国各地尽情展现他傲人的天资禀赋。"他下棋不是图好玩,是在搞一种神圣的仪式。"③这是对父亲权威的隐秘屈从,是作者对主人公的规划和期待的特殊实现,因为象棋同音乐与绘画一样,也是一种艺术,一种神秘而诡异,具备东方情调和无限可能的艺术。老卢仁预设的梦境成真了:"客厅里有一个Wunderkind④,穿着一件拖到脚跟的白色睡衣,正在弹奏一架巨大的黑色钢琴。"⑤只不过现实中卢仁面对的不是钢琴,而是棋盘。老卢仁正如巴赫金所说的审美活动中的作者,决定了"主人公的情感意志、认识伦理、指物的整个立场的语调;主人公不仅在艺术形式上,而且首先在认识伦理上、受到作者的评价和界定……"⑥卢仁在"父亲——作者"的意识中去人格化,成为一个典型。

之后,卢仁的青年时期与老卢仁脱了节,取代他的是另一位"父亲"——卢仁的棋父、教练兼经纪人瓦伦提诺夫。他带着卢仁远离俄国,四处比赛,对老卢仁多次要求儿子回国的要求置之不理。孤独的老卢仁既痛恨瓦伦提洛夫的侵入,更不甘心自己"作者"身份的幻灭。他想出了一个保护权威,连接过去与将来的好方法——成为儿子的传记作家。儿子此时已是象棋大师。老卢仁的传记中存在大量杜撰,"他一面回忆儿子早期的象棋经历,一面在自己头脑中将其程式化,好把他编造成一个青少年感伤故事。"⑦"所有的不良因素都去掉了,温顺已经到了极限",他甚至规划了卢仁的早死,"死得必然,死得感人。他将躺在床上下着最后一盘棋死去。"⑧恰恰是这些虚构成分,作者的臆想,而非主人公真实的生存经历,填补了老卢仁在儿子青少年时期的缺席,在传记中起到决定作用。老卢仁觉得灵感闪现,尽管没有下笔,"有时候他觉得这本书已经写出来了。"⑨他不遗余力地到处宣传自己即将问世的新作,替弱者代言的权威身份又回归了。

---

① [美]纳博科夫.防守[M].逢珍,译.上海:上海译文出版社,2009:9.
② [美]纳博科夫.防守[M].逢珍,译.上海:上海译文出版社,2009:41-42.
③ [美]纳博科夫.防守[M].逢珍,译.上海:上海译文出版社,2009:43.
④ 德语,神童。
⑤ [美]纳博科夫.防守[M].逢珍,译.上海:上海译文出版社,2009:9.
⑥ [俄]巴赫金.巴赫金全集:第1卷.晓河,等译,石家庄:河北教育出版社,1998:93.
⑦ [美]纳博科夫.防守[M].逢珍,译.上海:上海译文出版社,2009:前言3.
⑧ [美]纳博科夫.防守[M].逢珍,译.上海:上海译文出版社,2009:53,54.
⑨ [美]纳博科夫.防守[M].逢珍,译.上海:上海译文出版社,2009:57.

第三章 《防守》——审美事件主体间的"非复调"对话关系

尽管老卢仁自诩为艺术家,却使用纳博科夫唾弃的伎俩来创作——塑造典型环境中的典型人物,他的创作动机也有悖于纳博科夫所说的"编造带有优雅谜底的谜语"①,而是出于一己私利——"他不想让这个孩子长大成人"②。老卢仁的审美选择是不让他精心塑造的小男孩成长壮大,不让他具备独立于作者意识之外的自我意识,彻底消除其作为存在事件中心构建自我的主观能动性。"作者的意识是意识之意识、亦即涵盖了主人公意识及其世界的意识。作者意识用来涵盖和完成主人公意识的诸因素,原则上是外位于主人公本身的。这些因素倘若成为主人公内在的东西,就会使主人公意识变得虚假不实了。"③他者眼中之"我"遮蔽和抹杀了自我眼中之"我",主人公在自我内部无法完成和统一,他只是一个被动等待作者意志的,消极无为的虚假客体。纳博科夫此处的文字游戏寓意深刻:主人公的名字是缺失的,他的存在是非真实的,正如卢仁这个姓氏一样,与"illusion"④一词同韵亦同义:"一切都是幻觉,都是焰火,一放即完,不能持久。"⑤

第二节 "棋父——作者"——领袖的压迫

萨特认为,人要先存在而后才有本质。存在本应是一个充满期待、充满变化的过程,不断参与周围环境和他人存在事件的未完成语境。正因为这样,只要活着,"我"就具备丰富的延展性。"存在(быть)对自己而言,意味着尚未实现(已无可实现,此地一切皆全,那就意味着精神上的死亡)"⑥。老卢仁以作者的权威"超视",给主人公——儿子定型定性,使之成为一个无个性、无创造性的形式化、非人格化的封闭代码,一个由作者设定的僵死语境。这种他者对自我的固化,把自我的自由彻底否定,等同于给卢仁判了精神死刑。

其实,卢仁的肉体毁灭与另一个强势的"父亲"瓦伦提诺夫密切相关。在卢仁的青年时期,瓦伦提诺夫代替了老卢仁,成为卢仁世界的权威,他生命中的中心人物。精明能干、万金油式的瓦伦提诺夫是一个厉害而生动,善于投机倒把、富于冒险精神的角色。他

---

① [美]纳博科夫.独抒己见[M].唐建清,译.杭州:浙江文艺出版社,2012:16.
② [美]纳博科夫.防守[M].逢珍,译.上海:上海译文出版社,2009:53.
③ [俄]巴赫金.巴赫金全集:第1卷[M].晓河,等译.石家庄:河北教育出版社,1998:108.
④ 纳博科夫在《防守》的前言中说明了卢仁(Лужин)这个姓氏与英文单词illusion在读音上相似,意为"幻觉"。
⑤ [美]纳博科夫.防守[M].逢珍,译.上海:上海译文出版社,2009:88.
⑥ [俄]巴赫金.巴赫金全集:第1卷[M].晓河,等译.石家庄:河北教育出版社,1998:221-222.

是"一个绝对有才的人"①,以敏锐的商业触觉引导并安排卢仁不断参加各大赛事,对其才华肆意剥削和掠夺。瓦伦提诺夫严格制定卢仁的训练计划和生活制度。他禁止卢仁饮酒,可以吃糖抽烟,但不可亲近女色。同时,他试图割断卢仁父子的联系,瓦解"父亲——作者"之于卢仁的权威地位。如果说父亲老卢仁对儿子的控制还有一些亲情的关照,那么棋父对卢仁感兴趣,"仅仅是因为卢仁是个奇人,一种反常现象,有点不正常,却令人着迷……他自始至终从不间断地鼓励他开发天赋,不曾有过一秒钟把他当个人看待……把他展示给有钱人,就像展示一个有趣的怪物一般。"②他们之间甚至没有说过一句贴己话,最后瓦伦提诺夫觉得卢仁再无利用价值,像打发旧情人一样把他抛弃了。最终,老卢仁在和瓦伦提诺夫争夺对儿子支配权的斗争中惨败,没有写完传记就意外染病,撒手人寰。而瓦伦提诺夫把卢仁的油水榨干之后,改行进入电影行业大发横财。他也开始和老卢仁一样勤勉地写作——创作自己的电影剧本。这样,卢仁童年和青年时期的两位权威作者从他的生命中暂时隐退了。

卢仁对瓦伦提诺夫的感情只是"像一个儿子对待一个轻浮、冷漠、油滑的父亲那样"平淡,但当他失去棋父时,"还是产生了一种空虚感,觉得失去了靠山。"③摆脱了棋父的监督和控制,卢仁感受到短暂的轻松,继而陷入一种行尸走肉的迷茫之中,他甚至只能在喘不上气的时候才能偶尔感受到自己卑微的存在。他感到生活和下棋一样,成了无趣的重复。他习惯于也满足于"棋父——作者"对自己的塑形和定性:一个棋手。他虚构了一个看不见的神秘经纪人作为瓦伦提诺夫的延续,如同一个精神领袖,引导自己继续参加比赛,同时恪守棋父的教诲:抽烟、忌酒、饮食清淡、不近女色。瓦伦提诺夫作为"他者",其意志已经覆盖了"自我"——卢仁的生存意识,"他者"占据了本应是"自我"的位置。一种受虐的奴性让卢仁已经习惯了这样的画面:强大、暴戾、施虐的作者,板起一张严厉的脸孔,对弱小的主人公指手画脚,对他的生活横加干涉。而他几乎没有反抗,顺从接受权威的安排。卢仁没有清晰的形象,没有自我的意识,他甚至不是一个主人公,而是被抽象、被缩放、被贬低到权威主观化的某种概念,如同瓦伦提诺夫巨大棋盘上任人摆布的一枚棋子。"他就站在棋盘中央,一丝不挂,浑身发抖……"④

---

① [美]纳博科夫.防守[M].逄珍,译.上海:上海译文出版社,2009:56.
② [美]纳博科夫.防守[M].逄珍,译.上海:上海译文出版社,2009:67.
③ [美]纳博科夫.防守[M].逄珍,译.上海:上海译文出版社,2009:68,69.
④ [美]纳博科夫.防守[M].逄珍,译.上海:上海译文出版社,2009:196.

第三章 《防守》——审美事件主体间的"非复调"对话关系

第三节 "妻子——作者"——审美的同化

历经父亲的严控和棋父的剥削,"温文尔雅、厌恶残酷"①的纳博科夫决定让卢仁的命运有所转机。中年卢仁已成为象棋大师,然而他的棋艺僵化,在对手的新招法面前力不从心,尽显老态。他开始钻研新招,发明独特的防守体系,力图在象棋艺术上有所突破。这个虚弱、疲惫、显老的矮胖子因长年比赛心力交瘁,不得不遵医嘱休养。其间他遇见一位迷人富有的女孩。这位温柔的小姐后来成为卢仁的妻子,她无论是对卢仁的人生还是"小说布局"来说都是"要紧部分"②,是卢仁存在事件中的第三位"作者"。她头脑中构思着一本回忆录,其中不同职业、不同年龄的男人一晃而过,唯有卢仁成为记忆空间里沉淀的精华。和前两位"作者"不同的是,她从一开始就带着审美眼光注视着主人公,认为他那颗沉重而宝贵的头颅是复杂精妙的仪器,认定在卢仁其貌不扬、举止古怪的外表下深藏着不为人知的天赋、"狂乱和迷人的魅力"③。她展示的立场是以审美主体珍爱的态度对审美对象——主人公进行肯定和观照。正如巴赫金所说,"在这里,人完全不是因为漂亮才有人爱,而是因为有人爱才漂亮,审美观照全部的特点就在于此。"④尽管遭到父母的强烈反对,女孩还是成了卢仁太太。她为什么会选择卢仁?母亲断言她不爱他。她自己也知道卢仁不是如意郎君,然而这个诡异的、深不可测的忧伤男人,唤起了她与生俱来的神奇能力——"她能对那些无助和不幸的生灵经常产生一种难以自制的怜悯柔情……她生活在无穷无尽的、人所不知的焦虑之中,老是期待着新的惊喜或者新的怜悯。"⑤也许,卢仁太太身上悲天悯人的审美能力正应了那句"何处有美,何处就有怜悯"。⑥

"妻子——作者"的审美之爱使主人公的生活重获尊重。卢仁成为被珍爱的、被肯定的审美事件的中心,他一度逃离了棋盘上的厮杀,回到现实世界。"他宝石般的两只眼睛闪烁起动人的光。他说起他的眼睛所到之处全是充满光明和自由的世界。"⑦那些黑暗的、痛苦的、被强权压抑伤害的噩梦渐渐远去了。他觉得温暖流动的光辉中汇聚着妻子

---

① [美]纳博科夫.独抒己见[M].唐建清,译.杭州:浙江文艺出版社,2012:19.
② [美]纳博科夫.防守[M].逢珍,译.上海:上海译文出版社,2009:前言 3.
③ [美]纳博科夫.防守[M].逢珍,译.上海:上海译文出版社,2009:62.
④ [俄]巴赫金.巴赫金全集:第1卷[M].晓河,等译.石家庄:河北教育出版社,1998:61.
⑤ [美]纳博科夫.防守[M].逢珍,译.上海:上海译文出版社,2009:78.
⑥ [美]纳博科夫.文学讲稿[M].申慧辉,等译.北京:生活·读书·新知三联书店,1991:337.
⑦ [美]纳博科夫.防守[M].逢珍,译.上海:上海译文出版社,2009:129.

对话与狂欢:纳博科夫创作的符号学解读

善与美的形象。婚后有那么一段时间,卢仁觉得生活又变得有意义了。然而,纳博科夫对"妻子——作者"的理解是复杂的。卢仁太太在爱护丈夫的同时又无意识地、不可避免地强行改造着卢仁的世界,剥离他同象棋艺术的关系,这种自私的同化使得她不自觉地成为继老卢仁和瓦伦提诺夫之后的第三位权威。她的审美之爱固然真诚,但依然无法摆脱狭隘私心:改造卢仁,放弃象棋,恢复人性,做个正常的普通人。因此,妻子的珍爱、同情、温柔呵护也成为"他者"意识的灌输:"你要是开始想象棋……我就不再爱你。"于是卢仁被迫告诫自己象棋是"一种冷冰冰的娱乐,它使人的头脑枯竭、腐败……荒唐可笑",他要满足妻子将他改造为正常人的心愿和审美诉求。他命令自己停止有关象棋的一切联想,放弃"怪异的、摇晃的、不断崩裂的棋盘上下着的一盘魔鬼棋局"①。

遗憾的是,安宁平静的温柔乡终是幻梦一场。"妻子——作者"的同化是不彻底的,因为这第三位权威的力量很显然不足以和前两位抗衡。她给了卢仁一段婚姻,但他并不踏实,结婚只是美梦,也许很快就会烟消云散,只有象棋才是稳固而真实的。卢仁的头脑中不断闪现有关象棋的回忆:岳父家地板上光影构成的棋盘、出租车车门上的棋盘方格装饰图案、卢仁的棋盘花格小箱子、电影里出现的棋局、酒会上偶遇的中学同学、卢仁姨妈认识的恼人的苏联客人、给客人的儿子变戏法而随手翻出来的山羊皮折叠式小棋盘、新居卧室里和老卢仁关于神童的梦境不谋而合的木刻画……所有这些线索形成象棋攻杀的连锁反应,击打着卢仁痛苦而隐秘的回想。纳博科夫设置的象棋效应就是要让卢仁破解一个谜题:我是谁? 这是弱小失语的主人公最关键的一问,是自我意识的悄然萌芽。他带着负罪又期待的心情解起难题来。他的目光又开始躲躲闪闪,"阴沉沉的表情中时不时显出木愣愣的快活样子。"②妻子的权威逐渐失去效力,卢仁又还原了强权意志设定的恐怖的、毁灭性的身份——棋手。他想起他曾经的对弈和厮杀,想起象棋带给他的力量,如同偷情后获得了罪恶的快感和强烈的兴奋,用假面的笑容和牙痛的借口来应付妻子的询问和质疑。他又开始偷偷坐在自己虚拟的棋盘边思考,"每一局都精美绝伦,每一局都注入了不同程度的爱,这种爱选择了复杂的反复和神秘的路途。这种爱好注定是毁灭性的。"③卢仁防守的关键招数已经找到,"这个方案包括自觉做出某种意想不到的荒唐行为,这种行为可能越出生命的系统规则。"④

---

① [美]纳博科夫.防守[M].逢珍,译.上海:上海译文出版社,2009:129,47.
② [美]纳博科夫.防守[M].逢珍,译.上海:上海译文出版社,2009:178.
③ [美]纳博科夫.防守[M].逢珍,译.上海:上海译文出版社,2009:205.
④ [美]纳博科夫.防守[M].逢珍,译.上海:上海译文出版社,2009:202.

第三章 《防守》——审美事件主体间的"非复调"对话关系

第四节 "弱者——主人公"——致命的防守

如果说妻子的同化加速了卢仁的毁灭,那么瓦伦提诺夫突如其来的回归"瓦解了那个可怜人最深处的一点理智"①。棋父仍旧摆出高高在上的权威派头,命令弱小的卢仁——"亲爱的男孩"参与他的作品——一部有关于象棋的电影剧本。被一个权威抽离象棋的卢仁又被另一个权威拖拽回来。一面是温柔的改造者,一面是冷酷的剥削者,棋盘已经展开,卢仁进退两难,唯一的出路就是道别,退出比赛,退出人生。精神错乱的卢仁把自己锁进卫生间,纵身一跃是保护自我不被他者意志吞没的最后一次防守。

小说结尾,卢仁跳窗自杀,众人推门而入,纷纷叫喊着他那一直被遮蔽、一直在寻找的身份——缺失已久的名字亚历山大·伊万诺维奇。弱小的卢仁是一个不被周围接纳的孤独个体,遭受来自作者的支配和他者的阻挠:父亲的控制、棋父的压迫、妻子的同化。自由的对立面是束缚和专制极权,这些能轻易摧毁个体才华和存在自由。卢仁的本真被掩盖甚至被扭曲,他的存在本质直接被忽略。他在现实群体面前显得"笨拙、邋遢、不合时宜"②,而在象棋世界里,他又变得聪明、体面、应付自如。16个棋子是他维护个人尊严的防守武器,64个黑白棋盘格就是他坚守精神自由的最后阵地。然而,来自作者的势力过于强大,而他内心力量又不足以支撑他的天赋,所以尽管艺术家极力想逃离强权却无济于事,最终象棋艺术成为泡沫,疯癫的幻想侵蚀了脑壳,卢仁只能以肉体的毁灭结束自己被压抑、被控制、被利用、被篡改的人生。

由几位"作者"共同塑造的去人格化的典型人物跨越了死亡的界限,夺回有生之年被剥夺的、一个具备完善自我意识的人的个性。"在卢仁松开手的那一时刻,在冰凉的空气灌进他嘴里的那一时刻,他真真切切地看见了亲切地、坚定不移地展现在他面前的是一种什么样的永恒。"③卢仁看到的永恒恰恰是一个被权威塑造的典型人物在死亡的一瞬看到的存在的永恒。"只要人活着,他生活的意义就在于他还没有完成,还没说出自己最终的见解。"④一个鲜活自信的主体必然具有创造力和生命力,他是开放的、不确定的和未完成的。当一种活生生的,理应不断发展的生命被定格为某种稳定不变、僵硬机械的特性

---

① [美]纳博科夫.防守[M].逢珍,译.上海:上海译文出版社,2009:前言2.
② [美]纳博科夫.防守[M].逢珍,译.上海:上海译文出版社,2009:前言4.
③ [美]纳博科夫.防守[M].逢珍,译.上海:上海译文出版社,2009:213.
④ [俄]巴赫金.巴赫金全集:第5卷[M].白春仁,顾亚铃,译.石家庄:河北教育出版社,1998:77.

或形式时,就显得怪诞可笑,而扩张的生命力要求自我超越禁锢和瓷化的边界,肉体的毁灭反而促成了精神的永生。比起生存的受限,看似荒唐的死亡是欢愉的,甚至是神圣的,它是自我作为一个存在主体自我意识的彻底觉醒,是自我对于他者的权威干涉进行的生存抵抗。而跳窗这种自杀方式本身就是一种鲜明的越界形式,冲破现实的空间,跳出一切既定的、主流的、常识的框架,死亡成为划分权威与自我领域的界限。卢仁不再是沉溺于幻想、假借艺术之名逃离现实的伪艺术家了,他成了纯粹的、独立自足的审美主体,进入至美至纯的彼岸世界。

> 妻子在我不知道的情况下,拍下了我在旅馆房间里写小说的这张照片。时间是一九二九年二月二十七日。正在写的小说是《防守》,讲的是一个精神错乱的象棋手发明的防守方式。请注意桌布的十分贴切的图案。在墨水瓶和过满的烟灰缸之间可以看出有一包半空的高卢人牌香烟。放着家人相片的相框靠放在达里的四卷本俄语词典前。我那结实的深褐色笔杆已经给啃得很厉害了。……我写字的手部分挡住了一摞昆虫标本板。……很少有一张无意之中照出来的照片如此精确而简明地反映了生活①。

这张偶得的照片使我们得以瞥见而立之年的纳博科夫紧张创作《防守》时的形象:身材颀长,面容消瘦,眉头微蹙,双唇紧抿。在那张应景的棋盘格桌布上,他文思敏捷,下笔如神,像是一位同主人公卢仁一样的顶尖棋手,深思熟虑,步步为营,出奇制胜,绝路逢生;又像是一个高瞻远瞩的旷世将才,于方寸之间,排兵布阵,运筹于帷幄之中,决胜于千里之外。我们似乎能从纳博科夫的这张日常照片中感受到他作为一个富有创造力和艺术掌控力的自由作者的专横和霸道——"我小说的设计是在想象中确定的,每个人物按我想象的路线行动。在那个私有世界,我完全是个独裁者,迄今为止,唯有我为这个世界的稳定和真实负责。"②

然而,看似咄咄逼人的纳博科夫却无意成为继"父亲——作者""棋父——作者""妻子——作者"之后的第四个权威"作者",把卢仁和其他主人公浓缩为一个概念,树立起一种典型,使之完全屈从于作者意志,体现作者的全部观念。"我为自己是一个缺乏大众魅力的人而自豪……我不属于任何一个俱乐部或团体。没有什么教条或派别对我产生任何影响。"③纳博科夫所认同的艺术品格是坚定的、独立的、自由的。非自足的、受制于人

---

① [美]纳博科夫.说吧,记忆[M].王家湘,译.上海:上海译文出版社,2009:306,照片页.
② [美]纳博科夫.独抒己见[M].唐建清,译.杭州:浙江文艺出版社,2012:70.
③ [美]纳博科夫.独抒己见[M].唐建清,译.杭州:浙江文艺出版社,2012:3.

第三章 《防守》——审美事件主体间的"非复调"对话关系

的、向权威低头的个体无法发出自我的声音,他们的艺术世界也注定是孤立而虚弱的。卢仁的"死亡犹如一种剥夺,死亡犹如一种参与。"①个体抛舍自我,肉体消散,主人公的自由意识却得以挣脱作者群体的束缚,以平等、尊严、高尚的身份参与审美主体间的对话。因此,从这个角度来看,纳博科夫给卢仁设定的残酷结局,并非是一个软弱的主人公被强权作者彻底吞没的残酷悲剧,而恰恰是纳博科夫着力书写的一幕关于意识觉醒、艺术自由和存在尊严的温柔喜剧。

从巴赫金文化符号学理论的主体间性角度解析纳博科夫构建的作者与主人公的不平等对话关系,使我们更深刻地体悟到纳博科夫的创作主体意识和艺术诉求。文学文本,正如象棋大师卢仁的天才头脑,像精密仪器一般复杂。其中作者、主人公以及最后参与审美事件的读者,"众声音(众符码)的汇聚成为写作,成为一个立体空间。"②在这个符号空间里,无论审美主体的关系是平等共生还是强弱对立,他们的对话都延伸和扩展了文本阐释维度。复调与非复调的批评方法恰恰从不同侧面展现了巴赫金的思想深度,文学评论的本意也恰恰是对文本进行复杂多元的解读,而符号学的研究意义在正在于此。

---

① [美]纳博科夫.普宁.梅邵武,译.上海:上海译文出版社,2007:15.
② [法]巴特.S/Z[M].屠有祥,译.上海:上海人民出版社,2006:112.

第四章
《劳拉的原型》——碎片文本的开放对话空间[①]

在第三章中,我们从巴赫金文化符号学理论的主体间性视角分析了《防守》的主人公卢仁与几位"作者"之间的博弈与抗争。如果说《防守》通过书写主人公在强大作者权威下的精神异化和意识逃离,来展现审美活动中自我与他者不平等、非复调的主体间性,那么,纳博科夫的未竟之作《劳拉的原型》则是以未完成的碎片文本的外在形式呈现出一种文本与文本、文本与作者、文本与读者之间开放的、多维度的对话空间。因此,从巴赫金文化符号学理论的对话思想出发,对《劳拉的原型》进行对话性解读正是挖掘小说符号意义和美学价值的一种尝试。

1987年2月的一个下午,在瑞士蒙特勒宫酒店天鹅楼六楼的套间里,传记作家布赖恩·博伊德从纳博科夫的遗孀薇拉手中接过一小盒索引卡片。薇拉嘱咐他,"那些手稿只能读一遍,不得做笔记……读完后想就此写些东西,她有权删除任何想删的内容。"[②]阅读的过程让博伊德觉得很糟糕,因为薇拉一直用她那双蓝色的、锐利的大眼睛盯着他。这位虔诚的传记作家只有一次机会阅读的正是纳博科夫的遗作《劳拉的原型》。这甚至不是一部完整清晰的初稿,而只是138张用铅笔书写的,没有确定排列顺序的索引卡片,一部名副其实的"碎片小说"[③]。

纳博科夫没能完成《劳拉的原型》,尽管他从1974年就开始着手创作,按照自己独特的习惯,动笔之前就在头脑中反复推敲,形成了小说的完整构想;纳博科夫孤注一掷,试图战胜衰老和虚弱,他笔耕不辍,兴致十足地投入"新小说的深渊",享受与自己的新小说之间那"一段美妙的时光",然而,"接踵而来的事情和疾病使他无法将一两沓灿烂的精神

[①] 本章阶段性研究成果已发表。详见谢明琪.纳博科夫遗作《劳拉的原型》之对话性解读[J].俄罗斯文艺,2014(4):107-112.

[②] [新西兰]博伊德.纳博科夫传:美国时期(下)[M].刘佳林,译.桂林:广西师范大学出版社,2011:732.

[③] 纳博科夫认为"索引卡片是进行写作的绝佳纸张",因为他并不是按照章节顺序从开头写到结尾,而是在头脑中先形成整体构思,之后在索引卡片上撰写任意章节或记录任何灵感的闪现,紧接着不断改写,最后给索引卡片编号。纳博科夫逐步填补空白,尽可能忠实和具体地把头脑中所构思的画面复制下来,这种类似作画和完成拼图游戏的写作过程,体现了纳博科夫特立独行的创作习惯。详见[美]纳博科夫.独抒己见[M].唐建清,译.杭州:浙江文艺出版社,2012:16,32,103.

第四章 《劳拉的原型》——碎片文本的开放对话空间

图景转换成索引卡片。"①1977年,纳博科夫的脑力和体力最终没能赶上死神的脚步,小说的创作戛然而止,他留给我们的是一部永远也无法完结的作品。

时隔30年,一直保存在瑞士银行保险柜里的《劳拉的原型》最终于2009年面世。此后,评论界争论的焦点多集中在"该不该出版"这个问题②。有学者质疑纳博科夫之子德米特里是否应该遵守父亲生前的遗愿,将达不到高标准的"胚胎"文本付之一炬,以保存苛刻有名的纳博科夫艺术唯美主义者的身份,而对小说的文艺美学价值却关注较少,更有欧美评论家担心这部碎片小说"是否标志着纳博科夫创作力无可挽回的衰退"③。而德米特里却认为这部小说是"天才大脑酝酿已久的一部杰作"④。

通过查阅近年国内的期刊及学位论文,我们发现针对《劳拉的原型》的评论为数不多。最初的论题主要集中在"元小说"及文学翻译层面。比如,小说中译本译者谭惠娟女士的《结构魔方与审美狂喜——纳博科夫〈劳拉原型〉的"元小说"艺术特征》基于作者的翻译实践,结合德勒兹的"元评论"、罗兰·巴尔特的"元语言"理论及纳博科夫的其他作品,从《劳拉的原型》的文本结构、主题情节和语言特点等方面探讨其"元小说"特征;张其亮的《元小说理论视角下对〈劳拉的原型〉的解读与重构》也着重阐明该小说作为后现代主义文学作品标志性特征的元小说因素;而两篇涉及翻译的文章,刘真真的《简析〈劳拉的原型〉中文化的不可译性》和吕晨的《译作与原作的对话:〈劳拉的原型〉的翻译策略管窥》依然是从"元小说"特征入手,结合相关翻译理论,分别对翻译过程中文化方面的不可译性以及译作与原作的对话性做了简要分析。近几年,虽然议题得到了丰富,延伸到了作家的现实观、动物形象和死亡主题的隐喻等问题,但就文本所蕴含的符号意义和美学价值而言,我们仍有需要展开说明什么研究?。

纵观国内外学界的研究视角,不管是出版价值之争还是翻译实践与"元小说"批评,学者们对于小说文本的看法不同缘于各自评论中心的差异,而从传统文学理论的"作者中心论"到以文本为核心的"文本中心论",再到强调读者反应与接受的"读者中心论",文本阅读与文学批评在历经流变之后,最终到达了一个评价中心无法完全确定的阶段:作者、文本、读者共同置身于一张复杂的关系网中,维系网络的是三者之间互动交流的对话。巴赫金的对话理论认为,"语言只能存在于使用者之间的对话交际之中。对话交际才是语言的生命真正所在之处。语言的整个生命,不论是在哪一个运用领域里(日常生

---

① [新西兰]博伊德.纳博科夫传:美国时期(下)[M].刘佳林,译.桂林:广西师范大学出版社,2011:709.
② См. Абаринов В. Последняя мистификация Набокова [EB/OL]. (2010-01-01)[2012-08-16]. https://www.sovsekretno.ru/articles/nabokov-poslednyaya-mistifikatsiya/.
③ [新西兰]博伊德.纳博科夫传:美国时期(下)[M].刘佳林,译.桂林:广西师范大学出版社,2011:740.
④ [美]纳博科夫.劳拉的原型[M].谭惠娟,译.北京:人民文学出版社,2011:3.

活、公事交往、科学、文艺等等），无不渗透着对话关系。"①《劳拉的原型》正是体现了这样的对话性：弗洛拉的形象牵引出文本与文本的交流，王尔德的死亡实验赋予了作者与文本沟通的空间，而整部小说以碎片的形式启发构建性的读者以自己的审美想象完成文本意义的建构，从而使审美活动中的作者、文本、读者之间的对话成为可能。

第一节　文本与文本的对话——弗洛拉的无爱之性

《劳拉的原型》是部怎样的作品？小说开篇的第一句话就道出了三个主要人物："她回答说，她的丈夫也是一位作家，至少勉强算是。"②"她"是消瘦苗条、美艳动人的弗洛拉；她的丈夫是年老体衰、肥胖臃肿但却生活富裕的著名神经病学家菲利普·王尔德；第三个人物是弗洛拉的旧情人画家诺维奇。许多评论家将《劳拉的原型》定义为"元小说"③，是一种套娃式的、多层文本叠加的叙事手法④。就小说本身而言，通读两遍，不难理出最有可能的情节主线：诺维奇曾经是弗洛拉的情人之一，后遭拒绝，于是耿耿于怀，将与弗洛拉昔日的风流韵事统统写进"一本永远丢失了人名表的真人真事小说"⑤，即《我的劳拉》之中，并把小说寄给了王尔德。虽然诺维奇并没有指明小说人物与现实原型的直接对应关系，但当事人一眼便可看出书中劳拉的原型就是弗洛拉，而劳拉的丈夫——"一个传统型的'伟大科学家'"⑥菲里多·索瓦吉就是弗洛拉的丈夫王尔德。面对妻子的不忠给自己带来的巨大耻辱，疾病缠身的王尔德选择在意识中从脚趾到头颅的自我删除方式，享受着无害的自杀艺术给自己带来的安慰和快感，最终王尔德因突发心脏病而丧命，而弗洛拉则在旧情人的小说中直面自己精彩而疯狂的死亡。

依照这条情节主线，在纳博科夫的主文本中可以找到三个作者和他们各自创作的次文本：弗洛拉口述了一本简单的回忆录，她记得的多是自己成长过程中鸡零狗碎的苟合之事。尽管从她的祖父开始，家庭成员个个都算得上艺术家，但她对于父母最深刻的印象也只停留在他们混乱的性关系和渺小的死亡事件上；王尔德写"死亡实验报告"，记载

---

① ［俄］巴赫金.陀思妥耶夫斯基诗学问题[M].白春仁，顾亚玲，译.北京：三联书店，1988：252.
② ［美］纳博科夫.劳拉的原型[M].谭惠娟，译.北京：人民文学出版社，2011：3.
③ ［美］纳博科夫.劳拉的原型[M].谭惠娟，译.北京：人民大学出版社，2011：284.
④ См. Давыдов С. Тексты-матрёшки Владимира Набокова[M/OL]. М.：Кирцидели，2004．［2014-10-12］https://litresp.ru/chitat/ru/%D0%94/davidov-sergej-sergeevich/teksti-matryoshki-vladimira-nabokova.
⑤ ［美］纳博科夫.劳拉的原型[M].谭惠娟，译.北京：人民文学出版社，2011：223.
⑥ ［美］纳博科夫.劳拉的原型[M].谭惠娟，译.北京：人民文学出版社，2011：127.

第四章 《劳拉的原型》——碎片文本的开放对话空间

了病痛、耻辱以及意念中的自我消融与生死穿越;诺维奇写《我的劳拉》是对绝情的弗洛拉的报复,他在想象中预设了弗洛拉的死亡;弗洛拉不屑于阅读丈夫的"死亡巨著",而王尔德被诺维奇逼迫着翻阅妻子那部"忠实于原型"的泛滥情史。

如此,主文本包裹着若干次文本,文本之间相互连接,这在纳博科夫的小说创作中并不鲜见,且体现了作家本人的文艺创作观。纳博科夫认为真正的艺术是虚构的伟大谜语,创作就是一个制谜的过程,因此他在作品中偏爱使用各种各样的字谜、隐喻和戏仿,引诱读者进入他的游戏世界。弗洛拉——劳拉(Flora-Laura)这组意象,从发音和拼写上看,是典型的纳博科夫式文字游戏。然而,对于研究者而言,更重要的是"穿越文本表层的'大义'去阐发文本深层的'微言'"①,去寻找弗洛拉——劳拉这一重叠形象在游戏背后和文本对话之中所蕴藏的潜在隐义。纳博科夫的游戏不仅仅预设在文本内部。文本不是一个固定的点,不具有一成不变的意义,它不孤立存在,而是与文化语境中的诸多艺术文本产生共鸣,成为其他文本的互文本,在文本参照系中反映着对于其他文本的吸收和转化,并在与"他者文本"的对话中确定自身的位置与价值。所以,纳博科夫字面上的谜语要靠挖掘文本空间的交汇才能发现谜底。

首先,我们要注意到弗洛拉——劳拉形象背后隐藏的是作家对于西方文化传统及古典神话思维的借鉴与戏仿。《劳拉的原型》俄译本封面上印着一张弗洛拉的脸庞,只不过这位弗洛拉出现在西方古典神话中——司掌花卉、果实、春天、青春、欢乐和生命的女神弗洛拉。她的美好形象被定格在文艺复兴时期波提切利的名作《春》之中:头戴花冠,身穿薄衫,面容华美,眼神温柔。除此之外,我们还能在这一时期的其他经典绘画中找到和小说女主人公同名的艺术形象,比如提香的《弗洛拉》,乔尔乔内的《劳拉》。这些画中的女子有柔美的秀发,半遮半掩的丰腴酥胸,浑圆的双肩,她们充满生命张力的面孔和健康的身体无不透露出青春的活力,给人以端庄、典雅之感。文艺复兴时期的艺术家们善用柔和的笔触和明快的色调,以飘逸的服饰、丰满的躯体、流畅的曲线以及它们之间富有节奏的组合与律动,展现了那个时代的经典美感——优美高雅的姿态、永不消失的光辉、人世间的美好、和谐与愉悦,一种崇高的、不容亵渎的、甚至遥不可及的爱慕。

纳博科夫的弗洛拉——劳拉显然颠覆了文艺复兴时期的美学传统,她不具备关于崇高爱情的人文主义美学象征。这份爱体现了内在美与外在美的和谐统一,心灵自觉或不自觉地经由尘世之爱接近上帝。正如但丁借助自己对于贝雅特丽齐的爱到达天堂;彼特拉克凭借对挚爱的贵族少妇劳拉的情真意切摘得"桂冠诗人"的美誉。如果我们参照古希腊罗马以及文艺复兴时期的艺术作品,对比美的古典法则,那么可以说,弗洛拉的外形

---

① 王一川.西方文论史教程[M].北京:北京大学出版社.2009:158.

远不算那种能唤起崇高美感、牧歌情调的典雅宁静、丰腴柔美、明亮温暖的美好,更没有人类童年时期古典艺术作品中的那种"高贵的单纯"和"静穆的伟大"①:

> 她是个极为苗条的女孩,肋骨历历可数。髋骨的明显突起令腹部呈凹陷状,平的真让人以为那不是肚子……她有着浴盆里孩子一般灵巧的肩胛骨,脊柱的曲线如同女芭蕾舞演员一般,还有苗条的臀部,有一种暧昧而令人无法抵挡的魅力②。

在这个人物身上,更多彰显的是一个冰冷任性的女人感官色情动物性的一面。父母的负面影响、成长的遭遇、男女苟且之事,过去的时光把她雕琢成这样一个女人——白皙的肌肤,有些冷峻的嘴,少女时代遗留下来的蓝色鸢尾花样的睫毛,紧挨着的深蓝色的眼睛。那眼神露出迷惘、忧郁、茫然。她有很多情人,她和他们肆无忌惮地交欢,可没有一个人知道她在想什么:是对于卫生问题的顾虑,还是与情人共赴巫山云雨的极乐,"对除她自己之外所有人的鄙视",还是第一次屈从而体会到的不安、尴尬、假装的快乐? 这一切猜度化为她脸上那"一滴并无特别含义的珍珠般的泪珠"③——"她是一本还没有写、尚未写完、抑或重写的艰涩难懂的书。"④

情人们争先恐后地翻看这本书,迷恋弗洛拉精巧纤细的身体。其独特的美虽然不符合文艺复兴时期的美学传统,却同样勾起了艺术创作欲望。"她那精致的骨架顷刻间融入一部小说,事实上成为那部小说的神秘构思,还可以成为许多诗歌的素材。"⑤1928年纳博科夫在《莉莉丝》一诗中写道:

> 门边突然出现了一个浑身赤裸的小姑娘,
> 卷发里藏着河水里的百合花,
> 女人般匀称挺秀,
> 乳头温柔地盛放……⑥

而弗洛拉也有如花般绽放的乳房:

> 经过二十四年的成长,已经迫不及待地粲然怒放的两只杯状乳房

---

① 王一川.西方文论史教程[M].北京:北京大学出版社.2009:56.
② [美]纳博科夫.劳拉的原型[M].谭惠娟,译.北京:人民文学出版社,2011:17,21,23.
③ [美]纳博科夫.劳拉的原型[M].谭惠娟,译.北京:人民文学出版社,2011:19.
④ [美]纳博科夫.劳拉的原型[M].谭惠娟,译.北京:人民文学出版社,2011:23.
⑤ [美]纳博科夫.劳拉的原型[M].谭惠娟,译.北京:人民大学出版社,2011:17
⑥ 此处为笔者自译。См. Набоков В. Лилит [EB/OL].[2012-03-06]. http://nabokov-lit.ru/nabokov/stihi/218.htm.

第四章 《劳拉的原型》——碎片文本的开放对话空间

光滑坚挺,浅色的乳头稍微探向一边,似乎比她还年轻十几岁①。

那么,弗洛拉与莉莉丝之间又有何联系?首先,我们可以追溯到犹太神秘传说中的女妖莉莉丝②这一神话原型:她背叛丈夫,与撒旦结合,违背了正统圣经的世界图景,超越了宗教教义的限制。她冷漠迷蒙,不知善恶,不受痛苦和死亡的影响,没有灵魂,根本不可能获得拯救。纳博科夫巧妙地借鉴了这一神话原型。背叛丈夫、纵欲滥交的弗洛拉——劳拉成为尘世感官欲望生机勃勃、富有朝气的动因,一个象征着肉体精神双重瓦解的致命存在物。"有关她的一切注定都是扑朔迷离的……对艺术,对爱,对梦与醒之间的差别,她都一无所知……"③弗洛拉最不能理解的是爱,且不谈超凡脱俗的大爱,就连尘世间的爱情亲情,她也不曾把握。正因为这样,她选择了无爱的成长、无爱的交欢、无爱的婚姻,而纵欲则是对缺失之爱的弥补。如果说花神弗洛拉是生命的象征,那么弗洛拉就是不育女神,她做爱之后轻巧抹去腹股沟上的精液就是对于可能产生的新生命的遏制。跟真爱相关的是柔情、呵护、心灵的交流、自然的繁衍、生命的延续,而在弗洛拉的性的自我里绝不允许这些概念的出现。所以,"不解风情"的弗洛拉才会认定,休伯特先生转嫁到自己身上的对于亡女黛西的思念和温柔父爱,是出于亨伯特先生对于洛丽塔的那种丑陋肮脏的非分之想。

然而,纳博科夫确实将他之前塑造的"宁芙"④们的一些共有特点赋予了弗洛拉——性早熟,少女时代失贞,有着与同年龄段普通女孩不同的,而她们自己却意识不到或者假装不知道的诱人姿色——笔直修长的双腿、纤细轻盈的身体,柔嫩光滑的肌肤,细密柔软的汗毛,浅褐色或金色的如丝秀发,青春鲜活的面庞,大而迷蒙的眼眸,倔强任性的嘴唇……所有这些都很容易引起强烈持久的感官刺激。此外,也凸显了主人公某种变态的性心理,比如在我们熟知的《洛丽塔》和《魔法师》中,纳博科夫就着力描写了主人公的恋童癖,对"宁芙"在肉体和精神上的极度迷恋,以及这种迷恋如何将他们撕扯成碎片,卷入万劫不复的深渊。这样,纳博科夫在弗洛拉——劳拉的身体里安放了两个躁动的原型:对于感官之乐索需无度的小"宁芙",以及象征着泛滥情欲和具备强大生殖能力的诱人妖妇莉莉丝。

纳博科夫正是利用这个身体,引导我们进入弗洛拉的情爱世界,一个欲望和无知相

---

① [美]纳博科夫.劳拉的原型[M].谭惠娟,译.北京:人民文学出版社,2011:17.

② 在犹太神秘传说中,莉莉丝被视为撒旦的情人,强大的女恶魔。她被形容为淫荡诱人的美女,靠在夜间吸食男人的阳气以长生不老,因此成为中世纪禁欲主义的大敌,在后世许多文艺作品中都有她的踪影。

③ [美]纳博科夫.劳拉的原型[M].谭惠娟,译.北京:人民文学出版社,2011:87,89.

④ 宁芙泛指山林水泉的精灵,多以美丽女子的形象出现,喜欢依照自己的意愿和男人或女人结合,有时被译为仙女或妖精。在《洛丽塔》中亨伯特称洛丽塔为宁芙,这一称呼现指仙女般的少女、早熟女孩或放荡的少妇。

互勾结、无结构无秩序的暗流深渊。纳博科夫依照自然主义传统,对于人物之间的性爱场面、双性恋、窥淫癖以及性器官的描写,直白单纯不加修饰,对人物的生理状况及外貌描绘做了记录式的写照。在这里,我们读不到纳博科夫在《洛丽塔》《普宁》等作品中所运用的饱含抒情与感伤的句子,取而代之的是"既索然无味又欢闹滑稽,既洋洋洒洒又无法满足身心,既有令人不快的缺陷又富有喜剧色彩"①的性描写:

> 她饶有兴致地看着朱尔斯艰难地在自己的生殖器上拉牵一只小号的避孕套,这个完全勃起的阳物不同寻常的粗壮,龟头偏略向一边,仿佛在防备着关键时刻被反手一击。弗洛拉满足朱尔斯提出的所有要求,只不同意他亲吻她的嘴唇,他俩唯一说的话是关于下次的幽会②。整个过程——在隆起的小小肉丘上弹跳几下——对她来说毫无意义……他看着她的后背,双手捧着她的臀部。
>
> 如同蟾蜍或乌龟般看不到彼此的脸
>
> 看动物抱对③

为什么纳博科夫要这样描写主人公的性?一种无感情的、冷漠的、完全动物性的性行为?尽管小说主题与作家自己的情感生活相去甚远,但他还是运用自己的"组合"使幻想成真,"用赤裸裸的性让我们感到愉悦和惊骇"④,用无情的"硬小说"去颠倒他所珍视的爱的价值。纳博科夫使自然主义元素按照一种纯粹的方式获得新生,引领读者们进入主人公的性游戏当中;运用艺术语言的"非道德"潜质将人物形象降低到卑劣的层次,以一个冷漠无情、玩世不恭的叙述者形象,肆意肢解了人物的心智,"教唆"读者到达一种带有强烈的直至残忍的堕落和反常的境地。弗洛拉没有对于主体完整的、内部统一的认识,相反,她看起来心灵空虚,精神荒芜,行尸走肉,就像消毒一般,抹杀了灵魂的价值。她用肉体只问了自己一个问题——"现在是不是该开始下一轮交战。"⑤

最后,如果回到文本的原点——小说的书名《劳拉的原型》(The Original of Laura),于此又有何隐义?如果从英文单词 original 的释义⑥出发,可以做如下理解:第一,纳博

---

① [新西兰]博伊德.纳博科夫传:美国时期(下)[M].刘佳林,译.桂林:广西师范大学出版社,2011:741.
② [美]纳博科夫.劳拉的原型[M].谭惠娟,译.北京:人民文学出版社,2011:80-81.
③ [美]纳博科夫.劳拉的原型[M].谭惠娟,译.北京:人民文学出版社,2011:199,201.
④ [新西兰]博伊德.纳博科夫传:美国时期(下)[M].刘佳林,译.桂林:广西师范大学出版社,2011:742.
⑤ [美]纳博科夫.劳拉的原型[M].谭惠娟,译.北京:人民文学出版社,2011:31.
⑥ См. Стрельникова Л. Последний пастиш В. В. Набокова. О незаконченном романе《Лаура и ее оригинал》(《The Original of Laura》)[EB/OL]. [2011-06-01] http://nabokov-lit.ru/nabokov/kritika/strelnikova-poslednij-pastish-nabokova.htm.

科夫坚守自己的艺术风格：复杂的文字游戏、糅合的形象、模糊的意义以及神秘化的意象。纳博科夫利用复杂的人名的游戏，糅合了古典文明与现代文化，又将神话人物与小说人物形象相结合。无论写作技巧多么重要，多么必要，但艺术的最终意义并不在于此。无灵性和无人性成为理解和阐释弗洛拉——劳拉的基本准则。因为作家从一开始追寻的就不是真理，而是希望找到人类肉体的物质性的存在本源，一个同一性的原始模型，这也就和英文单词 original 作为"原型"一解密切相关，同时也阐释了弗洛拉——劳拉与其神话原型遥相呼应的象征意义；第二，original 和探寻与旧事物相对的新事物有关。在小说中，纳博科夫连接了当代文化和宗教传统，在现代文本与古希腊罗马以及犹太神话间穿梭，从文艺复兴到浪漫主义，从自然主义到后现代风格，混合了不同的时间和形象，实现了在文化整体中各个艺术文本之间的沟通与对话。主人公的、作者自己的以及"他者文本"之间的差别都因为连续不断的文学类比的侵入而逐渐模糊。

文本间的对话使《劳拉的原型》这一文本与文化语境中的"他者文本"构成了一种若即若离、和而不同的微妙关系。纳博科夫创作弗洛拉——劳拉的形象，并没有采用固有的宗教神话原型思维，而是将其放在现代生活的背景上，阐释、整合、颠覆从而建构了相关艺术文本的意义，创造出一个崭新的、更有趣的，和以往不同的独一无二的存在。

第二节　文本与作者的对话——王尔德的可逆死亡

文本由作者创作，而作者的生命依靠文本延续。在文本与作者的对话之中，文本经由作者的生命体验而鲜活生动；作者在文本的创作过程中获得愉悦，又在重读文本时产生情绪上的共鸣。纳博科夫通过《劳拉的原型》这一艺术文本，释放审美狂喜，感悟百态人生。如果说弗洛拉代表了青春的诱惑和无爱的欲望，那么她的丈夫王尔德则是衰老、腐朽与死亡的代言人。很多评论家，比如《劳拉的原型》俄译本译者巴拉巴塔罗（Г. Барабтарло）认为，就作品伦理世界观的总结而言，有一条非常重要："真正的个人道路是死亡，而不是爱。"[①]那么，在迈向死亡的人生路上，在文本与作者的对话中，暮年的纳博科夫对于王尔德这个人物倾注了多少关于此生彼世的感念呢？

王尔德是一个老实敦厚的绅士，精打细算的丈夫，"一名出色的神经病专家，一个颇

---

①　См. Набоков В. Лаура и ее оригинал[M]. М.：Азбука-классика，2010：134.

负盛名的演讲者"①,有那么一点艺术天分的作家,生活优越,不愁吃穿,但是他长相寒碜,年老肥胖,木讷内向,被冷漠的妻子看作是该减肥的吝啬鬼,常常因她的红杏出墙而长吁短叹,却又敢怒不敢言,因肉身的疼痛和性能力的丧失而黯然神伤,最后依靠意念中的自杀而陷入"自我删除"的意淫快感之中。王尔德罹患各种严重的疾病,体型异常肥胖,尤其是双脚经常发炎溃烂,给他带来巨大痛苦。因而他憎恨这双和硕大身躯不成比例的脚,总是幻想着把脚趾头全部切除,"将锋利的剪刀伸入一个向内生长的脚指甲下剪掉那个令人不适的角而产生的愉悦,加上因为发现其下还有一个琥珀色的溃疡,留着脓血带走了可恶的疼痛而额外生出的惊喜。"②双脚脚趾"软如橡胶,腐如朽木,这么快就开始腐烂实在太妙了"③。这种病态的快感伴随着无法遏制的哀伤何尝不是晚年疾病缠身、饱受双脚炎症之苦的纳博科夫感同身受的呢?

之后,王尔德进行了对"干瘪苍白的死肉的清理工作",期待着"每只脚的长度都有大幅度的缩减,同时其末端的边缘变得如同长形面包般干净利落,没有任何脚趾的痕迹。"④同时,他在思考下一步比去除脚趾更能获得快感的实验性壮举——自我删除。在他看来,这是一种圣洁的、高尚的、意识中的自杀。这个"渴望死去的学生"在黑板上画了一个大写的英语字母"I"⑤,这个字母简洁精练却又恰如其分地代表了王尔德的肉身:笔直的躯干,轻描淡写的两横是头颅和令人憎恨的双脚,接着靠意志力引导,从脚开始自下而上地完成自我泯灭的过程。这种"自杀"的艺术,使失去性功能的王尔德似乎重现生机,他拥抱了"甜美的自我消融的入侵",在欢愉的死亡中获得了前所未有的快感,"近乎于一种无法承受的狂喜"⑥。

纳博科夫在构想男主人公的名字时运用了王尔德(Wild)一词,译为"野蛮的",这与诺维奇在《我的劳拉》中的科学家索瓦吉(Sauvage)相互对应⑦。这显然又是一个文字游戏,然而又不仅仅是一个形式上的谜题,更重要的是由Wild这个虚构的姓氏,我们很自然地联想到作家奥斯卡·王尔德(Oscar Wilde),他提出了"为艺术而艺术"的理念,即不是艺术模仿生活,而是生活模仿艺术,艺术按照自己的目的浇铸生活。在对待艺术与生活的关系上,纳博科夫有自己独到的见解。"艺术本身并不是他创作的最终目的,他创造艺术是为了创造他,创造我们的生命。对纳博科夫来说,艺术创造行为是人类最具人性

---

① [美]纳博科夫.劳拉的原型[M].谭惠娟,译.北京:人民大学出版社,2011:109.
② [美]纳博科夫.劳拉的原型[M].谭惠娟,译.北京:人民文学出版社,2011:185.
③ [美]纳博科夫.劳拉的原型[M].谭惠娟,译.北京:人民文学出版社,2011:169.
④ [美]纳博科夫.劳拉的原型[M].谭惠娟,译.北京:人民文学出版社,2011:175.
⑤ [美]纳博科夫.劳拉的原型[M].谭惠娟,译.北京:人民文学出版社,2011:137,139,141.
⑥ [美]纳博科夫.劳拉的原型[M].谭惠娟,译.北京:人民文学出版社,2011:215.
⑦ sauvage,法语词,译为野蛮的,与wild同义。

第四章 《劳拉的原型》——碎片文本的开放对话空间

的行为,他使自身获得秩序,赋予自身以目的。通过艺术活动,人人可又战胜必然,这种必然就是他在时空中存在着。"①纳博科夫强调自己"不关注'为艺术而艺术'一类的口号——因为不幸的是,这类口号的倡导者,如奥斯卡·王尔德及各种风雅诗人实际上都是糟糕的道学家和教导主义者。"但是,他依旧承认,"使一部文艺作品不朽的并非它的社会重要性,而是它的艺术。"纳博科夫在意的艺术不是道德说教,也不是政治鼓吹,而是最纯粹的审美狂喜。"我的写作没有什么社会目的,也不传递道德信息;我没有一般观念需要阐述,我就是喜欢编造带有优雅谜底的谜语。"②纳博科夫虽不是唯美主义的忠实信徒,但他强调"艺术的伟大之处就在于奇特的骗局和复杂"③,同时,他的创作也继承了唯美主义的某些文学主张,其作品中也隐藏着"为艺术而艺术"的审美伦理倾向。

王尔德认为艺术有着独立的生命和发展史,它并非时代的产物或现实的附庸。纳博科夫将所有伟大的作品称为童话,认为在小说中寻找真实生活是致命的错误,强调了艺术以虚构和想象悬置于现实之外。既然艺术是独立于现实生活的世界,那么也理所当然地独立于当下世界的伦理。纳博科夫笔下的众多人物,如亨伯特、赫尔曼、欧比纳斯等,他们的"恶"来自伦理生活审美化中的负面因素,然而他们又具有超越庸俗的魅力,即独特的人生艺术化诉求。

艺术能够凌驾于肉体的死亡,使创作者获得精神的不朽。《劳拉的原型》中不乏"艺术家"的身影,然而,颇为讽刺的是,他们却因艺术而死亡,在艺术中消逝,主动或是被动地记载他们死亡的时刻。弗洛拉的祖父——俄裔画家列夫·林德死于他曾经名噪一时的作品被遗忘所致的悲伤的"癌症";父亲亚当·林得作为一名小有成就的时尚摄影师,竟然用自己的影像艺术捕捉了开枪自杀的惊悚瞬间;母亲兰斯卡雅是一位芭蕾舞者,她的舞蹈艺术无法抵御美貌消逝的损耗,她发生在女儿毕业典礼上的突如其来的死亡事件,也被几个漠然的摄影师用存档照片记录在案;王尔德勉强算得上是一位作家,不过这位作家"刚刚崭露头角就已日渐腐朽"④。他的手稿记载的是自我删除的死亡实验,最终他没有在意志中消融,而是完全不受控制地死于心脏病突发,而他珍视的作品也被某个家伙机灵地发表了;画家诺维奇带着怨恨写了《劳拉的原型》,他以毁灭性的真实描写了与弗洛拉之间的情事,并卑鄙地把小说寄给了王尔德,借艺术之名扼杀一个女人的生命,摧毁另一个男人的尊严。

王尔德的尊严与性能力密切相关。精神需求的缺失导致主人公对生命和死亡产生

---

① 汪小玲.纳博科夫小说艺术研究[M].上海:上海外语教育出版社,2008:62.
② [美]纳博科夫.独抒己见[M].唐建清,译.杭州:浙江文艺出版社,2012:16.
③ [美]纳博科夫.独抒己见[M].唐建清,译.杭州:浙江文艺出版社,2011:33.
④ [美]纳博科夫.劳拉的原型[M].谭惠娟,译.北京:人民文学出版社,2011:191.

恐惧，在王尔德看来，无法获得性满足就等于给自己宣判了死刑："我的性生活几乎结束了。"①王尔德希望穿越冥界，与此同时还要好好活着，要能"掌握其中的奥妙，……并从事关重大的危险旅途中脱身。"②这是他赋予自己意志的勉强"自由"。当他"隆起的小小肉丘"③丧失了男性尊严，当他不能再占有年轻貌美的妻子，当他眼睁睁看着她不断出轨却无力阻止的时候，王尔德带着少年时代青涩的甜蜜回忆起同样无法占有的初恋情人奥罗拉·李④。只是在意淫的梦境中，这个如同弗洛拉翻版的小美人，被王尔德赋予了雌雄同体的恶心但却微妙的形象。最终这个青春的怪物和衰老的王尔德合二为一，同时拥有了男性和女性令人神往的生殖器官和旺盛强大的自然性能力。这一刻，王尔德觉得在肉体和精神层面都复活了，变得生机勃勃；也只有在这一刻，他自以为逃出了环形的"时间之狱"，他和他的"宁芙"、奥罗拉·李的替身——弗洛拉拥抱在一起，合二为一，不分尊卑，完全平等。

王尔德与弗洛拉的情爱不能为幸福代言，而是被理解为一种纯粹的、肉体性的生理过程，它指向腐朽与死亡。在纳博科夫笔下，主人公退化成动物的形态，维系生命的仅仅是性本能。王尔德的形象更是被讽刺性地同象征雄性性欲的原始动物符号相连接，比如骟猪或野猪⑤，"肥胖的身体，模糊的面容，猪一般可悲的目光。"⑥王尔德和弗洛拉的性生活被比作看不见彼此的蟾蜍或乌龟抱对，其生活基于交配和毁灭的本能，如果这些本能得不到满足，就会产生厌世感。因此，自我蔑视和由此产生的自杀倾向成为王尔德最典型的感受。王尔德学会以身体的能量来毁灭自我，他的悲剧源于在性生活中力不从心，性功能的丧失使他的生活成为废墟。由于不能控制自己的情欲，王尔德幻想在交媾中获取生命所能给予他的一切，唯独幸福和喜悦缺失不见。如果说弗洛拉通过麻木的性交试图获得生理满足，那么王尔德的自我删除则赋予他更多的心理快感。王尔德把自我意识对肉身的掌控，随心所欲的自我删除与自我复原所带来的快感转化为艺术创作的素材，并对这本死亡实验报告沾沾自喜。

死亡和艺术的关系密切。"人们在死面前创造了艺术，而艺术又使人们坦然面对死亡，把最深刻的恐惧转化为一种最疯狂的欢愉。从这个角度可以说，艺术就是一种人类

---

① [美]纳博科夫.劳拉的原型[M].谭惠娟,译.北京：人民文学出版社,2011：203.
② [美]纳博科夫.劳拉的原型[M].谭惠娟,译.北京：人民文学出版社,2011：247。
③ [美]纳博科夫.劳拉的原型[M].谭惠娟,译.北京：人民文学出版社,2011：199.
④ Aurora、Flora 和 Laura 的发音相似，都是纳博科夫预设的文字游戏。
⑤ 在古典神话中，这一内涵多由男性性欲和生殖力的原型——性好女色、放纵情欲的半羊半人的牧神潘神来体现。
⑥ [美]纳博科夫.劳拉的原型[M].谭惠娟,译.北京：人民大学出版社,2011：137.

第四章 《劳拉的原型》——碎片文本的开放对话空间

与死亡的对话和交流,由此人类不断克服自我与大自然、神灵、死亡世界之间的陌生感。"① 弗洛拉"死"在情人的小说里,王尔德"死"在自我的意识中。这是纳博科夫刻意安排的与传统教义相悖的"狂欢死亡"。死亡不是神圣的精神转化,不是灵魂不朽的保证,它体现了人如同饥饿野兽般的意志——不惜任何代价求得生存。"……一个有纯粹意志力的人……必须承认死亡有恰当的时机"②,王尔德自认为能够支配自己的生命过程,包括死亡来临的时刻。他作为一个现代人的代表,企图靠意志摆脱肉身、存在和理智,抑制难以摆脱的对于生的渴望,并把它转向自由的自我消亡。这样,人便可以从生活的痛苦中解脱出来。这可以被理解为一种扭曲的幸福观,一种想摆脱人和人之间敌意和厌恶的独特追求,一种可逆的对于求生欲的对抗。

王尔德以"艺术家"自居,自以为能把死亡的艺术把玩得游刃有余,"具有了停止实验并从事关重大的危险旅途中脱身的能力"③,其实也不过是在死亡面前的闪躲和逃脱寻求自欺欺人的安慰,因而难逃庸俗的蛊惑。俗众往往受欲念迷惑,追求肉体感官的欢愉。人因物欲而决定意志和行为,再因行为而产生不同的"报应"。在物欲的控制下,"人们错把感官之乐当成'真乐'而沉溺其中;错把眼、耳所感觉的物质世界(色界)当作'真境'而受其缠缚,由此就不辨真假,蒙昧无知。"④ 正因为此,心境不可能达到黑格尔所理解的那种"神仙福分的慈祥的纯洁无瑕,无为的静穆,高度的独立自足的威力以及一般本身有实体性的东西所特有的那种完善和凝定"⑤。王尔德无法跨越生死的边界,因为他只能处于"此岸世界",一个形而下的庸俗世界,聒噪、喧闹、自私、残忍、疯狂、专制、盲目、粗暴,为痛苦所折磨,无法摆脱时间的牢笼和生死的束缚。

王尔德在死亡笔记里狂热地书写着自我泯灭的过程,纳博科夫则在写作卡片上冷静地摘抄着牛津字典关于"高尚死亡"的词条:

  涅槃[ ]吹熄(熄灭),灭绝,消失。佛教理论中指消亡……
  并升华为至高的灵魂……
  涅槃="自我毁灭""个体存在"
  "从轮回转世中解脱"……

---

① 转引自赵彦杰.纳博科夫长篇小说的主题研究[D].河北大学硕士论文,2011:24.
② [美]纳博科夫.劳拉的原型[M].谭惠娟,译.北京:人民文学出版社,2011:267.
③ [美]纳博科夫.劳拉的原型[M].谭惠娟,译.北京:人民文学出版社,2011:247.
④ 邱紫华.超越与解脱的冥想——《奥义书》的宗教哲学本体论与认识论[J].华中师范大学学报(哲学社会科学版),1996(1):50.
⑤ [德]黑格尔.美学:第1卷[M].朱光潜,译.北京:商务印书馆,2009:227.

通过抑制个体生存得以实现……①

东方宗教哲学认为,要"舍"才能"得",正如黑格尔所说,"主体通过抛舍自我,意识就伸展得最广阔,通过摆脱尘世有限事物,就获得完全的自由,结果就达到自己消融在一切高尚优美事物中的福慧境界。"②佛教可以被视为通往无上幸福的宗教,它假设了一种能摆脱一切痛苦,达到涅槃的境界,即被佛教信徒追寻的绝对幸福。个体舍弃肉身,将精神融入太一的本体之中,或者说进入了"梵我合一"的永恒福乐之地。这是至上至美的精神境界:无老、无死、无欲、无求、无惧、无畏、无悲伤、无烦忧、无饥渴,一片宁静安详的永恒之境,一种超越善恶和感官的绝对精神乐土。这种拥有无上之美的幸福境界,就是摆脱了物质欲望和有限事物的纠缠与束缚,进入自由自足、静穆美妙的精神状态。

王尔德不具备获得涅槃的心境与资质,而病痛缠身、大限将至的纳博科夫在创作《劳拉的原型》时,实际上是想通过自由的艺术理想来摆脱生老病死和贪嗔痴迷的身心之苦,依托"东方智慧的玄想"③,以体悟心灵无拘无束的状态。"断尽生死苦,烦恼熄灭,残余的所依亦灭,众苦永寂。"④纳博科夫把自己作为讽刺的素材来源,发炎肿胀的脚趾,老态龙钟的躯体,尴尬的国籍和创作身份——"身着哥萨克的服装走到屏风后面,又即刻变身为山姆大叔从另一端走出来。"⑤这位老"魔术师"想到达的正是艺术最理想最高度的纯洁,如沐神恩的静穆与喜悦。换言之,这是纳博科夫所追寻的"彼岸世界",一个形而上的本真世界,一个超验的、非物质的、非功利的、超越时空的生存之境,一个由美、真诚、怜悯、善意和艺术自由占据的精神王国。

第三节 文本与读者的对话——开放的文本与构建性的读者

由138张没有全部编号的索引卡片串联起来的"碎片小说"《劳拉的原型》在结构上是不完整的,它的意义表达是非封闭的。巴赫金认为,符号的意义在于符号与符号的联系之中。作为审美客体的文本必然与其身处的外部世界产生相互影响。纳博科夫在创

---

① [美]纳博科夫.劳拉的原型[M].谭惠娟,译.北京:人民文学出版社,2011:217,219.
② [德]黑格尔.美学:第2卷[M].朱光潜,译.北京:商务印书馆,2009:90.
③ [美]纳博科夫.劳拉的原型[M].谭惠娟,译.北京:人民文学出版社,2011:219.
④ 正果法师.佛教基本知识[M].北京:中国人民大学出版社,2007:430.
⑤ [美]纳博科夫.文学讲稿[M].申慧辉,等译.北京:生活·读书·新知三联书店,1991:261.

第四章 《劳拉的原型》——碎片文本的开放对话空间

作文本时,糅合进自己的人生遭遇与生命感悟,借助戏仿、隐喻、讽刺等表现手法与文化背景中的"他者文本"产生互文,而读者对其进行解码,再把文本与外部世界和内心世界相互关联,这样就形成了一个开放的文化符号场。托多罗夫认为,文艺作品存在两个秩序,即作品的叙述秩序及社会语境秩序。作为审美客体的文本必然与其身处的外部世界产生相互影响,而审美活动的主体——读者也必然会对文本进行解读与阐释。

艾柯在《开放的作品》中指出,"一部艺术作品一方面是一个物品,我们可以找到它的特殊形式,作者通过作用于消费者智力与敏感性的布局,故意创造出一个能被人欣赏和理解的完成形式。另一方面,通过对刺激分布点的反应,在试图发现和理解它们之间的关系时,每个消费者施加了个人的情感,特定的文化,不同的爱好,各自的倾向,还有一些偏见,这些都会将愉悦引向读者特定的前景中。"[①]因此,对于这个开放的参照系,文本的有效阅读有赖于构建性的读者。纳博科夫在《文学讲稿》中开宗明义地阐述了他所理解的优秀读者:一个优秀的读者是一个拥有"不掺杂个人感情的想象力"[②]、敏锐的记忆力、艺术审美力以及一本词典的"反复读者",因为"我们不能读一本书,只能重读一本书。"[③]在纳博科夫眼中,一般意义的现实是不存在的,因为现实是主观的。即便面对同一个客体对象,不同主体都会从自己的角度产生认识和解读。对于文学及其他形式的艺术作品的理解也不外如此。创作主体和阅读主体都对自己的文学活动拥有自主权。艺术家最引以为自豪的地方在于以独到的视角和敏锐的嗅觉发现并借用现实生活中一切可运用的、尽管是杂乱无章的真实材料,并在此基础上创造,如同造物主一般构建一个新世界。从这个意义上来说,拥有些许神性的艺术家给现实的土壤撒上美妙的想象与幻觉的种子,于是开出绮丽虚构的花儿,而读者可以依据自己的人生阅历、阅读动机、欣赏能力、审美诉求等等主观因素对文本进行阐释,也就是说已经存在的艺术作品,不管结构上是否完整,永远是开放的、动态的,它在读者和作者的智力较量和心灵对话中得到延续性的补充和发展,而这正体现了文学创作"它在彼性"的意义。对于上述文本产生和文本接受的交织过程,纳博科夫有一段相当精彩的形象描绘:

> 在那无路可循的山坡上攀援的是艺术大师,只是他登上山顶,当风而立。你猜他在那里遇见了谁?是气喘吁吁却又兴高采烈的读者。两人自然而然拥抱起来了。如果这本书永垂不朽,他们就永不分离[④]。

---

① 转引自张新木.法国小说符号学分析[M].北京:外语教学与研究出版社,2010:310.
② [美]纳博科夫.文学讲稿[M].申慧辉,等译.北京:生活·读书·新知三联书店,1991:23.
③ [美]纳博科夫.文学讲稿[M].申慧辉,等译.北京:生活·读书·新知三联书店,1991:22.
④ [美]纳博科夫.文学讲稿[M].申慧辉,等译.北京:生活·读书·新知三联书店,1991:21.

对话与狂欢:纳博科夫创作的符号学解读

阅读需要这样感情激荡、两情相悦的欣赏和享受。艺术是虚构,而后者恰恰是前者的力量所在。如果将虚构的艺术与现实的生活混同,那得到的仅仅是虚弱无力的庸俗。阅读应该是动用"心灵、脑筋、敏感的脊椎骨"[①],"本着一种爱慕的心情,细细把玩,反复品味"[②]。

尽管纳博科夫的遗愿是将未完成的《劳拉的原型》销毁,但是残片断章的遗作最终还是付梓出版。这究竟是对文明的守护还是对逝者的大不敬?正如德米特里所说,"自己究竟是该被感谢还是诅咒?"纳博科夫作为一位艺术完美主义者,其未完成的小说是不能以未经打磨或随意拼接的草稿碎片形式公布于众的,因为他厌恶读者读到他脑中凌乱的思维。生前,他拒绝别人看自己的手稿,因为他认为,"只有野心勃勃的无名之辈或好心肠的庸人才会展示他们的手稿。这好像让人看他们吐的痰。"[③]在纳博科夫的文学接受观里,对于小说的初步建构,字迹的变化,对各种用词的推敲和琢磨,随手写下的灵感闪现,甚至是查阅资料文献时所做的注解和随笔,都可能成为任何一个具备充分理性和感性潜质的优秀读者可能找到的解开小说文字思想迷宫的钥匙。让自己的小说如此直白粗糙,对于追求艺术纯美境界的"魔术师"恐怕是最不能姑息的事情。而当我们不管是以书评人还是普通读者的身份翻看这些卡片的时候,会不会突然觉得自己像是闯入了纳博科夫隐秘的创作世界,一个存在瑕疵的不完美的世界。随着阅读的深入,我们就似乎愈发窥见了他行文结构的编排倾向,遣词造句的技巧,灵感的闪现,思维的流转,而这是否是纳博科夫,一个纯粹为审美而写作的艺术完美主义者愿意同读者,哪怕是他所认为的"优秀读者"一起分享的呢?

"……象棋棋题中的比赛不是在白子和黑子之间进行的,而是在棋题的编撰者和想象中的破解者之间发生的(如同在写作艺术中,真正的斗争不是发生在小说的主人公们之间,而是在小说家和读者之间)……"[④]可见,在纳博科夫的创作观里,读者必须在场。实际上,纳博科夫留下了《劳拉的原型》这一典型的"可写性文本",一个可供读者参与重新书写、可以被再创造的文本。读者对于文本的解读并非解释性的,而是依据个人的认知背景,即文化视域、知识框架、审美素养、阅读能力及想象力所决定的不同程度的创新性阅读。这样,读者不再是被动的艺术消费者,面对文本敞开的意义,他成为文本重写及再创造的参与者,获得一种参与再创作的欲望与愉悦。作者采取保留或不完全叙述的方式迫使读者进行积极阅读,而读者也从填补空白中获得了极大的满足。两个审美活动主

---

① [美]纳博科夫.文学讲稿[M].申慧辉,等译.北京:生活·读书·新知三联书店,1991:21.
② [美]纳博科夫.文学讲稿[M].申慧辉,等译.北京:生活·读书·新知三联书店,1991:19.
③ [美]纳博科夫.独抒己见[M].唐建清,译.杭州:浙江文艺出版社,2012:4.
④ 转引自[俄]阿格诺索夫.20世纪俄罗斯文学[M].凌建侯,译.北京:中国人民大学出版社,2001:376.

第四章 《劳拉的原型》——碎片文本的开放对话空间

体的相互作用和共同协作增加了文本的价值,延续了艺术的生命。这样,作者与读者因为文本的存在而打破了时间的界限、文化的差异、认知的距离,进行着相对平等的对话与交流。"一个被打断的生命之痛苦,无法跟一部被打断的作品之痛苦相比;前者在坟墓之外继续生存的可能性似乎无限,相比之下,后者永无希望完成。那里也许是不经之谈,但这里始终没有写完。"①其实,纳博科夫期待着与优秀读者对话,那些同博伊德一样具备思辨力与想象力的读者,面对文本不变的、有限的文字,能够"不抱着错误的期待阅读,阅读已有的而非缺失的。重读……更多地去信任。再重读,信任更多。"②正是基于这份信任,重读者们才会以自己的观察与思考,一遍遍品读纳博科夫错综复杂的设计和细节,伴随着审美狂喜的震颤,完成对于开放文本的建构。如此,正如《斩首之邀》的辛辛纳特斯所说,"其实一切都已经写完了。"③

至此,我们完成了对于《劳拉的原型》对话性解读的初步尝试。每一个文本犹如一座多居室多窗口的房子,有其建筑结构(文本结构)、室内陈设(文本细节),有显现的居住者(作者与人物)的活动,也有隐现的需要读者想象的空间与内涵。巴赫金的对话理论同任何理论一样,可以被视为观察这座房子的角度,从这个角度我们可以从外部审视文本的整体构造和内部运作。但是,更重要的是如何深入文本内部去获得一个全新的角度。正如2013年诺贝尔文学奖获得者爱丽丝·门罗所说:"小说不像一条道路,它更像一座房子。你走进里面,待一小会儿,这边走走,那边转转,观察房间和走廊间的关联,然后再望向窗外,看看从这个角度看,外面的世界发生了什么变化。"④在巴赫金的符号学对话理论与文学文本阐释的"对话"之中,闪烁着交互性、参与性的哲学美学思想光辉。审美活动中的作者、文本、读者并非孤立独处,而是在与"他者"的对话中获得完形:作者创作文本,在文本中留下空白;读者从自己的视域中提取经验来参与填补空白,作者的艺术生命在读者的无限解读中得以延续,文本价值在读者不断地积极构建中得到丰富和完善。作者、文本、读者的对话存在着未完成的倾向,这种未完成并非是指文本意义的缺失,而是指向真理的相对性。文本自成系统,又无限开放。对于文本的理解没有固定的理论模式,没有线性的尽头,只有发散的维度,随历史的更迭而流动。每一次阐释,每一种解读都没有绝对的正误,而是不同思维的激荡、碰撞与对话。由此,我们借助于文学开始重新认识世界。

---

① [新西兰]博伊德. 纳博科夫传:美国时期下[M]. 刘佳林,译. 桂林:广西师范大学出版社,2011:726.
② [新西兰]博伊德. 纳博科夫传:美国时期下[M]. 刘佳林,译. 桂林:广西师范大学出版社,2011:740.
③ [美]纳博科夫. 斩首之邀[M]. 陈安全,译. 上海:上海译文出版社,2006:181.
④ 如果你是一个女作家——采访艾丽丝·门罗[EB/OL]. (2017-11-06)[2017-12-12]. http://www.sohu.com/a/202739473_99934255.

第五章
《斩首之邀》——真伪狂欢之辩[①]

第四章从巴赫金文化符号学理论的对话性角度,分析了《劳拉的原型》这一文本与神话传说和文学典故等"他者文本"的遥相呼应、文本与作者创作意识和生命体验的水乳交融以及文本与构建性和创造性的读者的山鸣谷应。纳博科夫的本意是烧毁未完成的小说,而德米特里却违背了父亲的遗愿,正如20世纪50年代薇拉把《洛丽塔》从垃圾桶里捡回来一样,这一次,德米特里也同样挽救了《劳拉的原型》。138张索引卡片展示了纳博科夫的写作灵感、创作节奏和精神求索,呈现出一种文本内部与文本外围、审美主体与审美客体之间多维度的、未完成的开放对话空间。

未竟之作《劳拉的原型》具有一种碎片文本的残缺美感,而《斩首之邀》是纳博科夫个人创作生涯中一部成熟而完整的作品。1934年6月,"在两周无比的兴奋和连续的灵感之后"[②],纳博科夫完成了《斩首之邀》的初稿。"虽然构思如闪电袭身,但《斩首之邀》却经历了意想不到的艰难的孕育过程。"[③]1935—1936年,小说连载于《当代纪事》杂志的第58至60期上;1938年该小说的单行本在巴黎出版。1966年,在一次访谈中纳博科夫指出,自己"最钟爱的作品是《洛丽塔》,评价最高的作品是《斩首的邀请》"[④]。作家为何如此看重《斩首之邀》?

初读文本,情节简单明了,结构却颇为精巧。一位名叫辛辛纳特斯的男子因为思想"不透明"而被判处死刑。他在要塞单人监狱里囚禁了19天,最终押赴广场,被刽子手斩首。小说共分20章,每一章对应主人公每一天的狱中生活,最后两章则讲述了他行刑当天的事件。牢狱生活充斥着怪诞荒唐的人物和群魔乱舞的闹剧,主人公被孤立、被窥视、被折磨,他身处没有逃路的环形监狱,压抑专制的梦魇之地。他是此世唯一真实的存在,

---

① 本章阶段性研究成果已发表。详见谢明琪.《斩首之邀》:真伪狂欢之辩[J].俄罗斯文艺,2019(2):118-125.
② [新西兰]博伊德.纳博科夫传:俄罗斯时期下[M].刘佳林,译.桂林:广西师范大学出版社,2009:528.
③ [新西兰]博伊德.纳博科夫传:俄罗斯时期下[M].刘佳林,译.桂林:广西师范大学出版社,2009:530.
④ [美]纳博科夫.独抒己见[M].唐建清,译.杭州:浙江文艺出版社,2012:95.此处唐建清将书名译为《斩首的邀请》,而陈安全将书名译为《斩首之邀》.

周围都是粗制滥造的赝品。孤立无援的主人公无法对抗群体的强权意志,斩首之时他裂变为两人,一个匍匐在台上等待斩首,另一个在"一片奇异的混乱景象"①中走向彼岸家园。文本呈现的主人公的人生末路,虽是伴随着恐惧与焦灼、期待与觉醒,告别此岸去往彼岸的精神归途,却不能立即唤起读者的审美愉悦和人性温情,"这是一本残酷之书,一本令人恐惧和备受煎熬的书。"②然而,纳博科夫却把《斩首之邀》称为自己"最梦幻和最诗意的小说。"③残酷与梦幻,恐惧与诗意,绝境与重生,纳博科夫如何填补相反概念之间的鸿沟?巴赫金的文化符号学理论或许有助于找到可能的答案。

巴赫金从文本内部出发,而后跳出语言之界,进入文本之外更为广阔的文化和意识世界。巴赫金从民间文化狂欢节传统出发,挖掘欧洲文学演变历程,提出了狂欢式的文学转化——狂欢化理论。他认为,狂欢化有其独特的外在语言表现和内在文化特点。语言符号层面,狂欢化赋予文本"全民性、仪式性、无间性、戏谑性"④等特征;文化符号层面,文本内部凝聚着狂欢式的生命感受、两重性的世界体验和"快乐的相对性精神。"⑤《斩首之邀》无论是其语言符号的外部表现还是文化符号的内在含义,都体现了狂欢化的文化审美意蕴。透过狂欢化语言外衣,纳博科夫展现了"透明人"群体伪狂欢表象与"不透明人"个体真狂欢意识的对峙,进而拓展为此岸世界与彼岸世界的交锋,并随着主人公死刑的执行,将对立消解,使界限消弭,被禁锢的狂欢精神去伪存真,挣脱束缚,回归彼岸,望向未来。

第一节 "透明"与"不透明"——伪狂欢群体与真狂欢个体的对峙

小说开头,主人公被判死刑。"依照法律规定,死刑判决是低声向辛辛纳特斯·C 宣布的。"⑥读者立即感受到怪诞与反常:死刑判决不是义正词严地大声宣读,而是低声向主人公宣布,颠覆了法律和审判的威严。个体命运看似被群体确定,然而,几个问题亟待解

---

① [美]纳博科夫.斩首之邀[M].陈安全,译.上海:上海译文出版社,2006:前言 3.
② 转引自[美]威利.纳博科夫评传[M].李小均,译.桂林:漓江出版社,2014:82.
③ [美]纳博科夫.独抒己见[M].唐建清,译.杭州:浙江文艺出版社,2012:78.
④ 详见汪小玲.论《斩首之邀》的狂欢化诗学表现[J].当代作家评论,2012(3):103.
⑤ 详见夏忠宪.巴赫金狂欢化诗学理论[J].北京师范大学学报(社会科学版),1994(5):76.
⑥ [美]纳博科夫.斩首之邀[M].陈安全,译.上海:上海译文出版社,2006:1.

决:死刑判决为何低声宣布？死刑何时执行？辛辛纳特斯为何被判死刑？围绕这些问题,文本缓缓展开。

辛辛纳特斯并不知道他的死期,因为明确告知囚犯处决日期"违反规矩"①。低声宣布死刑也许是因为对法官及其代表的权力话语而言显得平和、随意和亲昵。他们认为,死刑判决是针对异类的私人事件,低声传达合情合理,体现了某种隐约、冷漠、自上而下、伪善的怜悯和温情。随着情节推进,主人公的囚禁和死刑显出两重意义。一方面,他的故事是孤独"异乡人"的悲剧,其罪行是"不透明",这是"弥天大罪","极为罕见","难以启齿"②。有别于制度框架中规规矩矩的群体,"在人们的灵魂彼此透明的世界上,他就像一个孤零零的黑色障碍物"③;另一方面,《斩首之邀》是一出悲喜剧。悲喜交加的原因在于,主人公遭受着"社会、情感和心理的功能障碍:异化、孤独、疏离、迷失、执迷、幻灭和疯狂"④,周围都是虚假道具,缺乏主体意识,只依附于一言堂的强大秩序。"他陷入了邪恶的物质世界,身体是灵魂的牢笼。"⑤主人公在亦真亦幻的时空里,脱离肉体束缚,寻找灵魂出路。伴随其意识的困顿和觉醒,文本的狂欢化特质得以显现。

"对于狂欢式的思维来说,非常典型的是成对的形象,或是相互对立(高与低、粗与细等等)、或是相近相似(同貌与孪生)……"⑥纳博科夫赋予主人公狂欢化的双重性特征。在小说第一章主人公就毫无铺垫地进行了自我分裂,裂变为成对的"同貌人"。"另一位辛辛纳特斯"⑦不为人知,却道出了身陷囹圄的主人公说不出的话,完成了他做不了的事:他能克服死亡恐惧,清晰表述;他能随心所欲走出囚室,通过要塞大门;他能穿过塔玛拉公园,回到城里的家;他能像拆卸零部件一样任意拆解肢体,使肉体消融,又能迅速还原完整躯体。

然而,幽灵般的"同貌人"纵有诸多本领,也仅仅是主人公心理意识的具体表现。"偌大的监狱里迄今只关押着辛辛纳特斯一个囚犯!"⑧古怪的单人囚室表达了个体孤独压抑、与群体疏离的感受。"小说呈现的个体与群体的对立,是个人自由意识对于权力话语

---

① [美]纳博科夫.斩首之邀[M].陈安全,译.上海:上海译文出版社,2006:5.
② [美]纳博科夫.斩首之邀[M].陈安全,译.上海:上海译文出版社,2006:55.
③ [美]纳博科夫.斩首之邀[M].陈安全,译.上海:上海译文出版社,2006:11.
④ [美]威利.纳博科夫评传[M].李小均,译.桂林:漓江出版社,2014:56.
⑤ See Alexandrov V E. Nabokov's Other World[M]. Princeton:Princeton University Press,1991:85.
⑥ [俄]巴赫金.巴赫金全集:第5卷[M].白春仁,顾亚铃,译.石家庄:河北教育出版社,1998:165.
⑦ [美]纳博科夫.斩首之邀[M].陈安全,译.上海:上海译文出版社,2006:4.
⑧ [美]纳博科夫.斩首之邀[M].陈安全,译.上海:上海译文出版社,2006:2.

的反抗。"①个体站在统一群体的对立面,群体被规矩和禁忌所控制,是无灵魂、无意识的群盲。他们共同组成了官方社会的庞大躯体,监督着任何一个试图逃脱社会公约的异类。群体要铲除异己,抹杀一切差异性,保证系统同一性,为那些独裁者、专制者提供绝佳的生存空间。群体审判辛辛纳特斯,其卑鄙的认识论认定主人公"不透明",他是这个社会唯一的反叛者和忤逆者,因此锒铛入狱,等待死亡。

辛辛纳特斯是一个试图在异己世界里找到生存位置的异乡人,他也曾幻想寻得藏身之所,然而他很快明白,寻找是徒劳的,于是学习借助伪装来实现虚假的"半透明"。"只要一忘乎所以,自我控制出现瞬间松懈,就会立即引起人们的惊慌"②,因此,在人群中的他要时刻保持警觉。深爱的妻子的频繁出轨和亲属关系的冷酷怪异让他对整个家庭生活大失所望,也因此减弱了自我控制,丧失了原有的警惕性,进而数次被人告发。他们折磨他,"连续好几天不允许他睡觉,他被强迫不间断地进行毫无意义的快速闲谈,直至他几乎神志失常。"③辛辛纳特斯通过了所有试验和拷问,但仍然被判斩首。死刑的施行方式颇具象征意义,"我看我宁愿选择绳子,因为我知道,选择斧头是官方的决定,已不可改变。"④正是在头颅里产生了致命的"不透明"想法,砍头即断念,而"象征守旧势力的斧子"⑤,势必斩杀游离于群体共性准则之外的特殊个体。

作为一个特殊个体,辛辛纳特斯自幼有别于他人。"他的同龄伙伴和他玩到兴头上时,会突然离他而去,他们仿佛感觉到,他清澈的目光和青色的双鬓都是狡猾的欺骗,辛辛纳特斯实际上是不透明的。"⑥他关注内心世界远胜于外部世界,这也是他被群体排斥的原因。像他这样情愿审视内心,而非迎合外界、游离于群体之外的孤单个体,迟早会意识到自己与群体之间的疏离,"把自我紧紧抱在怀里,转移到安全的地方。"⑦随着时间推移,他愈发觉察到身边安全之地越来越少,自己被不怀好意地打量,明目张胆地窥视,肆无忌惮地折磨,他是无法融入官方旋律的噪音。身处此世只有两个选择:或是对抗精神魔障,垂死挣扎,魂归彼岸;或是抹除尴尬身份,甘当傀儡,苟安此地。辛辛纳特斯做出了第一种选择。牢狱之灾是群体对个体的野蛮施压,各色代表悉数登场,上演伪狂欢戏码。

---

① Давыдов С. Тексты-матрёшки Владимира Набокова[M/OL]. М.:Кирцидели,2004.[2014-10-12] https://litresp.ru/chitat/ru/%D0%94/davidov-sergej-sergeevich/teksti-matryoshki-vladimira-nabokova.

② [美]纳博科夫.斩首之邀[M].陈安全,译.上海:上海译文出版社,2006:12.

③ [美]纳博科夫.斩首之邀[M].陈安全,译.上海:上海译文出版社,2006:17.

④ [美]纳博科夫.斩首之邀[M].陈安全,译.上海:上海译文出版社,2006:72.

⑤ Упшинский А. Символика романа В. Набокова "Приглашение на казнь" [EB/OL]. (2010-01-01)[2015-07-08] https://www.proza.ru/2010/02/18/506.

⑥ [美]纳博科夫.斩首之邀[M].陈安全,译.上海:上海译文出版社,2006:12.

⑦ [美]纳博科夫.斩首之邀[M].陈安全,译.上海:上海译文出版社,2006:12.

对主人公而言,最重要之人当属妻子马思。"一切品种的水果都对马思有益。"纳博科夫描写了马思啃食吞咽"喷射着汁液的桃子"①,影射了她与男人苟合的场景,把食欲和性欲自然衔接起来。食色乃人之本性,是人类狂欢的原动力。嘴巴和生殖器都是连接内外和物质交换的孔道。巴赫金在阐释狂欢化理论时,强调肉体的低下部位和物质性原则,宣扬与官方教条对抗的民间活力。巴赫金看似褒扬肉体,实则弘扬精神,即肯定人的本能宣泄、情感表达、精神自由和无限可能,以生理层面的短暂欢愉挣脱精神层面的生存困境。而马思的贪恋食色是对这种真狂欢追求的扭曲,肉体放纵无法掩盖其精神荒芜。她和其他群体成员一样,在封闭系统中恪尽职守,捍卫恒常不变的官方秩序。马思只想与辛辛纳特斯撇清关系,害怕被同僚误认为是"不透明"的共犯。面对丈夫的斩首,她并非无所畏惧,而是漠不关心。她就像辛辛纳特斯童年所见的统一模式培养的"活死人""虚无人"②,"像苍白的雏菊一样"③早已丧失了个性的脸孔。他们是权力话语集结起来的、未戴面具的乌合之众,没有人性的情感能力、精神内核和自主意识。死亡不会唤起他们的恐惧和良知,因为他们没有知觉,不可能像主人公一样感受到尴尬、耻辱、沮丧和悲伤。他们遵循的法律根本不是真正道德力的约束,所以马思作为其中一员,从一开始就违背伦理,屡次出轨,和不同的男人厮混。马思的频繁偷情说明,这个庞大群体的运行不靠公道人心,而只是依附于权力话语的掌控,和这个或那个男人滥交也并非出于人类情感的需要,而只是受纯粹肉感的驱使和蛊惑。她的情人们面貌身份虽不相同,本质上却都是"同貌人"。从身着燕尾服的体面男士到稻草人般的坏脾气老头,他们都是庞大社会机器里微不足道的零部件。

马思和其他人一样,是物化的、无人性的"透明人"。他们的认知"有限而且透明,就像他们彼此之间的相互看法一样"④。她"灵巧、光洁、快活"⑤,"是个很有刺激感的小美人"⑥,本质却"像是在纪念品盒里"的"洋娃娃"⑦,灵魂枯槁,如同一潭死水,连她流下的眼泪都"只是一滴温温的水","既不咸也不甜"⑧。最后一次探望丈夫,她想到的是草草交欢,满足死囚的性欲。她规劝辛辛纳特斯忏悔,用冷酷的性欲来践踏丈夫的真心。她的七情六欲只是玩偶表演,而辛辛纳特斯"身上的一切从表面上看似乎脆弱且困倦不堪,但

---

① [美]纳博科夫.斩首之邀[M].陈安全,译.上海:上海译文出版社,2006:118.
② [美]纳博科夫.斩首之邀[M].陈安全,译.上海:上海译文出版社,2006:76.
③ [美]纳博科夫.斩首之邀[M].陈安全,译.上海:上海译文出版社,2006:78.
④ [美]纳博科夫.斩首之邀[M].陈安全,译.上海:上海译文出版社,2006:13.
⑤ [美]纳博科夫.斩首之邀[M].陈安全,译.上海:上海译文出版社,2006:18.
⑥ [美]纳博科夫.斩首之邀[M].陈安全,译.上海:上海译文出版社,2006:120.
⑦ [美]纳博科夫.斩首之邀[M].陈安全,译.上海:上海译文出版社,2006:8.
⑧ [美]纳博科夫.斩首之邀[M].陈安全,译.上海:上海译文出版社,2006:170.

实际充满了极其强烈、炽热而独立的生命力"①。他渴望与马思成为肉体与精神的伴侣,想让她理解"被假人所包围"②,被官腔淹没的可怕处境。面对妻子屡次出轨,他强忍着当场捉奸的难堪与悲愤,靠跺脚和咳嗽掩饰自己的哭泣;面对未知的死期,他时刻保留着对生命的尊重与眷恋。"我的灵魂已经躲藏在枕头底下。噢,我不想死!离开我温暖的身体会很冷的。"③黑暗中的哭泣、恐惧中的战栗、情感的宣泄使胆怯的辛辛纳特斯洋溢着狂欢的活力。他逐渐衰弱却孩子气的躯体显示出青春气息。"他身上涌动的这股自由浪潮如此强大如此甘甜,仿佛一切都变得比现实更美好。"④在与官方群体的搏斗中,辛辛纳特斯的肉体散发出蓬勃生机和无限魅力,令人遐想,"撩人心弦"⑤。

马思和其他傀儡都屈从于刽子手皮埃尔先生。他面色红润,身体强壮,肌肉发达,是具有"独特魅力"的"杰出小胖子"⑥。他守时准确,礼貌周全,待人和气,有时可爱,总是亲昵。他热衷拍照,相册里都是精心挑选的自拍照,他甚至拼凑了"一本摄影算命册"送给艾米,用拙劣的伪艺术"模仿时光变化"⑦,限定了他人本应有无限可能的未来。他自视甚高,认为自己是狂欢化两重性的最佳代表。"在我身上……你会发现外在的好交际与内在的矜持,侃侃而谈的艺术与保持沉默,戏谑与严肃的罕见结合……无论什么事情,皮埃尔先生都能搞定。"⑧这种权威性和优越感代表着整个虚妄的物化世界。看似谦卑有礼,实则居高临下的皮埃尔是官方群体的统治者。他是众人盼望的尊贵客人,人人膜拜的典范,是社会系统的运作核心。他无懈可击地唱着庸俗市侩的颂歌:要群体臣服于权力话语,用吃喝、作乐、性交各种感官享受麻痹人心,蛊惑头脑,而任何关乎心灵、情感与思想的念头都被坚决扼杀。物化的人必然是透明而温顺的,皮埃尔在狱中假扮狱友套近乎的脱冕戏码,只是为了迫使辛辛纳特斯归顺和屈从的卑鄙伎俩。铲除异己之时,就是重新加冕之日。美食、女人、排泄的快感都成了皮埃尔的软化利器,"我看我已经在我亲爱的同事的心灵面前展示了各感官领域的无穷乐趣……",只可惜这种"令人讨厌,强加于人的胡说八道"没能让"无可救药"⑨的辛辛纳特斯举手投降,沦为同道。

---

① [美]纳博科夫.斩首之邀[M].陈安全,译.上海:上海译文出版社,2006:98.
② [美]纳博科夫.斩首之邀[M].陈安全,译.上海:上海译文出版社,2006:118.
③ [美]纳博科夫.斩首之邀[M].陈安全,译.上海:上海译文出版社,2006:14.
④ [美]纳博科夫.斩首之邀[M].陈安全,译.上海:上海译文出版社,2006:55.
⑤ [美]纳博科夫.斩首之邀[M].陈安全,译.上海:上海译文出版社,2006:98.
⑥ [美]纳博科夫.斩首之邀[M].陈安全,译.上海:上海译文出版社,2006:63.
⑦ [美]纳博科夫.斩首之邀[M].陈安全,译.上海:上海译文出版社,2006:142,144.
⑧ [美]纳博科夫.斩首之邀[M].陈安全,译.上海:上海译文出版社,2006:66.
⑨ [美]纳博科夫.斩首之邀[M].陈安全,译.上海:上海译文出版社,2006:128,129.

皮埃尔是官方群体的代言人和此世的绝对首领,为了凸显"玩偶专家"①的霸权和空心人偶的奴性,纳博科夫充分调用了人物姓名。监狱长罗得里格、狱卒罗迪恩和律师罗曼等人名字相似,相貌酷肖,他们不断易容换装,企图糊弄辛辛纳特斯。正是通过这些次要角色之间名字和形象的错位和混淆,纳博科夫旨在表明,"透明人"只是粗制滥造的道具和背景,共同构成矫揉造作的伪狂欢表演。监狱长、狱卒、律师和其他"透明人"只是皮埃尔低贱的帮凶,肆意奉承,大加赞赏,盲目执行所有命令。刽子手是权力意志的中心,正是出于排除异己、保证系统恒定运行的意愿,皮埃尔才会冥顽不灵、因循守旧地去践行每一条既定法律。这些法律忠于过去,拒绝与未来对话。

与马思和皮埃尔相比,狱卒的女儿艾米似乎最贴近辛辛纳特斯的心灵。她不断暗示会救他出来,这让重压下的主人公获得片刻喘息。尽管从一开始,辛辛纳特斯看着艾米的画,就猜出所有暗示和期望不过是想象的产物,然而走廊传来的钻墙声让他真切感受到有人在挖地道营救他,这让他无法抑制内心的激动和喜悦。当有人破墙而出,辛辛纳特斯这才意识到所谓的营救人员,自己企盼的忠诚同伴,其实是刽子手和监狱长;而艾米把辛辛纳特斯领到监狱长的房间就彻底将他抛弃了。他们合伙制造了残忍而可笑的骗局,把主人公的最后希望彻底碾碎。这些经历都反复强调,监狱是一个闭塞圆圈,是权力话语难以突破的封闭系统。纳博科夫对艾米的体貌描写看似富有生机,是混沌中的一抹亮色,其实她那芭蕾演员的身姿,夸张的戏剧表现,角色使命完成后的冷漠遗忘,和马思一样"温热、湿润"②的声音都表明她也是群体一员,是皮埃尔的得力配角,伪狂欢舞台的群演之一。

第二节 "此岸"与"彼岸"——真伪狂欢世界的交锋

官方群体精心打扮,在伪狂欢舞台上轮番出场。舞台是辛辛纳特斯逃不出的监狱,这里抹去了时间的客观意义:墙上的钟是画上去的,每隔半小时,士兵们就要修改指针。饱食的蜘蛛、牢房的陈设都是道具布景,表演按照舞台时间缓缓进行。士兵没有脸孔,戴着统一的狗面具。纳博科夫对狗面具的选择既利用了神话语境——地下世界里狗头人身的黑暗随从,一群失去脸孔和个性的存在物,也借鉴了古罗斯臭名昭著的特辖军

---

① [美]纳博科夫.斩首之邀[M].陈安全,译.上海:上海译文出版社,2006:92.
② [美]纳博科夫.斩首之邀[M].陈安全,译.上海:上海译文出版社,2006:125.

(Опричники)形象,他们是伊凡雷帝(Иван Грозный)的爪牙,穿黑衣、挂狗头、带扫帚。他们的存在只为铲除异己,服从权威意志,维护沙皇霸权。

为了放大官方声音,纳博科夫打造了各种公众广场,把人的物化和狂欢广场闹剧做到极致。"在狂欢化的文学中,广场作为情节发展的场所……只要能成为形形色色人们相聚和交际的地方……都会增添一种狂欢广场的意味。"①辛辛纳特斯的单人囚室就是这样一处背离正常生活场景的狂欢广场。马思镇定自若地带着情人探望狱中的丈夫,随之而来的有马思全家,甚至还有全部家具。她的父亲"大声哀叹,并开始详尽而津津有味地数落起辛辛纳特斯来"②。随后,他"大声责骂,诅咒之语无以复加,声音都喊哑了","滔滔不绝的咒骂登峰造极时,喉咙突然哽塞。"③然而,高声诅咒却以安静礼貌的吻手礼收场。外祖父母形容枯槁,老态龙钟;"白皮肤的兄弟骑坐在黑皮肤兄弟的双肩上",两个残障孩子——肥胖的波林"仰起脸",而跛脚的迪奥梅唐"低头凝视"④。"狂欢式所有的形象都是合二而一的,它们身上结合了嬗变和危机两个极端:诞生与死亡(妊娠死亡的形象)、祝福与诅咒(狂欢节上祝福性的诅咒语,其中同时含有对死亡和新生的祝愿)、夸奖与责骂、青年与老年、上与下、当面与背后、愚蠢与聪明。"⑤纳博科夫在这个微型狂欢广场上设定了一系列怪诞形象——聒噪的丑角、衰老的躯体、丑陋的怪胎,两两相对又合二为一的狂欢化形象营造出不可协调的诡异氛围。

另一个狂欢广场展现了辛辛纳特斯斩首时的万人空巷。作家刻意营造出一种全民参与的假象,男女老少争先恐后,欢聚一堂。巴赫金认为,狂欢节的重要意义在于打破寻常,不同身份地位的人其乐融融,共同成就狂欢节庆。民间文化暂时颠覆正统官方文化的僵化规则,实现平等对话。然而,在纳博科夫构建的广场上,市政执行官、马戏团长、驯兽师……所有参与者虽然外表各异,实则整齐划一。他们是官方正统文化的仆从,顺从宏大的权威声音。他们是"公众意志"⑥的集中代表,更像是一套组装起来的精密仪器,捍卫恒常不变的同一性。当系统失衡,他们立即协同分工,排除异类,使系统重获平衡。可以说,此世的人是"幽灵、豺狼、拙劣的仿品"⑦,既不观察他人,也不审视自己,已然物化成系统的各个部分,各司其职,别无他想。

然而,真正的狂欢节不是由某个特权阶层组织的,也不是被人消极观看的表演。人

---

① [俄]巴赫金.巴赫金全集:第5卷[M].白春仁,顾亚铃,译.石家庄:河北教育出版社,1998:169.
② [美]纳博科夫.斩首之邀[M].陈安全,译.上海:上海译文出版社,2006:80.
③ [美]纳博科夫.斩首之邀[M].陈安全,译.上海:上海译文出版社,2006:82.
④ [美]纳博科夫.斩首之邀[M].陈安全,译.上海:上海译文出版社,2006:85.
⑤ [俄]巴赫金.巴赫金全集:第5卷[M].白春仁,顾亚铃,译.石家庄:河北教育出版社,1998:165.
⑥ [美]纳博科夫.斩首之邀[M].陈安全,译.上海:上海译文出版社,2006:148.
⑦ [美]纳博科夫.斩首之邀[M].陈安全,译.上海:上海译文出版社,2006:26.

们参与其中,生活其中,共同构成生命的狂欢礼赞。而斩首仪式却恰恰相反:仪式主角只有一人——皮埃尔先生,他在断头台上温柔可亲,亲昵表皮下依旧是自上而下的威仪。监狱中的他是无冕之王,为了同化辛辛纳特斯,他"低身俯就","降格以求"①;而后,他卸掉伪装,华服加身。皮埃尔是绝对的首领,万众瞩目的明星,群盲对他俯首称臣,甘做他铲除异己、斩断自由头颅的表演背景。官方斩首仪式被伪装成狂欢节庆盛典。人们欢呼雀跃,来讨一杯斩首异类的庆功酒。官方节日面向过去,因为过去使所有现存制度稳若泰山。现世的等级、法律、价值、规范、禁令都是僵死的永恒。这种刻板僵化违背了狂欢节脱离常轨、交替更新的内核。斩首仪式实则是官方庆典披上伪狂欢外衣、褒奖群体克敌制胜的庆功宴,曲解了人类狂欢节庆的真正含义。

官方斩首仪式之前,辛辛纳特斯早已开始意识探索,在物质囚牢中反省精神桎梏,"我的自我之框仍在约束我的生命,使之暗淡无光。"其意识实现了自我删除、剥离衣胞、灵魂飞升的过程:"我一层一层地脱去衣服……在逐渐脱去衣服的过程中,终于到了那看不见的、毋庸置疑的、光辉灿烂的时刻:我活着!像一枚珍珠戒指镶嵌在鲨鱼血淋淋的脂肪里——啊,我永恒的,我永恒的……"②无法熄灭的火花正是人性不朽的精神内核。辛辛纳特斯用缄默来回应邪恶,从初入监狱的惶恐不安,到官方群体对他轮番施加的折磨与同化,再到临刑前夜寻欢作乐、觥筹交错的伪狂欢盛宴,他始终孑然一身,拒绝同流合污。他被排挤、被诱惑、被压抑,唯一的释放孔道就是书写:"我有所知,我确实有所知。但是要把它表达出来却很难!不,我不能……我想放弃——但是又有一种心潮澎湃并且渐趋强烈的感觉,一种心里痒痒的感觉,如果不用某种方式表达出来,你可能会发疯。"③表达的热望源于人类情感溢出的原始狂欢力量。他用文字记录生命,冲破因循守旧的物质重围,解救深陷泥淖的自我意识。他内心翻腾着难以压制的书写冲动,与马思利用嘴巴和生殖器的纵欲发泄不同,书写是他与外部对话的唯一孔道。"作为下世纪的公民,一位提前到来的客人",他渴望与他者对话,然而在这个"令人目瞪口呆,毫无希望却又欢呼雀跃的"④此地,无人会说话,无人可与之对话。他的狱中自白看似独白,实为主人公捕捉意识双声语,将自我裂变为对话中的"我"与"他者"。纳博科夫采用"套娃文本"⑤的叙事手法,将主人公的灵魂自省包裹在小说文本之中,凸显无以复加的恐惧,极度压抑的孤立

---

① [俄]巴赫金.巴赫金全集:第5卷[M].白春仁,顾亚铃,译.石家庄:河北教育出版社,1998:163.
② [美]纳博科夫.斩首之邀[M].陈安全,译.上海:上海译文出版社,2006:71.
③ [美]纳博科夫.斩首之邀[M].陈安全,译.上海:上海译文出版社,2006:72.
④ [美]纳博科夫.斩首之邀[M].陈安全,译.上海:上海译文出版社,2006:71,72.
⑤ Давыдов С. Тексты-матрёшки Владимира Набокова[M/OL]. М.：Кирцидели, 2004. [2014-10-12] https://litresp.ru/chitat/ru/%D0%94/davidov-sergej-sergeevich/teksti-matryoshki-vladimira-nabokova.

与疏离,群体对他看似随意亲昵,实则残忍至极的同化与吞噬,以及造成这种孤立、疏离、同化与吞噬的根本原因——此岸世界与彼岸世界的差异。

  此地在辛辛纳特斯眼中是拙劣的拷贝,其原型世界的"空气中充满了光辉灿烂、震撼人心的和善,我的灵魂在其天赋的王国中自由舒展"①。在半现实的梦境中,主人公多次"非法远游"②塔玛拉公园。这个公园与辛辛纳特斯的人生阶段联系紧密。孩提时代他在这里玩耍;青年时代他在这里徘徊;沦为阶下囚的日子,精神在这里流连忘返。"他是多么熟悉那座公园呀!……每当生活无法忍受的时候,人们可以到那里去漫步,嘴里嚼着丁香花朵,眼里噙着萤火虫般的泪水……"③此地是蹩脚的仿作,唯有塔玛拉公园让辛辛纳特斯看到了情真意切的人性和彼岸家园的投影,"这一切多么令人迷恋啊。"④塔玛拉公园凝聚着他的浓浓忧愁和对精神家园的模糊记忆。"那里,那里有我们在这个世界上漫游、躲藏的公园的原型。"⑤在《说吧,记忆》中,纳博科夫以万般柔情回忆昔日恋人塔玛拉,他将这个名字赋予了辛辛纳特斯朝思暮想的公园,突出了主人公对失落家园的思念之情。在某种程度上,也暗喻了人类最初天真无邪的存在,无忧无虑的伊甸园记忆。

  官方群体给辛辛纳特斯判了死刑,他们并不认为强行终止鲜活生命有多残忍,其信条是死亡乃生命终点。透明群体对死亡的理解也是透明而粗浅的:人生于世,必然走向死亡,死刑只是提早毁灭而已。这和小说题词遥相呼应:"就像一个疯子自以为是上帝一样,我们每个人都认为自己是会死的。"⑥而纳博科夫对死亡的阐释却是多维度的,糅合了对东西方哲学、佛教教义和基督教神学的个性理解。宗教信仰往往包含一种怀疑现世、企盼来世的态度。佛教追寻来世,基督教渴望救赎,人们带着"原罪",由此岸到达彼岸,借舍弃肉身,灵魂苏醒飞升,意识得到最远处的伸展,精神获得最大化的满足。宗教哲学范畴的死亡并不代表恐惧,而是快乐的归家与复活,是生命绵延的方式。巴赫金的狂欢化思想同样认为生死是交替与更新,肉体死亡,魂归乐土。死亡不是过去的彻底终结,它是对生命价值变动的、未完成的、面向未来的积极呈现和乐观注解。尽管在这循环往复的生死轮回中,辛辛纳特斯表现得缺乏自信,胆战心惊,可他仍旧势单力薄地对抗"活死人"群体,将真实情感借语言符号表述,将伪狂欢的魑魅魍魉一一甄别。"死亡的恐惧其实算不得什么,只是一种无害的震动——甚至可能对心灵有益——新生婴儿的哽咽或愤

---

① [美]纳博科夫.斩首之邀[M].陈安全,译.上海:上海译文出版社,2006:75.
② [美]纳博科夫.斩首之邀[M].陈安全,译.上海:上海译文出版社,2006:29.
③ [美]纳博科夫.斩首之邀[M].陈安全,译.上海:上海译文出版社,2006:7.
④ [美]纳博科夫.斩首之邀[M].陈安全,译.上海:上海译文出版社,2006:29.
⑤ [美]纳博科夫.斩首之邀[M].陈安全,译.上海:上海译文出版社,2006:75.
⑥ [美]纳博科夫.斩首之邀[M].陈安全,译.上海:上海译文出版社,2006:题词页.

怒拒绝放弃玩具……"①这种由死到生的意识转化并无牵强,辛辛纳特斯觉醒了,虽然恐惧尚存,但经由肉体死亡可以唤醒昏睡的灵知,那么死亡就绝不是生命的终点。死亡通往彼岸,预示着新生。

与僵化生死定义的官方群体相比,辛辛纳特斯领悟到用狂欢思维去想象生死转化的奥秘。死亡不再是一个难以忍受的自然事实,而是可以理解、不可亵渎的存在事件。图书管理员建议获知死期的辛辛纳特斯"看点有关神的书"②,后者拒绝了。囚禁辛辛纳特斯的此世并没有神,他所对抗的官方群体既无人性,也无神性,他们对一切事物的看法都整齐划一、恒定不变。如果说宗教是靠神对人的"他救",那么具有真狂欢精神的主人公最终实现的是自我精神力量对个体的"自救"。此世强大的社会机器开始瓦解,官方群体的"虚无人"再也无法各得其所,各司其职。"一切都在解体,一切都在坠落",一切回归本真,趋近彼岸。"在浮尘之中,在飘落的杂物之中,在飘动的景色中,辛辛纳特斯正朝着一个方向走去,根据声音判断,那里有他的亲人。"③"那里"寄托了纳博科夫对彼岸世界的全部体会,也是巴赫金所说的人类精神栖居地。辛辛纳特斯的斩首并非伪狂欢群体凌驾于真狂欢个体的胜利,而是连接此岸世界与彼岸世界的节点。主人公从此地出世,走向彼岸。生亦何苦,死亦何哀。灵与肉、生与死不再二元对立,而是彼此交织。此岸与彼岸并非完全割裂,彼岸是此岸的更替与绵延。生死边界在狂欢语境中消弭,生死相依,死生往复。自由意识不会随肉体毁灭而终结,彼岸乐音无时不在召唤灵知。

第三节 《斩首之邀》——自娱自乐的狂欢化旋律

《斩首之邀》呈现了群体与个体的对峙、此岸与彼岸的交锋。作家本人曾表示,小说写的是"一个反叛者,他被某一个极权政权的小丑和恶棍监禁在一个风景如画的要塞"④。然而,如果将文本中的监狱、法官、刽子手与现实机械对应,把小说看作对极权暴政的强烈抨击,这种过分突出政治意图的解读往往遮蔽了艺术符号可被无限阐释的可能。巴赫金在权力话语系统高压下,捕捉到与官方文化对抗的民间文化之反叛强音,从社会政治、语言表现、文化审美层面阐发了狂欢化理论,旨在颠覆各种既定的等级规范,打破艺术文

---

① [美]纳博科夫.斩首之邀[M].陈安全,译.上海:上海译文出版社,2006:166.
② [美]纳博科夫.斩首之邀[M].陈安全,译.上海:上海译文出版社,2006:151.
③ [美]纳博科夫.斩首之邀[M].陈安全,译.上海:上海译文出版社,2006:194.
④ [美]威利.纳博科夫评传[M].李小均,译.桂林:漓江出版社,2014:78.

本的机械性和封闭性认识，瓦解单一文化的霸权地位，注重平等参与，强调特殊与个性。可以说，狂欢化是一种语言表述手段，更是一种文化思维方式。

同巴赫金一样，纳博科夫颠沛流离，但从未丧失艺术品格和精神操守。作家借"自拉自娱"①的狂欢乐音巧妙处理了政治史实，文本中的荒诞丑剧，正是对制度化压迫所呈现的野蛮闹剧的狂欢化戏仿。纳博科夫甚至"戏仿"了巴赫金的狂欢化理论，让读者身处伪狂欢乱象，以良知明鉴真狂欢内核。"一切事物都有可被模拟讽刺的地方，亦即有自己可笑的方面，因为一切事物无不通过死亡获得新生，得以更新。"②表面的荒诞戏谑包裹着本质的庄严肃穆，狂欢化思维给封闭自守的僵化体系注入活力，表达了富有生命力的文学体验和世界感受。

纳博科夫由"语言狂欢"延伸至"文化狂欢"，书写残酷，却以温柔安抚；看似绝望，却指明彼岸之路；肉体在绝境中苟延残喘，精神却早已绝处逢生。斧头落下的一刻，辛辛纳特斯并未因身首异处而魂飞魄散，一众傀儡连同各式道具却灰飞烟灭。强大的官方统治者降格为"幽灵般的幼小死刑执行者"③，弱小的特殊个体升格为彼岸来客，赴此世"斩首之邀"。纳博科夫将小说命名为"《斩首之邀》"，用"斩首"和"邀请"这一对截然相反的词组形成有悖常理的组合，营造恰如其分的戏谑语调和狂欢情境。死刑本是恐怖残酷的刑罚，斩首是极其压抑和血腥的仪式，而"邀请"一词却道出温情和友善，传递欢快而明亮的感受。权力中心话语的任何施压对于个体的自由性和创作性来说都是一种"斩首之邀"。纳博科夫就此发出狂欢召唤："来吧，来赴一场死亡邀约！莫屈从，去反抗！"自由意识挣脱物质牢笼，肉体死亡不再是生命终点，而是无畏的欢乐和存在的延续。审美主体的狂欢特质在于个性、特殊、多元和未完成，个体在与他者的对话中不断完善，走向未来。洋溢着狂欢精神的对话是对权力话语的反抗，只有通过对话，个性特征才不会被抹杀，人格平等和意识自由才不会消减，文化符号系统的主体建构和价值交换才能得以实现。

---

① [美]纳博科夫.斩首之邀[M].陈安全，译.上海：上海译文出版社，2006：前言 3.
② [俄]巴赫金.巴赫金全集：第5卷.白春仁，顾亚铃，译.石家庄：河北教育出版社，1998：163.
③ [美]纳博科夫.斩首之邀[M].陈安全，译.上海：上海译文出版社，2006：194.

第六章
"大师的批评"——
对话与狂欢交织的文本批评[①]

从《防守》中作者与主人公之间不平等、非复调的对话关系,到《劳拉的原型》中的文本与"他者文本"、作者主体和读者意识之间开放的、未完成的对话空间,再到《斩首之邀》中双重人物、两重世界之间狂欢化的对话格局,当我们把这三个文本串联起来,不难发现,无论是从主体间性、对话思想还是从狂欢化思维视角去解读纳博科夫创作,我们关注的焦点都在于阐释纳博科夫在具体创作中对文本、作者、读者之间对话关系的深刻思考。这种思考源于作家的创作主体性意识。纳博科夫借文学文本的叙事手段,表达了自己的创作观念和艺术诉求。换言之,纳博科夫对自身文艺理念的表达一直贯穿其创作始末,引领他的文学实践过程。

1967 年,约翰·巴斯发表了一篇著名的文章——《枯竭的文学》。他在文中给予纳博科夫与博尔赫斯高度的评价,认为他们善用隐喻和狂欢化戏仿等新文学的创作技巧,同时又具备知识分子的良心和艺术家的使命感,客观反映了人类生存的真实状况。巴斯认为,二人的独特之处还在于具有双重身份——作为小说家的学者和作为学者的小说家。他们兼具智力上的严肃幻想、伟大的洞察力、诗性的力量和对艺术手段的完美掌控,因此,他们是可以力挽狂澜,阻止文学陷入枯竭的有生力量。

纳博科夫的小说家分量无人质疑,而学者身份,比如文学评论家的身份认同却"众声喧哗"。"像米哈伊尔·巴赫金这样在世人眼中如此多姿多彩而具有动人魅力的思想家真是寥寥无几。巴赫金对多样性、偶发性和差异性的专注思考,相反相成地将他生平中那些令人炫目的矛盾汇集成了一个和谐的整体。……那些仅仅了解巴赫金这一或那一侧面的批评家们,对他的生平和思想也形成了不同的印象,其中有些是彼此矛盾的。形成这些矛盾的一个原因是巴赫金的全部工作都具有多元性的特征,处在一与多的神秘关系之中。"[②]同样,多元性的纳博科夫的一个"侧面"是熠熠生辉的小说家形象,其光芒之耀

[①] 本章阶段性研究成果已发表。详见张杰,等. 20 世纪俄苏文学批评理论史[M]. 北京:北京大学出版社,2017:407-416.

[②] [美]霍奎斯特,克拉克. 米哈伊尔·巴赫金[M]. 语冰,译. 北京:中国人民大学出版社,2000:208-209.

第六章 "大师的批评"——对话与狂欢交织的文本批评

眼往往遮蔽了他的另一个侧面——文艺评论家的才情。实际上,纳博科夫的文学批评与文学创作相辅相成,二者互为补充,相互促进。他的小说结构精巧,技艺高超,作品中处处闪现着他作为"魔术师"所展现出来的"文学魔法"。而这些优雅的文学谜语也是纳博科夫文艺观念在文本中的具体实践,是他对自身文学态度的坚决伸张,是其艺术品格的直接体现。纳博科夫的批评风格特立独行,专注细节,重视细读,兼具"诗道的精微与科学的直觉"①,亦可被视为是与其小说文本形成互补的另一种文本形式。

纳博科夫在创作之余曾经撰写了大量的文学讲稿,如《尼古拉·果戈理》,由后人整理出版的《文学讲稿》《俄罗斯文学讲稿》《〈堂吉诃德〉讲稿》以及穷尽十年光阴译注的《叶甫盖尼·奥涅金》等。这些讲稿译作连同其访谈录《独抒己见》等较为全面地反映了作家的文学观念和批评理念。纳博科夫始终以作家的姿态参与文学研究,虽未单独著书立说,没有形成完整的文艺理论,也未构成强大的批评流派,但却以其独特新颖、极具美学影响力的大师式的批评风格引起学界的关注。再者,纳博科夫将深刻的艺术自省贯穿于作品之中,赋予了小说文本强烈的文学自我意识,小说家与批评家的身份在文本创作中相互重合,因此研究他的批评方式有利于把握崭新的评论视角,也为深入挖掘纳博科夫创作文本的美学意义及符号学价值奠定了基础。

纳博科夫积极从事文学批评活动,但并未撰写专门的理论著作,其文学洞见主要集中在他的《文学讲稿》《俄罗斯文学讲稿》《〈堂吉诃德〉讲稿》、半传记半评论作品《尼古拉·果戈理》、译作《叶甫盖尼·奥涅金》以及访谈录《独抒己见》之中。纳博科夫透过对西欧及俄罗斯作家作品的颠覆性鉴赏与阐释性解读,详细论述了自己对于艺术世界、作家、作品和理想读者的看法。在《文学讲稿》中他以作家的立场,跨越了既有的文学定位,创造性地评论了欧洲七位作家的代表性作品:奥斯丁的《曼斯菲尔德庄园》、狄更斯的《荒凉山庄》、福楼拜的《包法利夫人》、斯蒂文森的《化身博士》、普鲁斯特的《斯旺宅边小径》、卡夫卡的《变形记》、乔伊斯的《尤利西斯》。在《俄罗斯文学讲稿》中,纳博科夫在反省欧洲文学渊源的同时,并未循规蹈矩,而是独辟蹊径地从个人审美旨趣出发,细致解读了包括果戈理的《死魂灵》、屠格涅夫的《父与子》、陀思妥耶夫斯基的《罪与罚》、托尔斯泰的《安娜·卡列尼娜》、契诃夫的《带小狗的女人》等在内的多部俄国文学经典。纳博科夫以其一贯的态度,即重视文学作品所体现出的艺术风格,专注于文学家的高超技法,结合丰厚的学识和阅读经验,卓尔不群的艺术品格和评论手法,既整体把握了文学传承,又单个领会了作品神韵,比如奥斯丁的"特殊笑靥"策略,狄更斯的"大法官庭——浓雾——疯

---

① [美]纳博科夫.优秀读者与优秀作家[M].范伟丽,译//文学讲稿.申慧辉,等译.北京:生活·读书·新知三联书店,1991:24.

狂"主题,福楼拜的"多声部配合法"以及托尔斯泰、乔伊斯和普鲁斯特的"时间同步"设计的传承等等。在《〈堂吉诃德〉讲稿》中,纳博科夫重新审视了这部自己以前亲手撕毁的"残酷而粗糙的老书"①,挖掘了其与流浪汉小说及冒险小说的密切联系,批判了以往关于小说的空想主义的陈词滥调。他别出心裁地以网球比赛的计分方式算出堂吉诃德所参与的事件并不是彻头彻尾的失败,而是胜利与失败之间的平衡,并对堂吉诃德的形象做出全新的评价:尽管遭受残酷磨难,但依旧保持荣誉、天真、诗人气质的想象力,因此"我们已不再笑话他。他的纹章是怜悯,他的口号是美。他代表了一切的温和、可怜、纯洁、无私,以及豪侠。这谐谑的模仿已经变成杰出的典范。"②

总体来说,纳博科夫的文学讲稿完成于20世纪50年代在美国大学任教期间,在这些讲稿中体现出来的文学批评范式,与形式主义和当时发展势头强劲的英美"新批评"流派是紧密联系的:他借鉴了"新批评"文本的细读研究方法,从文本内部入手,摒弃了文本外部的社会历史因素,将关注点聚焦在小说的语言特色、文学主题、叙事手法等艺术性问题上,同时又更加关注个体感受和阅读经验,阐释了与形式主义者所谓的"文学性"概念相类似的文学"魔力",为读者认识西方文学提供了一个富有启示性的崭新视角。

《尼古拉·果戈理》和上述讲稿不同,它最初是作为普及读物约稿的,但其中也体现出纳博科夫独特的批评方法与写作风格。他从果戈理的死亡写起,以诞生收尾,与纯粹的个人传记和文学批评在写作风格上都有所差别。在《尼古拉·果戈理》中,纳博科夫一方面指出果戈理的创作与文学传统的继承关系,另一方面将果戈理从社会历史批判模式中解放出来,挖掘作家的另一幅艺术面孔,并对自身的文学观念进行建构。《尼古拉·果戈理》是一本带有评论性质的传记,它和一般传记的不同之处在于,"传统的传记一般以叙述生平为主,而纳博科夫却认为,'作家传记的最精彩部分不是他的奇遇记录,而是有关他风格的故事'"③因而,纳博科夫将全书重点放在自己对果戈理部分重要作品的评析,而非作家的生平介绍;同时,《尼古拉·果戈理》又是一本带有传记性质的评论,和以往的评论模式不同的是,纳博科夫不去关注黑暗的农奴制度、官僚习气和地主作风等俄国社会现实,而是将目光投放在《钦差大臣》《死魂灵》等文本中的次级世界及边缘人物身上,比如咕哝读信的县长、带烧酒味的职员、热情过头的教员等等。他认为,这些次级人物与果戈理作品中营造的怪诞不安的气氛和视觉效果,恰恰展现了长期以来被冠以现实主义大师的果戈理创作中虚构的、梦幻的、戏剧化的、非理性的、反现实的一面。纳博科夫的

---

① [俄]纳博科夫.《堂吉诃德》讲稿.金绍禹,译.上海:三联书店,2007:前言1.
② [俄]纳博科夫.《堂吉诃德》讲稿.金绍禹,译.上海:三联书店,2007:130.
③ [美]纳博科夫.尼古拉·果戈理[M].刘佳林,译.桂林:广西师范大学出版社,2010:代译序1.

第六章 "大师的批评"——对话与狂欢交织的文本批评

这本半传记半评论的作品虽略显主观,却以极具个性的创造性解读丰富了文学史中已经定型的果戈理的形象,增添了读者的文学积淀和美学体验。

纳博科夫花费10年时间译注了普希金的《叶甫盖尼·奥涅金》,不遗余力地把西方乃至全世界的注意力,引向自己所熟悉和钟爱的顶尖俄罗斯文学传统之上。他采用了备受争议的、不押韵的直译方式,撰写了1200多页的评注,对《叶甫盖尼·奥涅金》所涉及的诸多细节,包括时间地点、风俗习语、植物动物、食物饮料、服饰手势等都做了详尽的解释。纳博科夫想说明的是,尽管这些细节栩栩如生,奥涅金、连斯基、塔季扬娜等人物形象生机勃勃,仿佛这些人和事都是他们身处时代的典型,但实际上不过是普希金"把西欧的老调翻作俄罗斯的新声"①,是他对现实生活与艺术传统之再创造的产物。纳博科夫认为,对诗歌貌似艺术性的翻译其实只是原作差强人意的影像,自己"可靠的、笨拙的、沉重的、奴隶一般忠诚的"②的直译并非是对普希金的背叛,而是力图捍卫诗人与诗歌之美,用惊奇的手法破坏根深蒂固的一般概念,并激发读者的欲望,去直面普希金虚构世界的独特性。

法国文学批评家阿尔贝·蒂博代在《六说文学批评》中将文学批评形态分为三种:自发的批评、职业的批评和大师的批评③。自发的批评是传媒和一般读者的批评。职业的批评是大学教授或专业文学工作者的学院派批评,而大师的批评则指公认的艺术大家所作的文艺批评。从职业身份来看,纳博科夫是一位大学教授,也是一位文学大师。那么,他的文学批评范式就应当在职业的批评与大师的批评之间寻找。有趣的是,虽然纳博科夫常年站在大学的讲台上,不遗余力地写着引起学生文学好奇心的讲稿,然而这些教学的经历,他本人多语言的背景、良好的学养、深厚的历史感和开阔的视野并没有使纳博科夫变成学院派的"职业批评家"。"职业的批评"有一整套专业的批评术语和批评方法,批评是推论的批评,求疵的批评。在纳博科夫这里,文学批评需要批评家对文学的热爱与激情,对作者的理解与尊重,理性与感性的全部投入,对文本的细腻感受与细节的精准把握,因此他采用一种直观感受和艺术鉴赏式的批评方法。有别于职业批评家的文学观和表述方式,较之作品的理论形态,他更关注文学本体,从作家创作的角度阅读作品,因为发现了美感而欣喜不已,并将这种喜悦传递给读者,希望优秀读者与他产生审美共鸣。这是在"大师的批评"审美视野下的批评与创作之结合,是艺术的批评,寻美的批评,是对文本、作者、读者都饱含审美期待的批评。

---

① [新西兰]博伊德.纳博科夫传:美国时期(上)[M].刘佳林,译.桂林:广西师范大学出版社,2011:377.
② [美]纳博科夫.独抒己见[M].唐建清,译.杭州:浙江文艺出版社,2012:7.
③ 详见[法]蒂博代.六说文学批评[M].赵坚,译.北京:生活·读书·新知三联书店,1989:前言1-2.

第一节 文本——主体现实的文学表征

艺术与现实的关系一直是哲学美学最关注的问题之一。无论是古典美学还是近现代美学，都主要强调两点，即艺术是对现实的模仿，或者艺术是情感的表现。纳博科夫并不认同前人的"摹仿说""情感表现说"，他更接近于卡西尔的观点，即艺术符号不是对现实的单纯复写，而是对现实创造性的发现、构型与超越。"在我看来，任何一部杰出的艺术作品都是幻想，因为它反映的是一个独特个体眼中的独特世界。"①就这句话我们可以做以下理解：

第一，现实是主观的。尽管纳博科夫并不认为其文艺观念与以萨特为代表的存在主义哲学思想之间有何联系，但纳博科夫和存在主义者就艺术世界所反映的主体现实这一问题是可以对话的。存在主义认为艺术与生活存在差异，现实中人们对于物的认识是主观性的，是日常经验的不断累积。纳博科夫也坚定地认为，"人们可以对某件事情了解得越来越多，但永远不可能对它无所不知。"②我们对现实的认知是随着个人认识水平和生存经验的延续而展开的，我们无法到达真理，只能行走在无限接近真理的路上。在纳博科夫眼中，一般意义的现实是不存在的，即便面对同一个客体对象，不同主体都会从自己的角度产生认识和解读。每个个体所认识到的"现实"因人而异且不完整，同样一棵树在普通游客、当地农民和植物学家眼中是不同的。个体现实具备主观内涵，因此不能被概念化、共性化、整体化。对于文学及其他形式艺术作品的理解也不外乎如此。作品中所反映的现实是艺术家对于现实的独特观察和理解，是其个人情感和艺术想象力的投射，反映了艺术家这个独特个体眼中的主观现实。

第二，艺术是虚构的。存在主义者将个人的非理性意识活动视为最真实的存在，强调作家创作意识的重要性，认为艺术就是自由想象的产物。纳博科夫同样重视人类意识的想象力在艺术创作中的作用。任何艺术作品，包括文学，都不是对现实生活的简单模仿和忠实反映，而是一种个体的诗性的创造，因为任何情感或经验对特定的个人来说都是独一无二的。当然，艺术家也不是凭空捏造，而是从现实中获取创作材料，在对这些素材观察提炼之后进行充满个人艺术风格和幻想力的虚构性组合，最终建构一个自己的神

---

① ［美］纳博科夫.文学讲稿［M］.申慧辉，等译.北京：生活·读书·新知三联书店，1991：339.
② Nabokov, V. Lectures on Russian literature［M］. New York: Harcourt Brace Jovanovich, 1981：12.

话世界:

> 我们这个世界上的材料当然是真实的(只要现实还存在),但却根本不是一般所公认的整体,而是一摊杂乱无章的东西。作家对这摊杂乱无章的东西大喝一声:"开始!"霎时只见整个世界开始发光、熔化,又重新组合,不仅仅是外表,就连每一粒原子都经过了重新组合①。

在纳博科夫看来,艺术的起源是运用记忆和想象来重组混乱的外部印象。虚构力和幻想力正是艺术力量的体现。他反复强调好小说都是虚构的,天才作家决不允许自己的作品成为真实生活的镜子。他不是反映旧世界,而是对自己创造出的新世界负责到底。如果将虚构的艺术世界与现实生活混淆,或者让两者生硬地牵扯上关系,那得到的只能是毫无价值的庸俗。

第二节 作者——创作身份的建构者

文学能否打破庸俗依靠的是创作文本的作家。纳博科夫认为伟大的小说都是好神话,而伟大的作家应该集"讲故事的人、教育家和魔法师"②多重身份于一身,其中魔法师的身份最为关键,它决定了作家能否抓住转瞬即逝的灵感,对现实素材施以魔法,展现出一个充满魔力的幻想世界。"艺术家是自然的各种形式的发现者,……我们可能会一千次地遇见一个普通感觉经验的对象而却从未'看见'它的形式;如果要求我们描述的不是物理性质和效果,而是它的纯粹形象化的形态和结构,我们就仍然会不知所措。正是艺术弥补了这个缺陷。"③这种"纯粹形象化的形态和结构"是事物的感性外观形式。艺术家敏锐地发现了这些形式,并将其表现在艺术作品中,还原了事物的"真面目"。在文学创作中,现实是理性的、常识的,而灵感是非理性因素,它是一切天才作家的共性。

不同于古希腊的"灵感迷狂说",在纳博科夫看来,灵感来袭不是陷入癫狂之后被动地倾听神言,而是指在创作过程中的非理性状态下艺术家天赋的表露。纳博科夫给

---

① [美]纳博科夫.文学讲稿[M].申慧辉,等译.北京:生活·读书·新知三联书店,1991:21.
② [美]纳博科夫.优秀读者与优秀作家[M].范伟丽,译//文学讲稿.申慧辉,等译.北京:三联书店,1991:22.
③ [德]卡西尔.人论[M].甘阳,译.上海:上海译文出版社,2003:183.

灵感做了区分:"狂喜"与"记忆"。"狂喜"是一个是瞬时的、无意识的,联系着旧世界的瓦解和新世界的建立;"记忆"是持久的,有意识的,他帮助作家回忆狂喜、重组意识进而重建世界。也就是说,作家能够用冷静的意识控制非理性的灵感震颤。在这一点上纳博科夫和弗洛伊德的看法是有所区别的。依照弗洛伊德的说法,作家与疯子仅仅一步之遥。他们的幻想是为了完成未满足的愿望,是性欲望的转移和升华。所不同的是作家通过文学创作这个出口宣泄和释放欲望,进而将自我与现实协调起来,而疯子始终找不到回归现实的路,只能陷入癫狂。纳博科夫反对弗洛伊德的泛性论。在他看来,癫狂者之为癫狂正是因为他们彻底地、不顾一切地肢解一个熟悉的世界,却没有能力——或丧失能力——去创造一个像过去那么和谐的新世界。而艺术家却能从他的欲念中解脱,"这么做时,他很清楚他内心中某种东西,非常明白结果是什么。"[①]作家创作恰恰不是排遣欲念,而是摆脱欲念,其非理性幻想是一种摧毁常识的想象力和创造力,是自觉、明达、非功利的。

驾驭灵感与艺术幻想的能力决定了一个作家能否成为展示文学魔力的魔术师,而他的魔法就是艺术形式与风格,这既是作品中艺术手法的组合,又是作家人格的体现,是创作意识与个体生命的结合,是辨别艺术家身份的依据,也是艺术最本质、最有价值的部分。作家对其创作活动和艺术文本具有无可争辩的主体性。艺术家最引以为豪的地方在于以独到的视角和敏锐的嗅觉发现并借用客观现实中杂乱无章或是平淡无奇的材料,依靠灵感震颤和文学魔法将这些材料组合改造,如同造物主一般在旧世界的基础上构建出新世界。从这个意义上来说,艺术创作是神性的游戏。具有神性的作家在创造力涌动的一刻,能够冲破常识世界的束缚,进入非理性的灵感世界,给客观现实的土壤撒上主体现实的种子,借一双巧手和一双慧眼,培育出瑰丽的文学花朵。

第三节 读者——艺术符号的智性接受者

纳博科夫对于文本和符号使用者都提出了严格的要求,而他对于符号接受者——读者同样有所期待:优秀读者不应该是文化的快速消费者——看懂情节知道结尾,再来一番顾影自怜的感同身受,整个消费过程结束;也不应该是书中道德说教的盲从者,读得唉声叹气,捶胸顿足,声泪俱下,只求净化灵魂,荡涤心中邪念。"读书人的最佳气质在于既

---

① [美]纳博科夫.文学讲稿[M].申慧辉,等译.北京:生活·读书·新知三联书店,1991:510.

第六章 "大师的批评"——对话与狂欢交织的文本批评

富艺术味,又重科学性。单凭艺术家的一片赤诚,往往会对一部作品偏于主观,唯有用冷静的科学态度来冲淡一下直感的热情。"①纳博科夫主张将理性与感性同时注入自由的阅读过程,把握好二者的度是阅读效果的关键。优秀读者应该像在显微镜下观察蝴蝶一样,以科学家的精神一丝不苟地对文本进行细读,从而注意到一般读者未曾发现的、比整体更为生动的细节。对于细节的把握要求读者重读作品,动用"心灵、脑筋、敏感的脊椎骨"②,"本着一种爱慕的心情,细细把玩,反复品味。"③因为初读文本时,读者的注意力很容易被情节和语义分散,只有重读几遍之后才能像看画那样,对全书一览无余,才能咀嚼承载着作者文学技巧和情感因素的微小细节。

巴赫金认为,符号具有意义,研究符号的意义必然始于符号的理解。巴赫金列举了符号的理解过程④:

第一步,是对物理符号心理和生理上的感知;

第二步,是对这一符号的认知,了解符号在语言系统中的概括意义;

第三步,是对符号在不同语境中的理解,即了解符号的语境意义;

第四步,是对符号能动的、积极的对话性理解。

巴赫金所说的理解的四个步骤呼应了纳博科夫对于阅读过程,即文本符号的理解过程的看法。他认为,一个优秀的读者是一个拥有"不掺杂个人感情的想象力和艺术审美趣味"⑤的敏锐的记忆力以及一本词典的"反复读者"⑥,而他的创作也是反复阅读的最好例证——"头一遍如坠云里雾中,第二遍略见端倪,理出些头绪,第三遍方茅塞顿开,发现阳光灿烂无比。"⑦只有在这种周而复始的文本重读中,在与符号系统内外语境的自然交融中,在与符号使用者与符号接受者永无止境的交流对话中,我们才能在那些充斥着大量细节和花样的复杂文本里,看到符号材料之间的纵横交错和彼此呼应。因为当我们的文本阅读和符号理解过程还没有足够推进和深入的时候,很可能这些复现的符号组合或是表述手段会被我们当作纯粹的偶然而轻描淡写地一笔带过,直到我们进入巴赫金所说的符号理解过程的最后一步,才恍然大悟,原来这些符号材料一直在这里,以一种远胜各自的和谐和美感存在于一种更宏大的、更精妙的构思当中。至此,我们离真实又更近了

---

① [美]纳博科夫.文学讲稿[M].申慧辉,等译.北京:生活·读书·新知三联书店,1991:24.
② [美]纳博科夫.文学讲稿[M].申慧辉,等译.北京:生活·读书·新知三联书店,1991:23.
③ [美]纳博科夫.文学讲稿[M].申慧辉,等译.北京:生活·读书·新知三联书店,1991:19.
④ [俄]巴赫金.巴赫金全集:第4卷[M].白春仁,等译.石家庄:河北教育出版社,1998:376.
⑤ [美]纳博科夫.文学讲稿[M].申慧辉,等译.北京:生活·读书·新知三联书店,1991:23.
⑥ [美]纳博科夫.优秀读者与优秀作家[M].范伟丽,译//文学讲稿.申慧辉,等译.北京:生活·读书·新知三联书店,1991:22.
⑦ [美]纳博科夫.普宁[M].梅邵武,译.上海:上海译文出版社,2007:249.

一步。

　　巴赫金强调文本的理解只有处于对话语境中才能实现。首先,文本的意义既非作者,也并非读者所能决定,而是产生于审美主体意识的动态交流之中。第二,文本的理解不能仅仅局限于文本内部,而是应该突破文本的内在界限,把文本与其他文本、现实世界和文化整体联系起来,在文本赖以存在的、不断发展的历史文化语境中对文本进行反复解读,进而不断产生新的意义。因此,尽管纳博科夫的文学技巧眼花缭乱,但他并不是站在艺术的高枝恃才傲物,嘲笑读者的平庸。相反,他期待着更多优秀的读者,他的文学批评是面向未来的,给作者和读者的意识相遇留下空间。"写作的快乐完全取决于阅读的快乐,一个短语带来的欣喜、欢乐由作者和读者分享,由得到满足的作者和感恩的读者分享……由对内心中启示他进行意象组合的未知力量怀抱感激的艺术家和从这种组合中得到满足并有艺术气质的读者分享。"①文学大师运用想象写就一部作品,读者作为审美活动的主体之一,也需要运用想象对文本仔细品读。文学创作与文学接受之间,应该是作者、读者的心灵与情感在艺术上的和谐与平衡关系。作家体力脑力的付出理应得到读者的肯定与尊重。作家灵感的震颤需要得到读者审美狂喜的回应。读者在感受诗性组合之精妙的同时,也能体悟到作家创作的喜悦与激奋。阅读需要借助头脑,而"脊椎感到的震颤"②却使我们能够"真正领略艺术带来的欣悦"③。

第四节　文学批评——兼具科学性与审美性的符号审美

　　纳博科夫定义了心中的优秀读者,这个标准也同样适用于批评家们。他对"严肃批评家"更有自己的一番要求④。当然,纳博科夫本人作为文学家,同时从事批评活动的身份非常有趣。正如巴斯所说,首先,他是一个大作家,其次他是一个优秀的读者。这两种身份汇聚在一起,再加上他特立独行的艺术品格,也就决定了他的研究是"大师的批评"背景下独具个人魅力的审美活动,是优秀的"作家读者"以一个艺术家的身份来感受另一些艺术同行的创作心境。不同于条理化、科学化的学院派的职业批评,也不同于有感而

---

① [美]纳博科夫.独抒己见[M].唐建清,译.杭州:浙江文艺出版社,2012:41.
② [美]纳博科夫.文学讲稿[M].申慧辉,等译.北京:生活·读书·新知三联书店,1991:41.
③ [美]纳博科夫.文学讲稿[M].申慧辉,等译.北京:生活·读书·新知三联书店,1991:98.
④ 详见[美]威利.纳博科夫评传[M].李小均,译.桂林:漓江出版社,2014:172.

第六章 "大师的批评"——对话与狂欢交织的文本批评

发、缺乏理据的自发批评,这种批评方式是鉴赏和感受式的。他凭借学术素养、创作实践和阅读经验,捕捉作家的风格技巧以及从文本内部投射出的艺术之美,并将其传达给读者,使读者在这个过程中得到美的享受,激发读者批判思考和继续深入探索文本的兴趣。这种对话式的交流给予读者的,不是耳提面命式的教诲,而是审美体验的分享。纳博科夫文学批评的目的是教会读者不要受个人情绪、社会目的、主义流派、既定概念的影响,要亲历作品的具体存在和丰富细腻的特质,从形式、风格等视角读书,感受作家的创作甘苦、艺术满足的审美震颤和人类想象力的勃勃生机。

想象是艺术永恒的力量源泉。人类意识非理性的幻想力,给现实施了魔法,成就充满魔力的艺术作品。纳博科夫反复强调应该把文学和现实区别对待,相较于作品的思想内涵和社会历史意义,他更专注其艺术风格;他自称不属于任何文学流派,从来不为迎合某种文学的传统观念和体系而使批评逻辑化、条理化,他并非漠视文学渊源,而是反对将作家作品看成是时代的产物和镜子,拒绝社会历史分析和简单归纳,以避免将批评固守在老生常谈之中,成为老学究式的陈词滥调。纳博科夫以全新的视角重新阐释欧洲多位作家的经典作品,是个人文学立场的伸张,也是一种文学意识自省的表达:

> 现实主义,自然主义,都只是相对概念。某一代人认为一位作家的作品属于自然主义,前一代人也许会认为那位作家过于夸张了冗赘的细节,而更年轻的一代人或许会认为那细节描写还应当更细一些。主义过时了,主义者们去世了,艺术却永远存留[①]。

和纳博科夫一样,巴赫金对人类文化史上各种流派的主要观点也持审慎和批判的态度。比起一般的文艺概念,他更加关注具体的文本所折射出的20世纪现代社会人类的价值危机和文化转型问题,因此他的研究视野开阔,具备强烈的时代感,与身处启蒙运动时代的康德在研究着力点上有所不同。而针对20世纪60年代曾对中国文艺界影响深远的俄国革命民主主义思潮和现实主义美学,巴赫金的观点也有所保留。别林斯基、车尔尼雪夫斯基、杜博罗留波夫、普列汉诺夫等人认为政治斗争和文艺美学创作联系紧密,强调艺术的反映论和创作的典型化。这种带有世俗功利眼光的文艺理论使得文艺创作屈从于政治经济冲突,而与真正意义上的审美旨趣越走越远。巴赫金的思想显然不同于坚持古典人道主义和民粹主义的俄国革命主义思想,也不同于以政治社会斗争为主体的现实主义美学,他立足于人类文化存在和价值交换的基本方式——

---

① [美]纳博科夫.文学讲稿[M].申慧辉,等译.北京:生活·读书·新知三联书店,1991:208.

对话,并指出,这是自我与他者之间借由语言的和非语言的符号形式进行的存在事件。他赞同康德的观点,认为最终需要从审美的角度考量和判断价值交换过程和人类的存在问题。

同样,纳博科夫也特别关注艺术本体,而不是某种社会外部决定因素或既定概念。他始终强调自己的写作没有政治目的、道德功用或社会意图,但这些都不能表明他是一个冷漠的形式主义者,相反,他认为美和怜悯最接近艺术本质,这恰恰证明,他是一位具有审美能力和道德情怀的文学家。尽管纳博科夫历经战乱、流亡、贫穷、离别,但却始终保持着对柔弱易逝的美好事物的信念与坚守,"在肉体的危险、苦痛、尘雾、死亡最黑暗却最斑斓的岁月里,保持着同样非理性和神圣的标准。"①道德不是循循善诱的说教和告诫,而是对美与善的直觉感悟,是对庸俗和残酷的严厉呵斥。

纳博科夫有这样一种文学批评态度:优秀作家要有天赋才情和悲悯情怀,对人对事,对精妙的细节要常怀反思与敬畏之心。文学创作可以涉及道德,但必须是一种高尚、克制、隐忍的艺术性感悟;真正的艺术天然地具备伦理价值和道德力量,但若艺术家心有杂念,则不仅无法实现作品的伦理功能,且连作为立身之本的艺术性也会丧失殆尽。因此,优秀的艺术家只有一个目标需要实现,那就是创作出真正的艺术品,其他别无所想。这样,艺术的自由,自然能通达伦理的维度。

优秀读者和批评家要有艺术感受力和道德准则,如果"从未尝到过肩胛骨之间宣泄心曲的酥麻滋味",读书便是无用;文学阅读和鉴赏过程是读者和作者脑力和心灵之间的抗衡与对话,而不是一味地研究作品的社会效用和政治影响,"对货真价实的文学之美麻木不仁"②。不要功利地读书,放弃为批评而批评的念头,不盲从传统的陈词滥调和流行的平庸思想,保持头脑清醒,避免无关因素的干扰,多想"怎么样"而非"是什么",力求从文本内部出发,寻找能够让我们感情激越、汗毛竖起的艺术魅力——这就是纳博科夫对读者和批评者的真诚规劝。

在排除了说教意味之后,纳博科夫作品中艺术与伦理的实质是相通的、协调的。关于艺术的伦理维度,纳博科夫的具体主张可以用"越艺术越道德"予以概括。纳博科夫并不是只会玩弄文字游戏、摆下文学骗局的魔术师,也绝没有把伦理内容从自己的美学世界中驱逐出去。他的道德观念远远超越了阶级对立或是现实生活中的人道主义和道德关怀,而是关乎不朽的艺术和永恒的意义:

> 我从不否认艺术的道德力量,它当然是每一部真正艺术品的

---

① [新西兰]博伊德.纳博科夫传:美国时期(下)[M].刘佳林,译.桂林:广西师范大学出版社,2011:505.
② [美]纳博科夫.文学讲稿[M].申慧辉,等译.北京:生活·读书·新知三联书店,1991:99.

第六章 "大师的批评"——对话与狂欢交织的文本批评

固有特性。我所要否定并准备罄竹书之的是那种处心积虑的道德化倾向,在我看来,这种写法无论技巧多么高超,都是在抹杀每一缕艺术气息。《外套》里有着深沉的道德性内涵,我在我的作品里也力图表达这一点,但这种道德却与廉价的政治宣传根本扯不上边。19世纪俄国热情过剩的崇拜者们试图从《外套》挤出那些东西,或者将它们塞进去,我认为这样做既是在强暴小说也是在强暴艺术本身①。

蒂博代的批评三分法在当下仍具有合理性与说服力。自发的批评由于缺乏足够的学术涵养和理论支撑易流于感性化层面,并易受到急功近利的商业化、媚俗化影响。学院的批评追求科学性与学理化,易缺乏艺术敏感,而陷入学究、僵化的境地,进而对文学创作和审美欣赏失去实践意义。同其他批评范式一样,在"大师的批评"视野下的纳博科夫文学评论也带有自身的局限和缺点:从文学内部入手,往往有意地忘却与文学本身无关的外部因素,这是他对于社会历史批评模式的逃离,以及加载了个人审美旨趣的主观性批判。按照部分学者的说法,纳博科夫对作家经典形象和固有定位的改写,有时"是以牺牲甚至有意忽略作家作品中的大量社会历史内容为代价的",其创造性的、"强弱取舍"的阅读不自觉地把批评"纳博科夫化"了②。纳博科夫的这种依照个人艺术品格和审美选择,对作家作品或推崇备至,或嗤之以鼻,爱憎分明的强硬态度使他的批评具备独特的美学价值,但与此同时,也不可避免地有失偏颇,有所局限。但这些缺点本身,恰恰能够引起研究者对纳博科夫文学评论的关注,进而不断激发学术对话和思想争鸣,这也正是其批评文本的魅力所在。

巴赫金提出,小说中的语言不仅代表其他事物,还能代表自身,小说语言符号的能指与所指是结合在一起的,而不是被分割和彼此隔离的,亦即小说语言符号具有自我指涉性。文学符号是有相对理据的符号,文本阐释不具有绝对的自由,受到符号外部环境如文化、历史、意识形态等因素的制约。但是需要指出的是,尽管我们试图在统觉视域下以逻辑和理性来理解文学符号能指所指的对应,解读那些非凡的议论、深刻的说理和复杂的思想,但是蕴藏在语言符号中的情感潜流和意识深渊往往又是一言难尽的。在文本意义日趋开放、评论中心愈发多元的今天,文学批评不再单纯是作者生平、主题思想、社会背景和历史阶段的累加,纳博科夫的批评论述努力超越既定的一般概念和主义思潮,兼具作家的感性思维与批评家的理性思辨,被赋予了无可替代的存在意义和美学价值,因

---

① [美]纳博科夫.尼古拉·果戈理[M].刘佳林,译.桂林:广西师范大学出版社,2010:9.
② 刘佳林.论纳博科夫的文学观[J].扬州大学学报(人文社会科学版),2004(6):36.

而拓展了文学艺术的意义阐释空间。

> 有些美的事物尚未宣布清规戒律，
> 因为它们不但快乐而且无忧无虑。
> 音乐相似于诗歌，其莫名的优美
> 绝非来自各种方法的谆谆教诲，
> 而只有大师的妙手才能达其尽美①。

在寻美的道路上，没有绝对真理和现成概念，且让大师的妙手拨弄那美的琴弦，奏出美的乐章。

---

① ［英］塞尔登，编.文学批评理论——从柏拉图到现在［M］.刘象愚，陈永国，等译.北京：北京大学出版社，2000：164.

结语

当评论家们谈到巴赫金和纳博科夫,通常会指出两者文艺美学思想中存在的明显差异,比如他们对于陀思妥耶夫斯基小说的好恶之别就是这种差别的有力佐证[①]。巴赫金高度肯定了陀思妥耶夫斯基的复调小说,认为"陀思妥耶夫斯基好像是实现了一场小规模的哥白尼式变革","在陀思妥耶夫斯基的复调小说里,作者对主人公所取的新的艺术立场,是认真实现了的和彻底贯彻了的一种对话立场;这一立场确认主人公的独立性、内在的自由、未完成性和未论定性。"[②]纳博科夫则否定了之前自己对陀思妥耶夫斯基的肯定看法,转而认为他是"一个廉价的煽情作家,既笨拙又粗俗","一个先知,一个哗众取宠的记者,一个毛躁的喜剧演员。"[③]再者,巴赫金的复调及对话理论指出,在艺术构思的范围内,作者和主人公分别拥有自身的主体性,具备平等价值体系,互相发挥着评价的能动性。作者和主人公构建独属于自我的事件性存在,又由相互的"外位"立场为对方的边缘划界完形,在审美对抗中完成情感碰撞和思想对话。而纳博科夫则不时流露出自己作为艺术创作者的权威态度:"我的人物只是划桨船上的奴隶。"[④]巴赫金对复调小说推崇备至,而纳博科夫则认定作者对文本的控制能力。这样看来,巴赫金的复调主张和纳博科夫的作者强势态度,在审美主体关系层面上似乎存在着明显对立。那么,纳博科夫和巴赫金这两位对人类文化史产生重要影响的人物之间能否进行对话呢?

---

① См. Garetto E. Автор и герой у Набокова и Бахтина [J/OL]. Revue des études slaves,2000(1). [2014-01-08]https://www.colwiz.com/public/publication/f20753996c2ff1d//authors. 除此之外,学界也运用纳博科夫的创作观对巴赫金理论进行批评,比如 1994 年在圣彼得堡出版的《反巴赫金———本关于弗拉基米尔·纳博科夫的好书》,书中编者瓦季姆·利涅茨基就提到纳博科夫对于巴赫金"笑文化"的质疑。
② [俄]巴赫金.巴赫金全集:第 5 卷[M].白春仁,顾亚铃,译.石家庄:河北教育出版社,1998:64.
③ [美]纳博科夫.独抒己见[M].唐建清,译.杭州:浙江文艺出版社,2012:42.
④ [美]纳博科夫.独抒己见[M].唐建清,译.杭州:浙江文艺出版社,2012:98.

第一节　纳博科夫创作的符号学研究视点

通过研究巴赫金的学术历程和思想流变，我们发现，作为符号学家的巴赫金对于主体间对话关系的分析并非一成不变。他对于审美活动中的自我与他者，文本、主人公、作者、读者之间的对话模式研究是动态而多元的。在早期的哲学美学阶段，受到康德哲学和新康德主义的影响，巴赫金把学术重点放在主体建构论之上，强调主体间性对于主体价值实现的意义；伴随着西方哲学的"语言学转向"，巴赫金在对人的主体性的探究过程中，也对语言符号产生了浓厚的兴趣。他尤其关注小说文本以及文本内外开放的、多元的、未完成的对话关系。巴赫金并没有局限于文学文本，而是选取了一条从语言符号系统延伸至文化符号系统的研究路径，对欧洲狂欢节文化及其对文学传统的影响追本溯源，提出了狂欢化理论，考察了狂欢化思维的外在语言表征和内在精神特质。

巴赫金的文化符号学理论对于纳博科夫研究具有一定的方法论意义。首先，纳博科夫的小说文本不仅包含了主人公自身的两种声音相互争辩的双声语，而且主人公、作者与读者之间也存在着主体间的对话关系。同时，追求"审美狂喜"的纳博科夫在文本中利用各种狂欢化的文学表现手段，展现出两重性的狂欢化思维与世界感受，构建起一种对话的、多维的、开放的审美空间：作家创作文本时体会到强烈的审美愉悦，读者在接受文本时也感受到巨大的审美震颤，这种多边的审美感受与交流共同构成了一种感官层面和理性层面的"美学幸福"。本书主要选取纳博科夫的《防守》《劳拉的原型》《斩首之邀》和《文学讲稿》等文本，从巴赫金的文化符号学视角出发，探讨纳博科夫文学创作中广泛而深刻的主体间性、对话性和狂欢化特征，以期将巴赫金的符号学理论与纳博科夫的文学实践相结合，拓展对于纳博科夫创作文本及文艺观念的多元阐释，努力为我国的文学批评方法探索一条值得借鉴的文学经典的文化符号学阐释途径。

巴赫金强调了主体间性对实现主体意识的重要性，而纳博科夫在声明作者始终在场的同时，也在自己的创作中指明了作者与主人公之间强弱对立、变动不居的主体间性特点。《防守》的主人公卢仁，在他的人生轨迹中充斥着不同的权威作者，父亲、棋父、妻子都以各自的方式对主人公的生活横加干涉。这种来自他者的强大影响力往往遮蔽了弱小主人公的自我意识，主人公也因此退化为作者观念的附属，一个承载了既定概念的典型形象，而非一个具备主体性的鲜活个体。因此，《防守》这个小说文本内部的作者和主人公之间的对话是不平等的，非复调的。卢仁的防守看似是为了应对顶尖棋手的招数，实则是为了挣脱作者权威、恢复主体意识的尝试。《防守》是一个战场，上演着强弱主体意识之间的博弈与较量。

巴赫金的理论发展路径是从早期的主体间性哲学思辨推演到对话性的符号学解读和狂欢化的文化审视，依照这种理论建构思路，就纳博科夫的未竟之作《劳拉的原型》这一碎片文本，我们无意于直接争论欧美评论界所关注的出版意义问题，而是基于巴赫金的对话性符号学思想，去探究小说文本所涵盖的爱、死亡、艺术等文学命题，挖掘纳博科夫的创作主体性以及他对文本、作者、读者之间对话性的关注：弗洛拉——劳拉的意象是对古希腊罗马文化传统及犹太神秘传说中神话原型的戏仿，并与《洛丽塔》等小说中的"宁芙"形象产生了鲜明的互文；王尔德的精神死亡实验赋予了作者与文本沟通的空间，影射了风烛残年的纳博科夫对于人生轨迹尽头——死亡、涅槃与彼岸世界的独到见解；再者，这部"碎片小说"在情节上虽不完整，但却以一个开放文本的独特存在方式，引导构建性的读者参与文本阅读与意义建构，从而使审美活动中的作者、文本、读者之间的对话成为可能。

巴赫金对文本对话性的符号学阐释，从文本内部出发，然而又不局限于此，而是跳出文本的界限，进入文本外部更为广阔的文化和意识世界中去。这种从语言符号向文化符号的延伸和扩展，在《斩首之邀》中体现得尤为突出。纳博科夫借助于戏谑的语调和戏仿的手法，展现了物化的、非人性的"透明人"群体与真实的、有人性的"不透明人"辛辛纳特斯的对峙，进而拓展为荒诞、污浊、残忍、庸俗的此岸世界与合理、清澈、温柔、纯净的彼岸世界的对立，并随着主人公死刑的执行，将这种对峙和对立消解，被禁锢的灵魂挣脱此岸，回归彼岸。纳博科夫通过对人物与世界两重性特质的阐释，彰显出一种富有张力的狂欢化创作思维和尊重个性、差异性及多样性的人文情怀与世界感受。

巴赫金的文化符号学理论蕴含了一种多元共存、兼容并包的人文精神，而纳博科夫对主体的坚守，对个性的尊重以及对文化的包容，则体现在和小说文本相辅相成的另一种文本形式——文学评论之中。纳博科夫的文艺批评重视文本细读与重读，理性分析和感性体验相互交织，是独树一帜的"大师的批评"。纳博科夫的批评文本体现了作家自身的文学理念、艺术诉求和审美旨趣，贯穿于他的整个文学实践进程，体现了纳博科夫特殊的双重身份——小说家中的评论家和评论家中的小说家。

第二节 纳博科夫的多层级语言符号

通过对纳博科夫小说文本及批评文本的文化符号学解读,我们深切地感受到这位文学大师对语言符号的驾驭能力。洛特曼把"语言"分为三种类型①:

(1) 自然语言(第一模拟系统),这是一种基础性工具,例如俄语、英语、法语、德语等;

(2) 人工语言,如科学的语言、常规信号语言等;

(3) 第二语言(第二模拟系统),是在自然语言基础上形成的、模仿自然语言结构建构起来的符号系统、信息载体、交流结构和文化语言,例如宗教、风俗、仪式、法令、规范、文学、戏剧、电影、绘画、音乐、舞蹈等。

如果按照洛特曼的这种划分方式,纳博科夫就是一位跨越了俄语、英语、法语三种自然语言②,并且能够熟练运用科学语言和文化语言的、当之无愧的多层级语言大师。事实上,纳博科夫无论是在思想建构,还是在写作实践中都始终秉承着对话精神:就创作体裁而言,他在小说、诗歌、戏剧、电影等诸多体裁之间寻求平衡;他从普希金、果戈理、契诃夫、普鲁斯特、乔伊斯等众多文坛巨擘的作品中汲取养分;就哲学观念而言,他在俄罗斯与西方哲学的思想资源中挖掘宝藏;就研究领域而言,他在文学、翻译、评论、昆虫学等诸多门类间精耕细作。他开启了文本中人物之间的对话、作者与主人公的对话,也试图将作品置于未来之巅,企盼着优秀的读者与他当风而立,心意相通。

然而,即便是这样一位保持着开放性、包容性、未完成性对话立场的语言奇才,也一度深陷语言的"牢笼"。外表活跃的纳博科夫和沉默寡言的巴赫金其实同样不善言辞,更无法出口成章。纳博科夫不会打字,无论是上课还是回应记者的访谈,总是要一笔一画、规规矩矩地写下来。"我的词汇深居我的大脑,需借助纸张挣扎而出,进入物质层面。"③尽管在被迫放弃俄语、转向英语创作的最初阶段,纳博科夫感受到巨大的痛苦。"我个人的悲剧(……)在于:我不得不放弃我的母语,放弃我天然的习惯用语,放弃我美妙的、极

---

① 详见康澄.文化及其生存与发展的空间——洛特曼文化符号学理论研究[M].南京:河海大学出版社,2006.

② 纳博科夫流亡柏林期间,主观地抵触德语语言文化,拒绝提高一知半解的德语,拒绝阅读德语书报,不与德国人产生任何瓜葛。否则,以他的语言天赋,完全可以掌握第四门自然语言。

③ [美]纳博科夫.独抒己见[M].唐建清,译.杭州:浙江文艺出版社,2012:4.

结语 语言的盛宴 彼岸的归途

为丰富和无比温馨的俄语,转向二流的英语。"①"这一转向是极为痛苦的——就像在爆炸中失去了七八根手指,要重新学习拿东西一样。"②但是,纳博科夫并未就此一蹶不振,像任何时候一样,他拒绝悲观地看待自己的处境。从创作《洛丽塔》开始,他改变了先前个人悲剧的低沉语调,戏剧化地转变为气势高昂的"语言狂欢",尽情发挥自己语言艺术的天赋异禀。厄普代克曾经这样评价纳博科夫的创作:"尽管他为我们提供了许多以前语词从未提供的感觉,尽管他玩弄一些噱头让他从书中跳出来,但我们仍然更多地只是感到有趣,而不是信服。也许错在我们这边,我们还没有准备,我们的听觉迟钝,眼光迟缓,太留恋他的顽固的缄默,因而不能读懂他魔法背后的意义。"③对于纳博科夫文体风格的争议,从他初登文坛的那一刻起从未消停。直至今日,仍然会有不少读者抱怨纳博科夫"故弄玄虚"的文体技巧和"不可一世"的精英心态,但这并不是纳博科夫的过失,而是我们读者的损失。

精雕细刻的文体并不代表矫揉造作,深思熟虑的用笔也不会削弱感情的分量,这些反而能表达他全部的心灵。比起笼统的一般概念和抽象的历史进程,他对转瞬即逝的细节更加热情和敏感,他是展现瞬间的专家。一只鸟瞬间飞过,他所要描述的恰是这美妙的一瞬。街头路灯潮湿的投影,蝴蝶几乎带有人情味的振翅,瑟瑟发抖的光线中那爱人的眼波……借助于文学的画笔,纳博科夫使每一个具体的细节都清晰动人。"具体是他的使命,细节是他的偏好和信任。"④他的老师窦布仁斯基也许不曾想到,自己平凡的学生会利用一种文学感知和思维方式的转换,把绘画艺术的精髓通过非凡的文学文本展示出来,描绘"上帝为了拥抱人类的孤独而慷慨创造的一切事物"⑤:诗画相融,通幽达微,传情达意。

曾几何时,学界为了纳博科夫的"俄罗斯性"与"非俄罗斯性"莫衷一是,争论不休。如果真要说纳博科夫的"非俄罗斯性",那并不是他脱离了俄罗斯文学的经典大树,或是背离了俄国文化传统,而是说纳博科夫确实是一位"非一般"的俄国人:他身上带有一种自由、高雅、民主的天然属性。他气定神闲、我行我素、毫不做作,经历了俄国的血雨腥风、欧洲的狂风暴雨还有美国的纸醉金迷,至死都没有丧失这种特性。从 1914 年纳博科夫望着青草上的雨后露珠,自觉迸发出第一句韵句开始,他坚守俄罗斯的传统形式和文化节奏,用新颖个性的多种自然语言重复着一切诗歌的主题:从童年到爱情,从鲜花到美

---

① [美]纳博科夫.独抒己见[M].唐建清,译.杭州:浙江文艺出版社,2012:14.
② [美]纳博科夫.独抒己见[M].唐建清,译.杭州:浙江文艺出版社,2012:56.
③ 转引自刘佳林.纳博科夫研究及翻译述评[J].外国文学评论,2004(2):74.
④ [法]布洛.蝴蝶与洛丽塔[M].龙云,译.上海:上海人民出版社.2010:8.
⑤ [法]布洛.蝴蝶与洛丽塔[M].龙云,译.上海:上海人民出版社.2010:8.

眷,从生活的快乐到死亡的忧郁。他是一个忠诚的诗歌的老信徒。

  你的灵感,俄罗斯,
  你谜一般的美丽,
  你千百年的魅力……
  告诉我……
  告诉我你爱我……①

  "从我现在使用的英语,跳到轻灵的法语,再到温柔的俄语,语言间的微妙差异,纤毫毕现,一览无余。"②这是纳博科夫与自己达成的语言和解,这也是一种能在几度语言空间来去自由之人的专属幸福。而我们中的大多数——单向度语言空间的"囚徒",无法在语言之境闲庭信步的读者,除了艳羡这份幸福,还能做什么?

  我们也许能够从巴赫金的文化符号学理论中找到答案。巴赫金的文化符号学思想是在对话理论和思想中产生和发展起来的。他认为,符号是受现实的交际所影响的,符号的意义是从两个个体以上的集体组成的符号环境中产生。简言之,符号的意义生成于互动的符号交流之中。人们与真实世界的交流实际上是在与具有主体性的符号世界对话。任何符号都不是独立的存在,其意义是产生在与其他符号的对话之中的。在小说文本中,每一个人物的行为都是一个话语,我们只有在话语与话语的对话交往中,才能够看出它的意义。独白式的符号文本是封闭性的,而理想的符号文本应该是对话的、不确定的、未完成的,而且这种未完成的文本更能够为读者参与对话提供足够的空间,让符号文本的意义生成于读者与文本的对话之中。也就是说,言谈参与对话,而对话的意义却是永无止境的。既然意义是符号的基本属性与功能,那么文本作为典型的符号体系,也就必然具有意义。任何符号体系在原则上都是可解码的,那么文本也可被解释,但文本的意义却不能被彻底解释,因为在实际使用中,并不存在一个能够统领全部符号系统的共同逻辑,一个大一统的元符号、元语言、元文本。

  巴赫金曾经深入分析过"解释"和"理解"的区别③。"解释"往往是非对话性的,因为在解释的时候,只有一个积极活动的意识,这唯一的解释主体对符号系统进行自给自足的独白式阐释;而"理解"则是对话性的,因为在理解的时候,存在两个意识,即符号使用者和解释者。"理解"是复杂的、多义的、开放的、未完成的,因为"理解"的两个主体都有很多方面需要考量:就符号使用者而言,其个人的表述手段、唯一的艺术风格以及独特

---

① 转引自[法]布洛.蝴蝶与洛丽塔[M].龙云,译.上海:上海人民出版社,2010:75。
② 转引自李小均.自由与反讽[M].南昌:百花洲文艺出版社,2007:44.
③ 详见[俄]巴赫金.巴赫金全集:第4卷[M].白春仁,等译.石家庄:河北教育出版社,1998:314.

的创作主体性将他与其他符号使用者区分开来;而解释者即符号接受者,也具有特殊的个人意识形态、感知能力和认知背景。再者,理解的客体也绝不能被简单物化,因为这些符号材料和整合手段虽然可能在不同文本中以各种形式重复出现,但终究在不同时代、不同社会的文化大语境下,在符号使用者和不同符号接受者永无止境的头脑博弈与意识对话中,不断产生多元而开放的意义。

在巴赫金文化符号学视域下对纳博科夫创作进行的解读,不失为这样一种"理解"的尝试。然而,任何一种解读都无法穷尽文本的全部意义。巴赫金的对话理论强调对话的未完成性,也就是说,对话是不断向前、指向未来的。他认为,作者和主人公的对话体现了审美活动的"事件性"特征,作者的使命不是简单创造一个大一统的权威文本,而是协调主人公,邀请读者一并参与到文本这一存在事件里,在文本、作者、主人公、读者流动的、开放的对话过程中,审美的意义不可能盖棺论定,而是不断生成、无法穷尽的。也正因为这样,对于艺术文本的鉴赏和批评是一种不可能找到唯一准确答案的设问和求解活动。没有谁能给予最终解答,即便给出一种解答,之后又会衍生出新的问题。真正的文学就是在这种周而复始、循环往复的问与答中历久弥新,生生不息。

因此,即便是重视多元共生的巴赫金文化符号学批评方法,也只能为纳博科夫艺术符号的阐释提供一个特殊视点。由此视点进行的阐发必然是开放的、多义的、对话的、未完成的。再者,研究者们不同的文化背景、思维习惯和学术心态自然导致了其批评对策和研究立场的差异性。然而,文艺批评的不同视点之间,也如不同层面的审美活动中自我与他者的关系一样,相互独立,却又紧密联系,经由时间的推敲和空间的延续,获得一种和谐而巧妙的共通。正如董小英所说,"作为对话理论的开创者,巴赫金的对话理论本身就具备对话的一切特性。因为其开放性,所以各个学派都能从中找到理论上的启发;因为其多意性,人们对巴赫金对话理论中的一些基本概念莫衷一是,对一些基本的问题各持己见;因为其未完成性,巴赫金的学说还有很多需要进一步完善、修改和补充的地方。而这正是巴赫金理论的魅力所在,因为巴赫金带给我们的不是结论,而是思考问题的崭新范式。"[①]正是由于他的符号学思想具有很强的原创性和整合力,因此对人文学科各个领域的研究都有重大的影响,符号学家、语言学家、文艺学家、文学批评家、哲学家、伦理学家、历史文化学家、人类学家都各取所需。然而,巴赫金留给我们的巨大精神财富不在于提供一个普适的方法、确定的模式,而是一系列开放的、尚无定论的、发人深省的问题。我们当然可以从不同的角度运用不同的理论剖析小说文本,但是如果我们想直接照搬某一个理论模式,然后分析文本是如何反映和验证这一模式的,那么,经由这种简单

---

① 董小英. 重读巴赫金——关于对话理论的几点思考[J]. 当代外国文学,1994(4):4.

粗暴的套用，文本就会沦为理论的注释而全然本末倒置了。作为一种批评思路，巴赫金文化符号学理论的特点在于其开放性、对话性和未完成性，对于整个人文学科领域都具有重要的典范意义。人文科学本质上是对话的，而真理只能在人的生存交往过程中，才能被逐渐揭示出一些来。

第三节 纳博科夫的超符号之境

开启文本的解读就是开始一段探寻真理的旅途。纳博科夫文本中那些细节和花样的重复与变形，它们若隐若现，纵横交错，稍有不慎就会失之交臂。我们只有去重读，去感受，去发现，以一颗虔敬之心才能发现被忽略的美感，唤醒被遗忘的记忆，理清花样和细节所构建的开放空间。纳博科夫这位魔法师的语言之美，处于意识永无止境的对话之中，然而他的艺术魔法又超越了语言本身。"我思考时像一个天才，书写时像一个优秀作家，说起话来却像一个不善言辞的孩子。"①纳博科夫对自己的这番"不会说话"的评价恰恰印证了语言符号系统的有限和人类精神世界的无限。毕竟，我们所感的远胜于我们所能言说的。这或许也正是语言符号，甚至是所有符号的局限之所在。按照符号学的观点，人通过符号认识世界。符号既是人类与客观世界的联系方式，也是对世界认知与感受的方式和结果。符号体系再现和模拟了人类眼中的客观世界。"我们告诉自己，这个世界没有我们就不存在，它存在只是由于我们存在，由于我们能够再现它；我们从这样的想法中得到慰藉。死亡，天空，银河系，它们之所以恐怖，恰是因为他们超越了我们的认知局限。"②可以说，人类不同层面的文化现象和精神活动都是在运用符号的方式来表达人类存在的条件、状态、形式、意义和价值。然而，人类创造符号，使用符号，却又绝不受制于符号，因为人类智慧或者说人类意识比符号本身更具有创造力和生命力，更有一些玄之又玄、悬而未决的超验事物超出了我们的认知范围。

1919年4月2日，在塞瓦斯托波尔风平浪静的海面上，年近20岁的纳博科夫正和父亲在一艘希腊小船的甲板上下象棋，而岸上是充满敌意的枪林弹雨。纳博科夫回望这波澜不惊的大海，内心却心潮澎湃。至此，他们失去了巨额财富、社会地位、柔情爱意，他们失去了祖国俄罗斯。然而，这艘糟糕的小船有一个希腊名字——Elpida（希望）。希望就

---

① [美]纳博科夫.独抒己见[M].唐建清,译.杭州:浙江文艺出版社,2012:序言1.
② 转引自[美]威利.纳博科夫评传[M].李小均,译.桂林:漓江出版社,2014:46.

结语　语言的盛宴　彼岸的归途

是对生命力的致敬和礼赞。只要活着,即使失去所有,也能拥有一切。这艘希望小船要把劫后余生的纳博科夫一家带离俄罗斯,驶向欧罗巴;20年之后,不惑之年的纳博科夫在纳粹德国攻占巴黎的前三周,携妻儿登上了"尚普兰号"客轮,就此逃离欧洲,前往美国重新开始他的创作生涯;生命的最后四分之一时光里,纳博科夫又重返欧洲,在瑞士与世长辞。然而,不管是欧洲、美国还是俄罗斯,都不是纳博科夫整个艺术灵魂的终点。他的最终目的地只有一个——彼岸世界。

纳博科夫的彼岸世界就是一片超验的、超物质的永恒净土,它超越了俗世的庸碌,消融了人性的丑恶,化解了权威的统治,在那里美和秩序是一切的法则。"摇篮在深渊上方摇着,而常识告诉我们,我们的生存只不过是两个永恒的黑暗之间瞬息即逝的一线光明。"[1]我们不禁要问:何为永恒?永恒是一种价值,是一种品质,它超越了时间和空间,因而获得无限的延伸。我们不禁再问:何为永恒的作家?他身处特定时代,用艺术的手法言说所见所感。然而,他经历、感受和描写的真实又超越了这个时代,演变为一个铭刻到人类感知和意识中的文化现象和艺术神话。永恒的作家担负起一种使命:他与一个时代紧密相连,然而在他的想象和记忆中却要找到某种超越时间的东西。存在隶属于时间,而时光不可逆转。借艺术之力却可以重新建构时间,挣脱时间之狱,使存在绵延。这种永恒符合纳博科夫的创作高度和艺术品格。也正是因为这种高度和品格,纳博科夫作为一个人和一个典范作家的形象被历史和文学记录在案,鲜有人像他那样执着于个人的事业,鲜有人比他更坚定地与时代保持着距离,也鲜有人像他那么孤独而固执地坚守自己的个性与品质,不容许自己的鉴赏趣味和坚定意见被时代调和。他拒绝惯性,拒绝成规旧习,拒绝集团、组织和一般化概念,而巴赫金则是那个能够在脑力、情感与意识上和纳博科夫并驾齐驱的智者。

在纳博科夫和巴赫金这两位人生轨迹和性情气质截然不同的智者间的对话中,我们可以听到他们言语的交流和意识的交锋:或各执己见,或握手言和,或强弱有别,或势均力敌,可无论如何,我们听到的都是两人不同的声音。按照巴赫金对于符号性质的把握,符号产生于个体与个体、个体与集体之间的动态交流和价值交换之中。符号所独有的属性——意义就在这种生生不息、永无止境的对话中走向开放的远方。这便是符号最强大、最持久的魅力。

> 世上既不存在最先的话,也不存在最后的话,对于对话的语境来说,不存在任何局限(它向无限的久远和无穷的未来延伸)。即使是过去的意义,即产生于过去的岁月中的对话的意义,也永远不会是固定

---

[1] [美]纳博科夫.说吧,记忆[M].王家湘,译.上海:上海译文出版社,2009:1.

的(完成了的,一劳永逸和一成不变的)。它们将不断地变化更新,在未来的对话过程中变异。在对话发展的任一时刻,都有无限丰富的语境蕴涵被忘却。然而,在对话随后的发展之中的某一时刻,被忘却的意义将会被重新召唤,赋予新的形式和新的语境。世上不存在绝对的死亡,任何一个意义都将有重返家园的欢宴①。

纳博科夫以一种和巴赫金高度契合的使命感和伦理精神,利用艺术创作来试图逃脱时间之狱,踏上寻找永恒家园的征程。我们是当下的囚徒,我们是死亡的奴隶,可在有限生命的时间之狱以外究竟是什么?——那是意识的无限之境。意识具有一种解放的力量,它能超越时间,冲破界限,让瞬间凝固,让片刻成为永恒。那么,如何能够使得意识充分发挥作用,得到无限的伸展?为生活而艺术,在温柔的记忆中、在迷醉的想象中、在真挚的怜悯中、在审美的震颤中,远离物质的纷扰,挣脱自我的束缚,跨越当下的牢笼,无惧死亡的奴役,去向那纯净澄明的自由彼岸。

最后需要指出的是,本书主要就《防守》《劳拉的原型》《斩首之邀》和纳博科夫的部分批评文本进行了符号学解读,这仅仅是借用巴赫金的文化符号学理论和研究方法介入纳博科夫创作研究的一次初步尝试。因此,本书是研究的开端,而绝非终点。在当今世界众声喧哗、多音齐鸣、多元文化共生共存的大背景下,符号学助力文学研究对于语言符号和文化符号的研究境况与发展方向都具有重要的指导意义和借鉴价值。从语言发端,延伸至文化范畴,符号学的介入能够深化对语言文化现象的描写与阐释,拓展语言符号和文化文本的研究视野,从而推动其向纵深延展的、多维度的可持续性发展。

---

① 转引自[美]刘康.对话的喧声——巴赫金的文化转型理论[M].北京:北京大学出版社,2011:238.

附录
身份的认同、断裂、抛舍和回归——纳博科夫小传

要发现纳博科夫笔下超越现实的"真实",我们必须去接近他的主体世界,他的多重身份,他的鲜活人生。纳博科夫的人生经历何尝不是一次次加冕与脱冕,升格与降格,给予与剥夺,狂欢与悲恸的冒险呢?生于安逸,却不能长久安逸;获得荣耀,却难以守住荣耀。流离失所,辗转欧洲,一文不名,自食其力;俄侨民文学界赫赫有名的西林,初到美国之时也只得默默无闻,赤手空拳,白手起家;此后声名远扬,如日中天,但始终无法荣归故里,客死他乡。家仇国恨,物是人非,纳博科夫的整个人生堪比一部精彩的小说文本,这里有他文学创作的根基、艺术理念的由来、哲学思想的本源,它是对话的源头,狂欢的归处。我们需要追本溯源,审视这个有血有肉、多面立体的历史人物,他的成长和遭遇如何影响他的性格和气质,这种精神特质如何将一部分个人生活借用给创作生活,同时保持得体的审美距离。记忆与想象使作家身处的时代特色彰显,又不因庸常而泯然众人。纳博科夫的个体生命早已消亡,但学术生命却可长存。

纳博科夫的人生文本发端于一个充满异域风情的家谱。他的家世非比寻常,据作家本人所听到的说法,家族的奠基人是俄罗斯化了的鞑靼亲王纳博克·穆尔扎①。几个世纪以来,纳博科夫家族门第煊赫,世代贵显,素有自由主义、民主思想和文学爱好的渊源。然而,这并不是最有趣的情节。作家生平中更有意思的细节是由法国传记作家让·布洛发现的。他指出,不管纳博科夫祖上有何等荣光,最精巧的奥秘还在于纳博科夫(Набоков)这个俄文姓氏的偶然性上②。在俄语中,бок 表示"侧面",на 是前置词,表示"在……上面",而 на боку 是 бок 的单数第六格,这个短语表示"在侧面"。词汇语法上的巧合恰恰影射了纳博科夫站在不同视角观察他者、审视自我的艺术倾向。"我已经意识到这世界上唯一的幸福就是观察、窥探、守望自己和别人。然而,我快乐。对,快乐。我发誓我快乐。我已经认识到世界上唯一的快乐就是观察、刺探、监视、审视自己和别人,

---

① 详见[美]纳博科夫. 说吧,记忆[M]. 王家湘,译. 上海:上海译文出版社,2009:44.
② [法]布洛. 蝴蝶与洛丽塔[M]. 龙云,译. 上海:上海译文出版社. 2010:13-14.

不做别的,只做一只略带玻璃色的,有点充血的、眨也不眨的大眼睛。"①借小说主人公之口,纳博科夫展示了自己有意选择的视角。他不在中间,却只待在侧面,以旁观者的角度看待自己,依靠这个位置思接千载,视通万里,为创作增色,给生命添彩。

这种从侧面观察周遭的倾向,似乎早在三岁的纳博科夫身上就有体现。在那本"非个人化的艺术形式和个人化的生活故事"②相结合的自传体小说《说吧,记忆》里,作家勾勒出自己三岁时初有意识时的画面:这是一张色调柔和、充满幸福感的全家福。然而,幸福对于孩子而言往往是简单直接、却又无力承受的,因为幸福是一种沉重的责任。当失去幸福时,它就会变成令人心醉又心碎的回忆,影响对自我、他者和整个世界的看法。从一个三岁孩子的视角,纳博科夫看到了父亲那耀眼的白色,母亲那柔和的粉色,而自己是被光辉照彻的小可爱。他第一次体会到意识的力量——借助于父母的外位形象,认识到小小的自我,而这个孩子的身份联结着两个家族。牵着父母的双臂,本是一种幸福安全的纽带,但又"伸展得宛如十字架一般",似乎预示着纳博科夫将"在幸福的十字架上,蹒跚行进在通向殉难的道路上"③。

青少年时代的纳博科夫,和同龄人一样,不可避免地受到荷尔蒙的影响,"进入了一个过度多愁善感和追求感官享乐的时期"④。即使政治局势变幻莫测,流亡途中前路未卜,也没有妨碍年轻的纳博科夫度过一个又一个狂野销魂的夏天。"夏日炎炎,星光闪烁,海上跳跃着点点磷光,沙滩酒会的气氛渐浓,姑娘们轻纱薄袖,步态款款,玉臂摇摇,真是英国诗人多布森笔下的那些尤物啊!"⑤这些尤物中有瓦伦季娅、叶娃、斯薇特兰娜……这位贵族少年就像他钟爱的蝴蝶一样,在五光十色的花丛中流连忘返,乐此不疲。如果从符号学的审美角度来看,纳博科夫的种种"猎艳活动","同时发生的或相互交叠的风流韵事,有的愉悦,有的肮脏","从一夜风流到旷日持久的瓜葛和掩饰",并不仅仅为了排遣过剩的精力和欲望,而是对自我多样性的挖掘,乃是一种自我与他者对话性的开端。"我看到自己同时是一百个不同的青年男子,全都在追逐着一个多变的姑娘……"⑥对于纳博科夫而言,每名女子都是一个外在于自我的符号,一个独一无二的他者,透过自我在每一个他者身上投射的影子,他对自我身份的含义又有了全新的认识。因此,站在符号学的视界,这段有些荒唐的情爱史,与其说是纳博科夫朝三暮四的欢爱游戏,倒不如说是

---

① [美]纳博科夫.眼睛[M].蒲隆,译.上海:上海译文出版社.2008:332.
② 转引自[美]威利.纳博科夫评传[M].李小均,译.桂林:漓江出版社,2014:164.
③ [法]布洛.蝴蝶与洛丽塔[M].龙云,译.上海:上海人民出版社.2010:22
④ [美]纳博科夫.说吧,记忆[M].王家湘,译.上海:上海译文出版社,2009:284.
⑤ 转引自[新西兰]博伊德.纳博科夫传:俄罗斯时期(上)[M].刘佳林,译.桂林:广西师范大学出版社,2009:190.
⑥ [美]纳博科夫.说吧,记忆[M].王家湘,译.上海:上海译文出版社,2009:284.

年轻的他追逐身份的可能性与多样性以及心醉神迷的感官体验和情感起伏。

纳博科夫此后的生命,被历史的偶然不断扭转,充斥着各种色彩、光线、变形和异想,在失落、迷惘与痛苦中又总是充盈着荣耀、怜悯和柔情。他身处侧面,对自我、他人和整个世界暗中观察、仔细打量。然而,不管纳博科夫具备怎样的他性,成为怎样的他者,即使在他最困顿、最愕然的时刻,他的父辈教给他得体的克制力、责任心、道德观和荣誉感已然作为一个身份符号镌刻在纳博科夫的生命轨迹中,成为他保持自我、独立于世的生存法则。

纳博科夫曾说过自己的人生可以被巧合般地划分为若干个二十年,"就编年的角度来看,清晰得令人愉快。"① 他在《说吧,记忆》中写道:"一个小玻璃球里的彩色螺旋,我就是这么看待自己的一生的。我在俄罗斯祖国度过的二十年(一八九九——一九一九)就是那命题弧。在英国、德国和法国二十一年的自愿流亡(一九一九——一九四〇)提供了明显的反题。在我的移居国度过的时期(一九四〇——一九六〇)构成了合题——以及新的命题。"② 这种巧合给纳博科夫的生命赋予了一种对称的美学形式。第一个20年是在俄国度过的,下一个20年是在西欧,从1940年到1960年的20年则在美国,暮年的近20年又回到欧洲。他的生平可以构成一出精巧的四幕剧,分为几乎均等的四个部分,前两幕主要用俄语演出,后两幕则主要用英语演出,每部分都有独特的个性标志和鲜明的历史背景。纳博科夫的创作之所以充满了深刻的对话性和狂欢化意识,与这出四幕剧密切相关。他的显赫家世、数十载的流亡生涯、俄罗斯情结的羁绊和欧美文化的浸淫,都渗透在他的思想和创作中,一方面使作家置身于不同地域的文化冲突,形成了多元化的对话立场;另一方面,对看似坚不可摧的一般概念的不屑一顾,对趋炎附势和俗不可耐的嗤之以鼻,对专制极权施加于个体之暴力的深恶痛绝,促使他自然而然地在创作中寻求一种多元共存、兼容并包、自由平等的对话精神。

第一节　身份认同——源于俄国(1899—1919)

1899年4月22日(俄历4月10日),纳博科夫生于俄罗斯圣彼得堡一个名门望族、勋贵之家。虽然纳博科夫本人拒绝谈论社会阶级,但他却十分在意自己的家庭渊源。祖

---

① [美]纳博科夫.独抒己见[M].唐建清,译.杭州:浙江文艺出版社,2012:53.
② [美]纳博科夫.说吧,记忆[M].王家湘,译.上海:上海译文出版社,2009:329.

上的物质财富对他而言无甚重要，而自由主义思想和贵族精神却是家族的精神遗产。祖父德米特里·纳博科夫在1878年至1885年曾出任废除农奴制的沙皇亚历山大二世的司法部部长，他积极筹备司法制度改革，引进公开庭审、诉讼团及法官终身制等措施，即使在沙皇被暗杀之后，也坚持不遗余力地维护司法改革的核心成果。他将自己对正义、自由和独立人格的激情传递给了自己的儿子——弗拉基米尔，"一位强健而快乐的叛逆者"①。他放弃了在国家政府部门的大好前途，进入帝国法律学院教授刑法，随后成为立宪民主党的领袖之一，在争取自由民主的斗争中光芒四射。弗拉基米尔是当时俄国政坛的知名人物，也是欧洲的顶尖刑法学家。他博闻强识，崇尚自由，大力倡导保护同性恋和儿童的权利，强烈反对死刑和社会宗教偏见，为追求俄国政治与法律的公平公正不遗余力，四处奔走。

在这样一个荣耀的家庭里，父母出身高贵，富有教养，这对他的性格、气质和素养都产生了重大影响：父亲反对专制、呼吁民主的政治主张在少年纳博科夫的心中埋下了一颗独立、自由、高尚和仁慈的种子。母亲对他的影响潜移默化，她鼓励纳博科夫观察、欣赏并且用心记忆充满魔力的细节，注意培养他对色彩和光线的敏锐感受力。纳博科夫遗传了母亲的通感能力，并且深谙那条最简单的心灵法则——"全心全意去爱，别的就交给命运。"②更重要的一点，他的祖辈父辈传承给他一种与生俱来的贵族精神。这种令人羡慕的优雅自信、有礼有节让他即使在穷困潦倒的流亡生涯中也能淡然处之，完全没有被贫穷和困顿消磨意志，掩盖光芒。在复杂的家族谱系和社会交往中，纳博科夫确定了自我身份。这种确凿无疑的贵族身份，与纳博科夫的完整创作生涯如影随形，直接影响了他的为人处世之道："得体的节制，和周围人相处时的距离感，不喜欢流露自己的情感，不让自己的私生活受到他人的干涉。所有这一切，都会被旁人视为假斯文，甚至是自私。"③因此，尽管成年后的纳博科夫在艺术创作过程中是以叛逆者的身份打破一般概念，颠覆既有套路，反叛传统惯例，但是在家庭生活这个特别的领域却出奇地墨守成规，因为他珍视这份自童年延续而来的家庭背景所提供的温柔而坚实的隐秘感、安全感与幸福感。

正是这样的家庭赋予纳博科夫最好的教育和深刻的艺术熏陶。他的早期教育是多语言且多层面的。父母为他聘请了英语、法语和俄语的家庭教师。网球、拳击、象棋、自行车等运动贯穿整个童年，之后成为纳博科夫的个人爱好和困难时期的谋生本领。父母对他的自然科学研究兴趣也加以鼓励，他对于蝴蝶的痴迷由此萌芽，延续终生。在他们

---

① [法]布洛. 蝴蝶与洛丽塔[M]. 龙云，译. 上海：上海人民出版社，2010：19.
② [美]纳博科夫. 说吧，记忆[M]. 王家湘，译. 上海：上海译文出版社，2009：29.
③ [俄]阿格诺索夫. 20世纪俄罗斯文学[M]. 凌建侯，译. 北京：中国人民大学出版社，2001：436.

位于圣彼得堡摩尔斯卡娅大街47号那栋玫瑰色花岗岩石装点的豪宅里,各类社会名流、文艺先锋都是家中常客。"艺术世界"社的著名画家窦布仁斯基曾是他的绘画老师。虽然这个学生未能在俄国画坛掀起波澜,却从绘画教育中找到一种不追求快意感觉,而要求足够确切的美学观,为日后的文学创作和学术研究提供了"一种在线性表达中要求精确视觉的辩证法"①。此外,纳博科夫本人极具语言天赋,精通俄、英、法多种语言,谁也不能预见这种自幼形成的多语言素养,未来会演变为何种多层面的文化优势和世界观的拓展能力。此时的纳博科夫,在无忧无虑的童年与少年时代,父亲的家庭图书馆就是他最好的阅读空间。普希金、果戈理、托尔斯泰、契诃夫、勃洛克、别雷、勃留索夫、莎士比亚、福楼拜、勃朗宁、康拉德、王尔德、爱伦·坡……这些俄国及西方文学史上伟大的名字镌刻在纳博科夫的文化记忆中。

　　与温馨安定的小家庭相反的是动荡不安的大时局。20世纪之初,天下局势已变,沙皇政权摇摇欲坠,岌岌可危,革命浪潮汹涌澎湃,一触即发;外界已然"山雨欲来风满楼",而少年纳博科夫却无暇顾及所处的社会政治风景,多少显得不屑一顾和漠不关心。在安逸的家庭环境和多元的文化氛围中,纳博科夫产生了最初的文学悸动。"这诗情来自看见的一个场面,那里汇聚和交织着精确的绘画和婆娑的光影,形式和色彩表明,美大概是无缘由的,美构成了世界的秘密和其真实性的钥匙……"②这个原本被大家认为要成为画家或昆虫学家的少年,成长为一名具备强烈自信心、优越感和审美感受力的年轻诗人。也许是父亲在政法界太过耀眼,大英雄的儿子需要在另一种空间施展身手,确立身份。他待在圣彼得堡的温柔乡或是夏日维拉庄园的人间天堂,对风起云涌的革命局势置身事外,对热烈激荡的政治活动漠不关心,与白银时代多如牛毛的文学派别保持距离。他只是享受外在物理现象和主观感受之间的应和,吟诗作赋时那种迷人的轻松,颇有一种"少年不识愁滋味,为赋新词强说愁"的画面感。然而,纳博科夫并不是装腔作势、目中无人、冷酷游离之徒,罢工、骚乱、屠杀、暴行无不牵动着他的神经。

　　　　一切都很悲伤……
　　　　令我惊骇。
　　　　他们想要毁灭
　　　　激情、渴望和美。
　　　　"自由"是他们的借口,

---

① [法]布洛.蝴蝶与洛丽塔[M].龙云,译.上海:上海人民出版社,2010:43.
② [法]布洛.蝴蝶与洛丽塔[M].龙云,译.上海:上海人民出版社,2010:50.

但有什么比梦更自由?①

这种"不合时宜"的诗兴在1914年的美丽夏季出现,此后与纳博科夫相伴终身。诗歌是纳博科夫最年轻的梦。梦境在往后的六十余年里,以各种方式反复出现。一位刚刚确立身份的贵族诗人在诗歌中寻求庇护,用温柔和仁慈抵抗席卷世界的残暴与疯狂。

第二节 身份断裂——流亡西欧(1919—1940)

在被安全感和幸福感包围了18年之后,纳博科夫的人生开始了最悲伤的转折和最痛苦的别离。世界在让我们享受幸福的同时,也让我们品尝失去的哀痛。而且如果之前得到的越多,享受的越多,那么当心爱的一切被剥夺时,就会愈加感到痛苦。历史巨兽吞噬了纳博科夫的幸福生活:从高贵典雅的人生巅峰跌落到低贱卑微的命运低谷。十月革命以后,布尔什维克政权取代了立宪民主党的临时政府,纳博科夫一家被迫离开圣彼得堡迁往克里米亚,而后流亡欧洲,靠着变卖首饰维持生计。纳博科夫的父母及弟妹迁居柏林,而他则在剑桥大学攻读俄国文学和法国文学。1922年,就在纳博科夫即将大学毕业之际,父亲为保护旧友,在柏林的一场演讲会上被极端右翼分子枪杀。这一事件对作家而言是无法忘却也无法治愈的锥心之痛。曾经拥有的一切、令人敬仰的父亲、细腻敏感的母亲、社会的顶层、文化的塔尖、贵族诗人的远景……都被狂暴的历史逐一抹去。意识已经无法解释人生的落差,骄傲让他用命运的偶然来接受身份的断层。如今,失去父亲的扶持,纳博科夫必须自食其力,养家糊口。流亡不能养活一位作家,"写作从来就不能让你安安心心地拿着笔,而又不至于饿肚子。"②因此他做过家庭教师、设计过字谜和棋题,当过翻译、网球、拳击教练,甚至在摄影棚里跑过龙套,可还是阮囊空空,一贫如洗。

虽然父亲在柏林遇害,但这里却是人类历史上最辉煌的文化中心之一,后来成为纳博科夫个人文学技艺突飞猛进、在侨民文学界大展拳脚的阵地。这一时期,他延续着少年时代自然酝酿的诗情,以丰富的意象、敏锐的洞察力和表现力,展现了一位俄罗斯诗人逃离革命、流亡欧洲的独特经历。侨民文学界对他虽是褒贬不一,但也有所保留地接纳了这位新人。毕竟,有价值的作品不会一味得到赞扬,引起争议才能留得长久。尤其是

---

① 转引自[美]威利.纳博科夫评传[M].李小均,译.桂林:漓江出版社,2014:17.
② 转引自[法]布洛.蝴蝶与洛丽塔[M].龙云,译.上海:上海人民出版社,2010:90.

附录 身份的认同、断裂、抛舍和回归——纳博科夫小传

当他穿戴上散文家的新颖装束,将已知元素重新组合、构成和谐美感和惊奇效果之时,没有人能对这颗文坛新星的耀眼光芒视而不见。纳博科夫以"西林"(Сирин)为笔名先后发表了《玛申卡》①(Машенька,1926)、《王、后、杰克》(Король, дама, валет,1928)、《卢仁的防守》②(Защита Лужина,1930)、《眼睛》(Соглядатай,1930)、《荣誉》(Подвиг,1932)、《暗箱》③(Камера обскура,1932)、《绝望》(Отчаяние,1934)、《斩首之邀》(Приглашение на казнь,1935)、《天赋》(Дар,1938)、《魔法师》(Волшебник,1939)等八部长篇小说、两部中篇小说、五十多部短篇小说,以及大量翻译作品、诗集和剧本等。侨民文学界对其创作的"俄罗斯性"与"非俄罗斯性"之争并不能抹杀纳博科夫在整个俄罗斯流亡群体中的代表性,虽然他不甚典型,但却成为"俄罗斯侨民中最优秀的青年作家"④。

文学事业硕果累累,他的个人生活也有了幸福的转机。1923年5月,在一次流亡慈善化装舞会上,他遇到一位戴着黑色面具的神秘女子——薇拉·斯诺尼姆。他们在身体、情感、智性、想象力方面都有众多相似之处。后来,她成为纳博科夫的妻子、终生伴侣、文学伙伴、缪斯女神、司机、助手、打字员……她身兼数职,绝对忠诚,以自己的坚毅和信念成就了作家的文学事业。纳博科夫迈向婚姻的道路是一条从激情走向承诺,从爱欲走向挚爱的道路。

> 渴望,神秘,欢乐,
> 像一次遥远的祈求……
> 你若真是我命运的安排
> 我的心将不再漫游……⑤

虽然年少风流,中年也有过一段婚外插曲,但是纳博科夫对薇拉着实情深意长。他相信,他们是天作之合。他的选择是对的,他和薇拉一起走过了悠长的半个世纪,直到死亡把他们分离。而在纳博科夫几乎所有作品的扉页上,都会简洁而有力地写上一句"献给薇拉"——这是他对妻子最深刻、最直接的表白。

身为一个没落的流亡贵族,一个时代的牺牲品,纳博科夫却从未丧失那种自信、独特、骄傲以及爱的能力。流亡本是生活的刑罚,到他这里却转化为恩赐和机遇,为他提供

---

① 英译本名为《玛丽》(Mary)。
② 英译本名为《防守》(The Defense)。
③ 英译本名为《黑暗中的笑声》(Laughter in the Dark)。
④ 转引自[俄]阿格诺索夫. 20世纪俄罗斯文学[M]. 凌建侯,译. 北京:中国人民大学出版社,2001:372.
⑤ [新西兰]博伊德. 纳博科夫传:俄罗斯时期(上)[M]. 刘佳林,译. 桂林:广西师范大学出版社,2009:272.

了施展才华的广阔空间。物质上的清贫丝毫没有影响到精神上的富足。在流亡者聚集的地方,纳博科夫并没有被其他语言文化同化,相反,这种与主流社会之间持久而净化的疏离感和自给自足的俄国流亡社群,使纳博科夫得以接触到更多元的文化和更自由的思想。他从俄国抢救出来的财富,不是那些母亲藏在滑石粉里,偷运出来的五光十色、价值连城的珠宝,而是父亲的严格庇护、母亲入夜前的轻吻、安逸的童年、温柔的母语……所有不可磨灭的记忆都凭借一种获得幸福的能力得以复苏,所有命运施加的磨难都借助高贵的隐忍和克制得以化解,昨日与今时的断裂都寄托于浓郁的诗情而得以还原。

> 入夜了,
> 刚刚睡下,
> 床开始游动,朝俄罗斯划去……①

这个俄罗斯是纳博科夫个人记忆中的俄罗斯,是失落的童年天堂,是一去不返的年轻时光。经受了政治与年龄的双重流放,纳博科夫同时被赶出了祖国和童年。流亡欧洲20年,他所有的感官、情感和词汇都汇入了这个主题。他在侨民文学界引起争议的俄语作品都带有故国家园的印记。爱意的缠绵、乡愁的缱绻、记忆的慰藉,成就了一种无可估量、失而复得的幸福,以艺术的审美态度弥合了历史偶然造成的身份断裂。纳博科夫的这段创作历程源于思乡,却不止于乡愁。个体的流亡遭遇上升到人类普适性的悲剧情节。流亡者个体的情绪起伏转化为人类共同的情感因素。恐惧、焦虑、怀旧、期盼、断裂、传承……逐一进入主体的自我意识,成为纳博科夫俄语创作的主旋律。尽管这一时期的艰辛动荡始料未及,令人绝望,纳博科夫却从未沉湎于丧亲的悲恸和乡愁的羁绊中,而是将过去的时光揉进文学创作,却又不过分暴露个人真实,让创作生命逃脱个人历史的桎梏,将艺术眼光从无尽追忆中抽离。他珍视身边每一个细节,当下最卑微的存在亦有奇异之美和生命价值。往昔无法复现,幸福却可追忆。身份断裂和视角转换恰恰成为纳博科夫创作生涯脱胎换骨、走向新生的开端。

第三节 身份抛舍——侨居美国(1940—1960)

20世纪30年代末,历史让欧洲加快了走向纳粹灾难的步伐。在欧洲的最后几年,他

---

① [法]布洛.蝴蝶与洛丽塔[M].龙云,译.上海:上海人民出版社,2010:73.

四处打听离开欧洲的方法,坚持用英语和法语进行创作和翻译。他将长篇小说《暗箱》和《绝望》翻译成英文,又在去美国之前完成了自己的第一部英文小说《塞巴斯蒂安·奈特的真实生活》(The Real Life of Sebastian Knight,1939)。伴随着《绝望》英译本的成功与俄语杰作《天赋》的创作,纳博科夫对命运产生了一种更加明晰的认识:该和昨日的个人生活和创作历程道别了。流亡欧洲的时代即将终结,《天赋》也会成为他最后一部俄文小说。处于历史的洪流,俄侨文学界的象牙塔已然崩塌,大洋彼岸的创作阵地亟待重建。不惑之年的纳博科夫出于求生考虑和远景规划,不得不抛舍俄语创作确立起来的作家身份,前往英美文学大陆开启新的征程。

二战初期,在友人的帮助下,纳博科夫携妻儿前往巴黎,最后移居美国。作为普通个体,他逃离了德国法西斯政权的迫害,坚守住了家庭的安全感和幸福感。而作为作家,他的文学事业要从零开始,眼前仍然是一片混沌。"尚普兰"号邮轮漂洋过海,终抵美国;俄罗斯的"西林鸟"能否跋山涉水,顺利着陆?这场文学开垦无异于死后重生。纳博科夫到达美国之后,依靠朋友的帮助和引荐,先后在斯坦福大学(1940)、韦尔斯利学院(1941—1946)、康奈尔大学(1948—1959)、哈佛大学(1951—1952)任教,主要讲授欧洲文学和俄国文学。纳博科夫一向不善言辞,更不能出口成章,所以在开始教学生涯之前,他花下很多工夫写了数千页的文学讲义。这些讲义足以让纳博科夫愉快地完成韦尔斯利学院和康奈尔大学的教学任务。"虽然,在讲台上,我巧妙地上下移动我的眼光,但机灵的学生心里很清楚,我是在读稿,不是在讲课。"①但是,这位一副文雅派头,充满激情、引人注目的俄国教授给学生们留下的印象却绝不是呆板地读稿子。他通过各种教学手段启迪和引导学生把玩真实的细节,感受肩胛骨的震颤,发现混沌中的和谐,培养"科学的激情和诗歌的耐心"②。

与此同时,纳博科夫并没有放松自己的文学创作和昆虫学研究。除了自传体小说《说吧,记忆》的俄译本《彼岸》(Другие берега,1951)③,一部法文短篇小说,一些抒情诗与文学翻译文章,他继续坚持用英语写作,为《大西洋月刊》和《纽约客》撰写文章,并发表多篇高水平的蝶类学术论文。他担任了哈佛大学比较动物学博物馆的研究员,并于1951年发现了第一只雌性美国北方蓝蝴蝶。事实上,在哈佛大学实验室的日子给予纳博科夫"成年后最愉快和刺激的岁月"④。他对鳞翅目研究的终生爱好,糅合了科学性的审美观和审美性的科学观。正是这种二元统一的思维能力和感受方式,使其文学创作和学术活

---

① [美]纳博科夫.独抒己见[M].唐建清,译.杭州:浙江文艺出版社,2012:5.
② [美]纳博科夫.独抒己见[M].唐建清,译.杭州:浙江文艺出版社,2012:7.
③ 英译本名为《说吧,记忆》(Speak, Memory).
④ [美]威利.纳博科夫评传[M].李小均,译.桂林:漓江出版社,2014:113.

动独具个性,生机勃勃,纳博科夫本人也理所当然成为文学家与科学家的共同典范。

到达美国数年,纳博科夫的生活日趋安定,逐渐步入正轨。在新大陆安家,虽然自由自在,但总有遗憾。作为一位逃离俄国,又被欧洲放逐的知识分子,昔日的文学声望滞留欧洲,属于俄国侨民文学界的荣耀也被抛之脑后。毕竟,从一个默默无闻的俄裔作家成长为功成名就的英美文学大师,还有很长的一段路要走。对于四十岁的纳博科夫而言,这是一种创作语言的强制转换,一场艰苦卓绝的战斗,一位俄国流亡作家勇攀英语写作高峰的漫漫征程。纳博科夫明确了扎根美国的计划——用艺术个性化解历史灾难,打破地理与民族的界限,跨越语言和文化的樊篱。

这一次,命运的偶然恰恰是善意的。"我很快置身于美国最好的方面,置身于丰富的精神生活及轻松友好的氛围之中。……我的作品——旧作和新著——找到了可钦佩的读者。"①纳博科夫从欧洲大陆带来的首部英语小说《塞巴斯蒂安·奈特的真实生活》获得美国文学界的首肯。甚至是当时统治美国文学界、最严厉挑剔的批评家爱德蒙·威尔逊也公开称赞,认为他的英语新颖、细腻、富有诗意、别具一格②。一切都昭示着可期的未来。然而,纳博科夫没有放松警惕,他不允许对英语的完美控制掩盖令人耳目一新的"俄罗斯口音",他不能放弃对命运的防守和对俄语的坚持。"我惧怕由于异族的影响,自己会失去或者讹用我从俄国抢救出来的这唯一的东西——她的语言——这种惧怕变成了十足的病态……"③这也正是为什么,即使后来英语创作使他飞黄腾达,《伊戈尔远征记》和四卷本的达里俄语词典却始终是他每天的必读书目。困境并没有消磨纳博科夫的意志,相反,家族的精神传统让他再次欣然接受大陆的转移、命运的断裂和身份的突变,并且从中获得更多的创造力和想象力。

"在美国,我心智上有回家的感觉。"也正是在这个文化多元、相对自由的"第二故乡"④,在老爷车后排没有噪音和气流的私人移动工作室里,在对翩翩蝴蝶和瞬间灵感孜孜不倦的追寻过程中,纳博科夫以更加开放和包容的心态继续着钟爱的文学事业。创作历程无比艰辛,但结果却远超预期。《洛丽塔》(Lolita,1955)和《普宁》(Punin,1957)等传世之作使他名利双收,从此不必再为生计奔波。"洛丽塔"诞生于文学,却席卷全球,为世人期待,演变为人类文化宝库中的一个感性神话;"普宁"也不再是潦倒的流亡者,而是一个新美国人,展示着美国喜剧和俄国幽默嫁接的才能。俄语作家身份的抛舍成就了纳博科夫在英美文学界的如日中天,四十年前被家人允诺,又被革命剥夺的遗产终于如数奉

---

① [美]纳博科夫.独抒己见[M].唐建清,译.杭州:浙江文艺出版社,2012:27.
② 详见[法]布洛.蝴蝶与洛丽塔[M].龙云,译.上海:上海人民出版社,2010:152-153.
③ [美]纳博科夫.说吧,记忆[M].王家湘,译.上海:上海译文出版社,2009:315.
④ [美]纳博科夫.独抒己见[M].唐建清,译.杭州:浙江文艺出版社,2012:10.

还。这是历史的偶然,也是生命的必然。这份沉甸甸的遗产当然不能仅仅用美元来衡量,它带给纳博科夫特别的愉悦,成就了他精巧的艺术梦想,也使他成为最精湛、最动人的现代作家之一。

第四节 身份回归——重回欧洲（1960—1977）

"洛丽塔完全成了名人"①,而纳博科夫夫妇却不想陷入媒体和人群的包围。1959年,在到达纽约20年之后,纳博科夫告别大学讲台,带着薇拉乘坐"自由号"邮轮重返欧洲,隐居在瑞士蒙特勒宫酒店安享晚年。《洛丽塔》让纳博科夫名声大噪,但他却淡泊名利。"享有盛誉的是《洛丽塔》,不是我。"②完美的童年,家族的训诫让纳博科夫始终不屑于"对物质财富的过度依恋"③。而他对文学事业的认识也从未改变。"对我来说,写作既沮丧又兴奋,既折磨又娱乐,但我从没指望它是收入来源。"④一切又回到了当初的静谧和安逸。时光兜兜转转一大圈,似乎又重新回到起点。只是童年的家仆换成了穿制服的侍者,圣彼得堡市中心的豪宅变成了日内瓦湖边的豪华酒店。在令人遐思的迷人花园里,纳博科夫把普希金的《叶甫盖尼·奥涅金》译成了英语,并以此实现了自己对翻译艺术的远大抱负:

> 我所心仪的翻译,要有大量的脚注,像摩天大楼一样,直抵这一页或那一页的顶端,只留下一行文本的微光,在评注和永恒的空白之间闪烁……我的《奥涅金》译完时,它要么完全符合我的愿望,要么它根本不会面世⑤。

因为从小受到的多语言教育,早在流亡期间,纳博科夫和薇拉都曾以翻译为谋生的行当。翻译本是他们糊口的活计,最后却成了他们的文艺旨趣。翻译艺术需要一份谦卑,一份虔诚,一份对作者的敬畏和一份对原作的屈从。翻译并不只是语词对应,它是思维的棋局,讲究布局谋篇;它是语言的舞蹈,在乎抒情达意。纳博科夫特别中意对原著忠

---

① 转引自[美]威利.纳博科夫评传[M].李小均,译.桂林:漓江出版社,2014:143.
② [美]纳博科夫.独抒己见[M].唐建清,译.杭州:浙江文艺出版社,2012:111.
③ [美]纳博科夫.独抒己见[M].唐建清,译.杭州:浙江文艺出版社,2012:28.
④ [美]威利.纳博科夫评传[M].李小均,译.桂林:漓江出版社,2014:158.
⑤ 转引自[美]威利.纳博科夫评传[M].李小均,译.桂林:漓江出版社,2014:148.

心耿耿的直译。"一个受折磨的作者和一个被欺骗的读者,这就是故作风雅的意译的必然结果。翻译的宗旨和正当理由只是尽可能准确地传达信息,而这只有通过直译加上注释才能达到。"①

然而,这种主张却没有得到文学挚友威尔逊的应和。威尔逊并不赞同纳博科夫的翻译策略,认为这是笨拙的愚忠,甚至对作家进行人身攻击,指责他势利、高傲、文风不好。艺术立场的分歧使多年好友分道扬镳,引发了跨越大洋的争端。仿佛是要对渐行渐远的友谊做出补偿,在《奥涅金》翻译中那些衍生的,似乎要遮蔽诗歌本身的评注却勾起了纳博科夫对"一个地狱般的机器"②——《微暗的火》(Pale Fire,1962)的灵感构思,而这部小说巩固了《洛丽塔》的成功。与欧美市场的热度相比,纳博科夫的作品在苏联被全面禁止,而他的名字却在读者群里获得隐秘而广泛的声誉。伴随着作品的解禁,他对苏联文学的意义更加深远。纳博科夫终生都未能回到苏联,但他的妹妹从1969年起每年都给他带回维拉庄园和罗日杰斯特维诺庄园的照片和信息。这些故国家园的印记又一次唤醒了年老作家的创作激情。精神上的故地重游启发纳博科夫将美国生活和俄国记忆衔接串联,构建了时空重叠交错的《爱达或爱欲:一部家族纪事》(Ada or Ardor: A Family Chronicle,1969)。

这一时期他创作的《微暗的火》《爱达或爱欲》《透明》(Transparent Things,1972)、《瞧,那些小丑!》(Look at the Harlequins!,1974)等作品,基于各种复杂的原因,并没有引起出版界和学术界此前对待《洛丽塔》那般热情的反响③,但这恰好也使他能够不受打扰地写作,安静地对自己的人生际遇和创作生涯进行回顾和反思,并且能够悠然自得地在瑞士山间远足,继续探寻心爱蝴蝶的踪迹。尽管这时的纳博科夫全然改变了装扮,不是那个"穿灯笼裤戴水手帽的漂亮小男孩",也不是"穿法兰绒裤子戴贝雷帽的四海为家的瘦长侨民",而是"一个穿短裤不戴帽子的胖老头"④。暮年的纳博科夫幸福地回归到俄语创作中,并且致力于在全球范围内推广作品,他自译了部分俄语短篇、诗歌、戏剧和小说。纳博科夫人生的最后几年,一切趋于平稳。身边是忠实的伴侣,手里是最爱的捕蝶网,脑中依然不停地构想。生理的衰老不可遏止,疾病缠身,垂垂老矣,而心里的某个地方却比最年轻的时候还要年轻,以至于一切才刚刚开始,时间变得不那么恐惧。

1974年,他开始构思人生的最后一部小说《劳拉的原型》。纳博科夫让主人公进行一次次的"精神演习",与肉体消亡和解,感受死亡的快乐。然而,"灵感,光辉的失眠"并不

---

① [美]纳博科夫.独抒己见[M].唐建清,译.杭州:浙江文艺出版社,2012:84.
② 转引自[美]威利.纳博科夫评传[M].李小均,译.桂林:漓江出版社,2014:155.
③ 详见刘佳林.纳博科夫研究及翻译述评[J].外国文学评论,2004(2):71-72.
④ [美]纳博科夫.说吧,记忆[M].王家湘,译.上海:上海译文出版社,2009:139.

能逆转命运的偶然。1975年,纳博科夫在阿尔卑斯山追捕蝴蝶时意外摔伤,紧接着做了前列腺手术,病痛和衰老使得纳博科夫日渐虚弱,神志不清。他看见自己在"有围墙的花园里,阅读他的新小说,面前是一小群梦幻中的听众,包括孔雀、鸽子、去世多年的父母、两棵柏树、几个蹲在一边的年轻护士,还有一个家庭医生,他老得几乎看不见了"①。死亡不可避免,回到失落天堂的时刻到了。1977年7月2日,纳博科夫在蒙特勒因病去世,其未竟之作《劳拉的原型》于2009年出版。

纵观纳博科夫的人生际遇和创作历程,他笔耕不辍,文思绵长,著有18部长篇小说、60余篇短篇小说、400余首诗歌以及诸多剧本和翻译作品,所有充盈其间的人物齐聚一堂,众声喧哗,和而不同。纳博科夫看遍世态炎凉,参透悲欢离合。流亡生涯对他来说既是人生悲剧,也是创作契机:漂泊不定的生存状态和物是人非的生命体验,俄国、欧洲、美国多重文化空间的交叠,俄罗斯白银时代象征主义思想和西欧近代哲学文艺思潮的汇合,使他对文学创作与文艺批评产生了独到而深刻的理解,从而铸就了纳博科夫专属的创作风格和文学观念。纳博科夫出生和成长适逢俄国"白银时代"的兴盛时期,象征主义、阿克梅派、未来主义和俄国形式主义等竞相出现。虽然作家拒绝参加任何团体派别,但仍然不可避免地受到这种文化氛围的浸染。他对象征派的文艺理论相当熟悉,对别雷、勃洛克等人推崇备至,对"审美至上"和"文学即童话"等艺术观念的理解和借鉴使他具有更加丰富的联想和更加敏锐的情感把握;而纳博科夫流亡欧洲期间,正值西方文学理论的蓬勃发展期,直觉主义、存在主义、弗洛伊德主义、英美"新批评"等理论都直接或间接地影响着他的文学创作观。总之,纳博科夫既具有欧美文学的眼界,又浸透着俄罗斯文化的骨血。贵族生活与流亡生涯的碰撞、俄国传统与西方文化的交融使纳博科夫具有多元的文化身份和对话的创作意识。

纳博科夫是一个具有多重身份的创作个体。作为文学家,他举世闻名,对世界文学史和文化传播史意义非凡;作为翻译家和评论家,尽管有些武断主观,但胜在精雕细琢;作为昆虫学家,他把审美眼光带入科学殿堂,在自然中追寻艺术非功利的乐趣。写意的人生,需要明确的爱,直接的厌恶,真诚的喜欢。所有这些身份汇聚成一个名词——魔术师,把真实的细节聚集,再现更真实的艺术时空,化平淡为神奇,把个体遭遇转化为创作契机,"将受刑者变为了英雄,将酷刑变为了恩惠。"②离家去国,生杀予夺都不由己,颠沛流离,坚守本心,最终守得云开见月明。这是一种功勋,一种天赋,一种重获幸福的能力。

因为这种能力,纳博科夫的俄语作品和英语创作相得益彰,深刻影响了俄罗斯文学

---

① [新西兰]博伊德.纳博科夫传:美国时期(下)[M].刘佳林,译.桂林:广西师范大学出版社,2011:759.
② [法]布洛.蝴蝶与洛丽塔[M].龙云,译.上海:上海人民出版社,2010:14.

和英美文学。他本人成为跨语言写作的典范,跨文化交流的楷模,感性认识和独立个性的守护者。正如他本人所说:"作家的艺术是他真正的护照。"①纳博科夫更正了以往的陈规旧律:"美!人们把它和名著联系起来,人们让它和现实组成家庭,让它以善为情人,最后在因果链条的匿名工厂中消失。"②纳博科夫解放了美的概念。美就是美,无理无据,无需解释。构成美的元素已然确定,正如宇宙从虚空中走来,所有的元素早已存在。我们不是创造这些元素,而是将它们重新组合。这种组合是无穷尽的,此组合是彼组合的变体。就是在这多样性的组合里,我们在混沌中构建和谐美感。美是生命的诉说。"美是宇宙那游戏般的无邪的回响。"③细节的整合和重组构成和谐,身份的回归与凝聚成就永恒。

---

① [美]纳博科夫.独抒己见[M].唐建清,译.杭州:浙江文艺出版社,2012:64.
② [法]布洛.蝴蝶与洛丽塔[M].龙云,译.上海:上海人民出版社,2010:215.
③ [法]布洛.蝴蝶与洛丽塔[M].龙云,译.上海:上海人民出版社,2010:216.

参考文献

一、中文专著

[1] [俄]阿格诺索夫.20世纪俄罗斯文学[M].凌建侯,译.北京:中国人民大学出版社,2001.

[2] [俄]阿格诺索夫.俄罗斯侨民文学史[M].刘文飞,陈方,译.北京:人民文学出版社,2004.

[3] [意]埃科.符号学与语言哲学[M].王天清,译,天津:百花文艺出版社,2008.

[4] [俄]巴赫金.巴赫金全集:第1卷[M].晓河,等译.石家庄:河北教育出版社,1998.

[5] [俄]巴赫金.巴赫金全集:第2卷[M].晓河,等译.石家庄:河北教育出版社,1998.

[6] [俄]巴赫金.巴赫金全集:第3卷[M].晓河,等译.石家庄:河北教育出版社,1998.

[7] [俄]巴赫金.巴赫金全集:第4卷[M].白春仁,等译.石家庄:河北教育出版社,1998.

[8] [俄]巴赫金.巴赫金全集:第5卷[M].白春仁,顾亚铃,译.石家庄:河北教育出版社,1998.

[9] [俄]巴赫金.巴赫金全集:第6卷[M].晓河,贾泽林,张杰,等译.石家庄:河北教育出版社,1998.

[10] [俄]巴赫金.陀思妥耶夫斯基诗学问题[M].白春仁,顾亚铃,译.北京:三联书店,1988.

[11] [法]巴特.S/Z[M].屠有祥,译.上海:上海人民出版社,2006.

[12] 白春仁.融通之旅——白春仁文集[M].哈尔滨:黑龙江人民出版社,2007.

[13] [英]比格内尔.传媒符号学[M].白冰,黄立,译.成都:四川教育出版社,2012.

[14] [新西兰]博伊德.纳博科夫传:俄罗斯时期(上)[M].刘佳林,译.桂林:广西师范大学出版社,2009.

[15] [新西兰]博伊德.纳博科夫传:俄罗斯时期(下)[M].刘佳林,译.桂林:广西师范大学出版社,2009.

[16] [新西兰]博伊德.纳博科夫传:美国时期(上)[M].刘佳林,译.桂林:广西师范大学出版社,2011.

[17] [新西兰]博伊德.纳博科夫传:美国时期(下)[M].刘佳林,译.桂林:广西师范大学

出版社,2011.

[18] [法]布洛.蝴蝶与洛丽塔[M].龙云,译.上海:上海人民出版社,2010.

[19] 陈辉.纳博科夫早期俄文小说研究[M].成都:四川大学出版社,2014.

[20] 邓晓芒,赵林.西方哲学史[M].北京:高等教育出版社,2005.

[21] [法]蒂博代.六说文学批评[M].赵坚,译.北京:生活·读书·新知三联书店,1989.

[22] 董小英.再登巴比伦塔:巴赫金与对话理论[M].北京:生活·读书·新知三联书店,1994.

[23] 段建军,陈然兴.人,生存在边缘上——巴赫金边缘思想研究[M].北京:人民出版社,2008.

[24] 顾嘉祖,辛斌.符号与符号学新论[M].南京:东南大学出版社,2006.

[25] [德]黑格尔.美学:第1卷[M].朱光潜,译.北京:商务印书馆,2009.

[26] [德]黑格尔.美学:第2卷[M].朱光潜,译.北京:商务印书馆,2009.

[27] [德]黑格尔.美学:第3卷(上)[M].朱光潜,译.北京:商务印书馆,2009.

[28] [德]黑格尔.美学:第3卷(下)[M].朱光潜,译.北京:商务印书馆,2009.

[29] [美]霍奎斯特,克拉克.米哈伊尔·巴赫金[M].语冰,译.北京:中国人民大学出版社,2000.

[30] [英]霍奇,克雷斯.社会符号学[M].周劲松,张碧,译.成都:四川教育出版社,2012.

[31] [美]卡林内斯库.现代性的五副面孔:现代主义、先锋派、颓废、媚俗艺术、后现代主义[M].顾爱彬,李瑞华,译.南京:译林出版社,2015.

[32] [德]卡西尔.人论[M].甘阳,译.上海:上海译文出版社,2003.

[33] 康澄.文化及其生存与发展的空间——洛特曼文化符号学理论研究[M].南京:河海大学出版社,2006.

[34] [俄]孔金,孔金娜.巴赫金传[M].张杰,万海松,译.上海:东方出版中心,2000.

[35] [美]朗格.艺术问题[M].滕守尧,朱疆源,译.北京:中国社会科学出版社,1983.

[36] [美]朗格.情感与形式[M].刘大基,傅志强,周发祥,译.北京:中国社会科学出版社,1986.

[37] 李小均.自由与反讽——纳博科夫的思想与创作.南昌:百花洲文艺出版社,2007.

[38] 李幼蒸.理论符号学导论[M].北京:中国人民大学出版社,2007.

[39] 凌建侯.巴赫金哲学思想与文本分析法[M].北京:北京大学出版社,2007.

[40] 刘佳林.纳博科夫的诗性世界[M].上海:上海人民出版社,2012.

[41] [美]刘康.对话的喧声——巴赫金的文化转型理论[M].北京:北京大学出版社,2011.

[42] [法]梅茨.电影的意义[M].刘森尧,译.南京:江苏教育出版社,2005.

[43] [俄]米尔斯基.俄国文学史[M].刘文飞,译.北京:人民出版社,2013.

[44] [美]纳博科夫.文学讲稿[M].申慧辉,等译.北京:生活·读书·新知三联书店,1991.

[45] [美]纳博科夫.洛丽塔[M].于晓丹,译.南京:译林出版社,2000.

[46] [美]纳博科夫.天赋[M].朱建迅,王骏,译.南京:译林出版社,2004.

[47] [美]纳博科夫.洛丽塔[M].主万,译.上海:上海译文出版社,2005.

[48] [美]纳博科夫.黑暗中的笑声[M].龚文庠,译.上海:上海译文出版社,2006.

[49] [美]纳博科夫.绝望[M].朱世达,译.上海:上海译文出版社,2006.

[50] [美]纳博科夫.斩首之邀[M].陈安全,译.上海:上海译文出版社,2006.

[51] [美]纳博科夫.玛丽[M].王家湘,译.上海:上海译文出版社,2007.

[52] [美]纳博科夫.魔法师[M].金绍禹,译.上海:上海译文出版社,2007.

[53] [美]纳博科夫.普宁[M].梅邵武,译.上海:上海译文出版社,2007.

[54] [美]纳博科夫.《堂吉诃德》讲稿[M].金绍禹,译.上海:三联书店,2007.

[55] [美]纳博科夫.微暗的火[M].梅绍武,译.上海:上海译文出版社,2008.

[56] [美]纳博科夫.透明[M].陈安全,译.上海:上海译文出版社,2008.

[57] [美]纳博科夫.眼睛[M].蒲隆,译.上海:上海译文出版社,2008.

[58] [美]纳博科夫.防守[M].逢珍,译.上海:上海译文出版社,2009.

[59] [美]纳博科夫.说吧,记忆[M].王家湘,译.上海:上海译文出版社,2009.

[60] [美]纳博科夫.尼古拉·果戈理[M].刘佳林,译.桂林:广西师范大学出版社,2010.

[61] [美]纳博科夫.塞巴斯蒂安·奈特的真实生活[M].谷启楠,译.上海:上海译文出版社,2010.

[62] [美]纳博科夫.劳拉的原型[M].谭惠娟,译.北京:人民文学出版社,2011.

[63] [美]纳博科夫.荣耀[M].石国雄,译.杭州:浙江文艺出版社,2012.

[64] [美]纳博科夫.独抒己见[M].唐建清,译.杭州:浙江文艺出版社,2012.

[65] [美]纳博科夫.爱达或爱欲:一部家族纪事[M].韦清琦,译.上海:上海文艺出版社,2013.

[66] [美]纳博科夫.王,后,杰克[M].黄勇民,译.上海:上海译文出版社,2015.

[67] [美]纳博科夫.看,那些小丑![M].吴其尧,译.上海:上海译文出版社,2016.

[68] [美]纳博科夫.庶出的标志[M].金衡山,译.上海:上海译文出版社,2017.

[69] [美]纳博科夫.致薇拉[M].唐建清,译.北京:人民文学出版社,2017.

[70] [美]纳博科夫.纳博科夫短篇小说全集[M].逢珍,译.上海:上海译文出版社.2018.

[71] 秦勇.巴赫金躯体理论研究[M].北京:中国社会科学出版社,2009.

[72] 邱畅.纳博科夫长篇小说研究[M].沈阳:辽宁人民出版社,2016.

[73] [英]塞尔登,编.文学批评理论——从柏拉图到现在[M].刘象愚,陈永国,等译.北京:北京大学出版社,2000.

[74] [俄]舍斯托夫.悲剧的哲学——陀思妥耶夫斯基与尼采[M].张杰,译.桂林:漓江出版社,1992.

[75] [美]施拉耶尔.蒲宁与纳博科夫:一生的较量[M].王方,译.哈尔滨:黑龙江教育出版社,2016.

[76] [芬]塔拉斯蒂.存在符号学[M].魏全凤,颜小芳,译.成都:四川教育出版社,2012.

[77] 谭少茹.纳博科夫文学思想研究[M].武汉:湖北人民出版社,2009.

[78] [法]托多罗夫.巴赫金、对话理论及其他[M].蒋子华,张萍,译.天津:百花文艺出版社,2001.

[79] 王安.空间叙事理论视阈中的纳博科夫小说研究[M].成都:四川大学出版社,2013.

[80] 王加兴,编.中国学者论巴赫金[M].南京:南京大学出版社,2014.

[81] 王莉莉.纳博科夫小说叙事艺术研究[M].北京:中国书籍出版社,2016.

[82] 王铭玉.语言符号学[M].北京:高等教育出版社,2004.

[83] 王青松.纳博科夫小说:追逐人生的主题[M].上海:东方出版中心,2010.

[84] 王涛.书写——碎片化语境下他者的痕迹[M].北京:北京大学出版社,2013.

[85] 王霞.越界的想象——纳博科夫文学创作中的越界现象研究[M].上海:上海大学出版社,2007.

[86] 汪小玲.纳博科夫小说艺术研究[M].上海:上海外语教育出版社,2008.

[87] 王一川.西方文论史教程[M].北京:北京大学出版社,2009.

[88] [美]威利.纳博科夫评传[M].李小均,译.桂林:漓江出版社,2014.

[89] 吴娟.纳博科夫:"一位严格的道德家"[M].北京:外语教学与研究出版社,2015.

[90] 希芙.薇拉 弗拉基米尔·纳博科夫夫人[M].李小均,译.桂林:广西师范大学出版社,2011.

[91] 萧净宇.超越语言学[M].上海:上海人民出版社,2007.

[92] 徐凤宁.俄罗斯宗教哲学[M].北京:北京大学出版社,2007.

[93] 约翰逊,科茨.纳博科夫的蝴蝶 文学天才的博物之旅[M].丁亮,李颖超,王志良,译.上海:上海交通大学出版社,2016.

[94] 赞加内.魔法师:纳博科夫与幸福[M].宋易,译.成都:四川文艺出版社,2016.

[95] 张杰.复调小说理论研究[M].桂林:漓江出版社,1992.

[96] 张杰,汪介之.20世纪俄罗斯文学批评史[M].南京:译林出版社,2000.

[97] 张杰,康澄.结构文艺符号学[M].北京:外语教学与研究出版社,2004.

[98] 张杰.张杰文学选论[M].上海:复旦大学出版社,2007.

[99] 张杰.走向真理的探索——白银时代俄罗斯宗教文化批评理论研究[M].北京:北京大学出版社,2012.

[100] 张杰,等.20世纪俄苏文学批评理论史[M].北京:北京大学出版社,2017.

[101] 张新木.法国小说符号学分析[M].北京:外语教学与研究出版社,2010.

[102] 赵君.后现代文艺转型期纳博科夫小说美学思想研究[M].广州:世界图书出版有限公司,2014.

[103] 正果法师.佛教基本知识[M].北京:中国人民大学出版社,2007.

[104] 郑燕.纳博科夫之"他者"意识空间构建[M].北京:中国社会科学出版社,2015.

[105] 朱光潜.西方美学史[M].北京:人民文学出版社,2014.

[106] 朱立元.现代西方美学二十讲[M].武汉:武汉出版社,2006.

二、期刊论文

[1] 陈冬秀.伦理边界、自我伦理学与审美狂喜——纳博科夫小说中的后现代伦理问题[J].南昌大学学报(人文社会科学版),2012(2).

[2] 陈平.火焰为何微暗——纳博科夫小说〈微暗的火〉评析[J].外国文学评论,2000(4).

[3] 董小英.重读巴赫金——关于对话理论的几点思考[J].当代外国文学,1994(4).

[4] 段峰,马文颖.纳博科夫与文学自译[J].俄罗斯文艺,2016(3).

[5] 高建华.纳博科夫与库普林爱情故事的叙事策略——以《黑暗中的笑声》与《石榴石手镯》为例[J].俄罗斯文艺,2019(2).

[6] 高尚.一幢造在高处的多窗的房间——纳博科夫及其《洛丽塔》[J].外国文学评论,1991(3).

[7] 郭鸿.文化符号学评介——文化符号学的符号学分析[J].山东外语教学,2006(3).

[8] 何畅."非家"的风景——纳博科夫笔下的风景想象[J].解放军外国语学院学报,2013(6).

[9] 何岳球.洛丽塔:纳博科夫的"变态"蝴蝶[J].外国文学研究,2008(5).

[10] 胡壮麟.走进巴赫金的符号王国[J].外语研究,2001(2).

[11] 蒋述卓,李凤亮.对话:理论精神与操作原则——巴赫金对比较诗学研究的启示[J].文学评论,2000(1).

[12] 李小均.纳博科夫翻译观的嬗变[J].解放军外国语学院学报,2003(2).

[13] 李一岚.论纳博科夫小说《绝望》中的镜像对称和虚构性[J].安徽文学,2010(6).

[14] 刘佳林.论纳博科夫的小说主题[J].扬州大学学报(人文社会科学版),1997(1).

[15] 刘佳林.纳博科夫与堂吉诃德[J].外国文学评论,2001(4).

[16] 刘佳林.纳博科夫研究及翻译述评[J].外国文学评论,2004(2).

[17] 刘佳林.论纳博科夫的文学观[J].扬州大学学报(人文社会科学版),2004(6).

[18] 刘佳林.纳博科夫与陀思妥耶夫斯基[J].外国文学评论,2010(2).

[19] 刘坤媛.巴赫金"对话"理论中国化的启示[J].社会科学战线,2006(4).

[20] 刘文霞.凤凰涅槃与再生:俄罗斯的纳博科夫研究[J].世界文学评论,2009(2).

[21] 陆道夫.纳博科夫长篇小说述评[J].广东民族学院学报(社会科学版),1998(2).

[22] 马红旗.逃离·守卫·绝望——纳博科夫三部早期作品主人公的身份研究[J].外国文学研究,2012(5).

[23] 梅绍武.纳博科夫和文学翻译[J].中国翻译,1993(4).

[24] 梅绍武.浅论纳博科夫[J].世界文学,1987(5).

[25] 蒙柱环.文化流浪者、精神创伤与"时空交错"——从《洛莉塔》和《普宁》看纳博科夫的文学主题[J].外国语文,2009(2).

[26] 聂丽珠.《文学讲稿》和纳博科夫[J].广西师范学院学报(哲学社会科学版),1994(3).

[27] 邱畅.纳博科夫英语长篇小说中俄国流亡知识分子形象研究[J].社会科学辑刊,2013(4).

[28] 邱畅.纳博科夫小说叙事策略与中国古典小说叙事策略——以《洛丽塔》与《红楼梦》为例[J].东北大学学报(社会科学版),2018(6).

[29] 邱紫华.超越与解脱的冥想——《奥义书》的宗教哲学本体论与认识论[J].华中师范大学学报(哲学社会科学版),1996(1).

[30] 宋艳芳.作者、文本和读者的对话——《微暗的火》的一种阐释[J].外国语文,2004(6).

[31] 孙靖.《洛莉塔》的后现代性阐释[J].齐齐哈尔大学学报(哲学社会科学版),2000年(6).

[32] 孙敏.过早凋零的野百合——纳博科夫《洛丽塔》中的洛丽塔形象解读[J].名作欣赏,2005(18).

[33] 谭惠娟.结构魔方与审美狂喜——纳博科夫《劳拉原型》的"元小说"艺术特征[J].浙江社会科学,2011(9).

[34] 童明.梦蝶·应和·变形:现代异化和美学经验[J].外国文学,2010(4).

[35] 王安."玻璃小球中的彩色螺旋"探寻纳博科夫"向彼而生"的人生与艺术主题[J].外国文学评论.2012(2).

[36] 王丹. 纳博科夫的后现代空间叙事[J]. 解放军外国语学院学报,2013(4).

[37] 吴娟. 拟态、演化与叙事:纳博科夫《天赋》对进化论的文化反思[J]. 外国文学研究, 2019(2).

[38] 王铭玉. 符号的性质及对话理论——巴赫金思想研究[J]. 外语学刊,2010(6).

[39] 王铭玉. 语言文化研究的符号学观照[J]. 中国社会科学,2011(3).

[40] 王铭玉,陈勇. 俄罗斯符号学研究的历史流变[J]. 当代语言学,2004(2).

[41] 汪小玲. 论《洛丽塔》的叙事策略与隐含作者的建构[J]. 外国语 上海外国语大学学报,2007(4).

[42] 汪小玲. 论纳博科夫的流亡意识与纳博科夫研究的多元文化视角[J]. 江南大学学报(人文社会科学版),2007(6).

[43] 汪小玲. 论《斩首之邀》的狂欢化诗学表现[J]. 当代作家评论,2012(3).

[44] 夏忠宪. 巴赫金狂欢化诗学理论[J]. 北京师范大学学报(社会科学版),1994(5).

[45] 肖谊. 论纳博科夫《梦锁危情》的叙事艺术[J]. 外国文学研究,2002(4).

[46] 肖谊. 水晶宫、梦境与现实——论《洛丽塔》的表现艺术[J]. 四川外国语学院学报. 1999(2).

[47] 谢明琪. 纳博科夫遗作《劳拉的原型》之对话性解读[J]. 俄罗斯文艺,2014(4).

[48] 谢明琪. 巴赫金审美活动主体"非复调"对话关系视角下的《防守》解析[J]. 俄罗斯文艺,2017(2).

[49] 谢明琪.《斩首之邀》:真伪狂欢之辩[J]. 俄罗斯文艺,2019(2).

[50] 谢盛良. 美学视角下文学翻译的"陌生化"手法解析——以《洛丽塔》英译汉为例[J]. 语文建设,2016(27).

[51] 杨傲霜,王安.《阿达》中的植物意象:纳博科夫的艺术模仿论表征[J]. 俄罗斯文艺,2019(2).

[52] 于晓丹.《洛丽塔》:你说什么就是什么[J]. 外国文学,1995(1).

[53] 于晓丹. 纳博科夫其人及其短篇小说[J]. 外国文学,1999(2).

[54] 张冰. 纳博科夫与白银时代俄国文化精神[J]. 外国文学研究,2005(3).

[55] 张鹤. "一条复杂的小蛇"——简析纳博科夫的小说《普宁》的叙述结构[J]. 当代外国文学,2004(1).

[56] 张鹤. 纳博科夫 VS 弗洛伊德[J]. 俄罗斯文艺,2007(4).

[57] 赵君. "作家的艺术就是他真正的护照"——"异类"流散作家纳博科夫对身份认证的超越[J]. 中国比较文学,2009(4).

[58] 周启超. 独特的文化身份与"独特的彩色纹理"——双语作家纳博科夫文学世界的跨

文化特征[J].外国文学评论,2003(4).

[59] 朱涛.论纳博科夫作品中隐性主题的艺术功能——以《防守》为例[J].外国文学评论,2015(4).

[60] 朱婷婷.时代脉动的符号——《虹》中三代人婚恋观的社会符号学解读[J].扬州大学学报》(人文社会科学版),2009,13(6).

[61] 张政,刘晗.异曲而同工:纳博科夫与林语堂翻译观之比较[J].俄罗斯文艺,2017(4).

[62] 如果你是一个女作家——采访艾丽丝·门罗[EB/OL].(2017-11-06)[2017-12-12]. http://www.sohu.com/a/202739473_99934255.

三、学位论文

[1] 毕晨蕊.论《洛丽塔》的狂欢双重性[D].中南大学硕士论文,2007.

[2] 陈为艳.冲突与协调:论纳博科夫小说的艺术与伦理[D].南京师范大学博士论文,2016.

[3] 曹晓娇.想象与转换:纳博科夫小说的意义衍生机制研究[D].南京师范大学博士论文,2019.

[4] 戴晓燕.游弋于传统和现代之间:纳博科夫的小说及他在中国的命运[D].南京师范大学博士论文,2006.

[5] 赵彦杰.纳博科夫长篇小说的主题研究[D].河北大学硕士论文,2011.

[6] 杜洋.纳博科夫小说对话的未完成性研究[D].河北师范大学硕士论文,2013.

[7] 封小林.论《洛丽塔》中的对话模式[D].南京理工大学硕士论文,2014.

[8] 郭晓丹.弗·纳博科夫与周星驰的审美狂喜与狂欢[D].黑龙江大学硕士论文,2006.

[9] 刘文霞."俄罗斯性"与"非俄罗斯性"——论纳博科夫与俄罗斯文学传统[D].中央民族大学博士论文,2010.

[10] 吕雯雯.狂欢的盛筵——用巴赫金的复调和狂欢化理论探析《微暗的火》[D].北京邮电大学硕士论文.2014.

[11] 马红旗.弗拉基米尔·纳博科夫的政治意识[D].南开大学博士论文,2005.

[12] 欧阳灿灿.论纳博科夫小说中的时间意识[D].广西师范大学硕士论文,2005.

[13] 孙玉石.纳博科夫诗学问题[D].上海师范大学硕士论文,2010.

[14] 王卫东.焦虑 探索 超越——论纳博科夫的身份认同[D].南京大学博士论文,2010.

[15] 吴剑萍.现代、后现代语境下的纳博科夫小说诗学研究[D].西安交通大学博士论文,2006.

[16] 吴娟.纳博科夫道德思想研究[D].北京大学博士论文,2012.

[17] 谢明琪. 对话与狂欢:巴赫金文化符号学视域下的纳博科夫创作研究[D]. 南京师范大学博士论文,2018.

[18] 许原雪. 纳博科夫小说中男性视阈下女性形象的建构[D]. 上海外国语大学博士论文,2012.

[19] 宣晓煜. 纳博科夫长篇小说《玛申卡》中的俄罗斯形象[D]. 哈尔滨师范大学硕士论文,2016.

[20] 喻妹平. 从人物叙述者看纳博科夫小说的叙事伦理[D]. 上海外国大学博士论文,2017.

[21] 邹菁菁. 一个颠倒的世界——解读《洛丽塔》的狂欢诗学[D]. 华南师范大学硕士论文. 2006.

[22] 赵君. 艺术彼在世界里的审美狂喜——纳博科夫小说美学思想探幽[D]. 暨南大学博士论文,2006.

[23] 张婷. 纳博科夫英语小说的后现代性[D]. 东北师范大学博士论文,2011.

[24] 郑燕. 纳博科夫的另一世界:为言语的"自我"重建的自我意识之空间[D]. 上海外国语大学博士论文,2011.

四、俄文文献

[1] Абаринов В. Последняя мистификация Набокова [EB/OL]. (2010-01-01)[2012-08-16]. https://www.sovsekretno.ru/articles/nabokov-poslednyaya-mistifikatsiya/.

[2] Анастасьев Н. Феномен Набокова[M]. М.: Сов. писатель,1992.

[3] Анастасьев Н. Одинокий король[M]. М.: Центрполиграф,2002.

[4] Галинская И. Владимир Набоков: современные прочтения [M]. М.: ИНИОН РАН,2006.

[5] Давыдов С. Тексты-матрёшки Владимира Набокова[M/OL]. М.: Кирцидели,2004. [2014-10-12] https://litresp.ru/chitat/ru/%D0%94/davidov-sergej-sergeevich/teksti-matryoshki-vladimira-nabokova.

[6] Долинин А. Владимир Набоков: pro et contra[M]. М.: Русский Христианский Гуманитарный Институт, 2001.

[7] Зайцева Ю. Мотив зеркала в художественной системе В. Набокова (На материале русской прозы)[D]. Автореферат диссертации кандидата филологической науки. Пермь, 2004.

[8] Злочевская А. Художественный мир Владимира Набокова и русская литература XIX века. М.: Издательство МГУ, 2002.

[9] Злочевская А. Три лика мистической метапрозы XX века: Герман Гессе - Владимир Набоков - Михаил Булгаков[M]. Спб: Super Издательство, 2016.

[10] Колотнева Л. Герой, автор, текст в романистике В. Набокова[D]. Автореферат диссертации кандидата филологической науки. Воронеж, 2006.

[11] Ливри, А. Набоков ницшеанец[M]. Спб: Алетейя, 2005.

[12] Ливри А. Сверхчеловек Набокова, Литература XX века. Итоги и перспективы. Материалы Девятых Андреевских чтений[M]. М.: Экон-Информ, 2011.

[13] Линецкий В. "Анти-Бахтин" - лучшая книга о Владимире Набокове[M]. Спб: Типография им. И. Е. Котлякова, 1994.

[14] Мельников Н. Классик без ретуши. Литературный мир о творчестве Владимира Набокова[M]. М.: Новое литературное обозрение, 2000.

[15] Мельников Н. Набоков о Набокове и прочем [M]. М.: Независимая Газета, 2002.

[16] Набоков В. Лаура и её оригинал[M]. М.: Азбука-классика, 2010.

[17] Набоков В. Лилит[EB/OL]. [2012-03-06]http://nabokov-lit.ru/nabokov/stihi/218.htm.

[18] Набоков В. Романы[M]. М.: Современник, 1990.

[19] Полева Е. Этика поступка и этика письма в романе В. Набокова «Отчаяние»[M] // Русская литература в XX веке: имена, проблемы, культурный диалог. Деонтологические аспекты художественной словесности. Томск: Издательство Томского государственного университета, 2006.

[20] Стрельникова Л. Последний пастиш В. В. Набокова. О незаконченном романе «Лаура и ее оригинал» («The Original of Laura»)[EB/OL]. [2011-06-01] http://nabokov-lit.ru/nabokov/kritika/strelnikova-poslednij-pastish-nabokova.htm.

[21] УпшинскийА. Символика романа В. Набокова «Приглашение на казнь» [EB/OL]. (2010-01-01)[2015-07-08] https://www.proza.ru/2010/02/18/506.

[22] Чистякова В. Карнавализация истории в романе В. Набокова «Бледное пламя»[J/OL]. Известия высших учебных заведений. Серия «Гуманитарные нау 2014: 5 (3). [2015-09-16]. https://www.isuct.ru/e-publ/gum/ru/node/911.

[23] GARETTO E. Автор и герой у Набокова и Бахтина [J/OL]. Revue des études slaves, 2000 (1). [2012-04-08] https://www.colwiz.com/public/publication/f20753996c2ff1d//authors.

五、英文文献

[1] ALEXANDROV V. Nabokov's Other world[M]. Princeton:Princeton University Press,1991.

[2] ALEXANDROV V. The Garland Companion to Vladimir Nabokov[M]. New York & London: Garland Publishing, Inc. ,1995.

[3] BADER J. Crystal Land: Artifice in Nabokov's English Novels[M]. Berkeley, Los Angeles, London: University of California Press,1972.

[4] BARTON J. Worlds in Regression: Some Novels of Vladimir Nabokov[M]. Ann Arbor: Ardis Publishers, 1985.

[5] BOYD B. Nabokov's Ada: The Place of Consciousness[M]. Ann Arbor: Ardis Publishers,1985.

[6] BOYD B. Vladimir Nabokov: The Russian Years[M]. Princeton: Princeton University Press,1990.

[7] BOYD B. Vladimir Nabokov: The American Years[M]. Princeton:Princeton University Press,1991.

[8] CONNOLLY J. Nabokov's Early Fiction: Patterns of Self and Other[M]. Cambridge: Cambridge UP, 1992.

[9] COUTURIER M. Nabokov's Eros and the Poeitics of Desire[M]. London: Palgrave Macmillan,2014.

[10] DURANTAYE L. Style Is Matter: The Moral Art of Vladimir Nabokov[M]. Ithaca, NY: Cornell University Press, 2010.

[11] FIELD A. Nabokov: His Life in Art [M]. Boston and Toronto: Little, Brown, 1967.

[12] FIELD A. Nabokov: His Life in Part[M]. New York: The Viking Press, 1977.

[13] FIELD A. VN: The Life and Art of Vladimir Nabokov[M]. New York: Crown Publishers, Inc. , 1977.

[14] JOHNSON K. & COATS S. Nabokov's Blues: the Scientific Odyssey of a Literary Genius[M]. NY: McGraw-Hill, 1999.

[15] KARLINSKY S. The Nabokov-Wilson Letters: 1940—1971[M]. New York, London: Harper&Row Publishers, Harper Colophon Books, 1980.

[16] Lee L. Vladimir Nabokov[M]. Boston: Twayne Publishers, 1976.

[17] NABOKOV V. Lectures on Russian literature[M]. New York: Hareourt Brace

Jovanovich, 1981.

[18] NAUMANN M. Blue Evenings in Berlin: Nabokov's Short Stories of the 1920s [M]. New York: New York UP, 1978.

[19] PIFER E. Nabokov and the Novel[M]. Cambridge & London: Harvard University Press 1980.

[20] PYMAN A A. History of Russian Symbolism[M]. Cambridge: Cambridge University Press, 1994.

[21] RUTLEDGE D S. Nabokov's Permanent Mystery: The Expression of Metaphysics in His Work[M]. Jefferson: McFarland & Co, 2010.

[22] SCHIFT S. Véra (Mrs. Vladimir Nabokov)[M]. New York: Random House, 1999.

[23] SHRAYER M. The World of Nabokov's Stories[M]. Austin: University of Texas Press, 1999.

[24] SISSON J. Cosmic Synchronization and Other Worlds in the Work of Vladimir Nabokov[D]. Thesis (Ph. D.)—University of Minnesota, 1979.

[25] STEGNER P. Escape into Aesthetics: The Art of Vladimir Nabokov[M]. New York: Dial Press, 1966.

[26] ZUNSHINE L. Nabokov at the Limit: Redrawing Critical Boundaries[M]. New York: Garland Publishing, 1999.

后　记

这本小书是在我的博士论文基础上修改完成的。

感谢我的导师张杰教授。他与我的父母年龄相当，亦师亦友，多年来用他特有的智慧、热情、宽容、和善，引领我、帮助我、激励我。他始终教导我，要用多元、批判、创新的眼光去看这世界。

感谢我在漫漫求学路上遇到的所有老师，康澄教授、王冬竹教授、管海莹教授、管月娥副教授……时光荏苒，师恩难忘。没有你们的传道、授业、解惑，我就没有机会读到纳博科夫的这些文字。

感谢冯玉芝教授、姚君伟教授、王永祥教授、许诗焱教授、朱建刚教授，他们以其渊博的学识和前瞻性的眼光，对我的论文提出了一系列宝贵的意见和修改建议。

感谢我的同事张新卫老师、Юлия Голубицкая老师，他们替我分担，给我鼓励。

感谢我的一众同窗，他们在学术上的孜孜以求是一种榜样的力量。

本书系 2015 年国家社会科学基金重大招标项目"东正教与俄罗斯文学"子项目"东正教与俄罗斯文学中的国家形象构建"（项目编号：15ZDB092）、"江苏高校优势学科建设工程三期项目"（优势学科代码：20180101）和"江苏高校品牌专业建设工程资助项目"的研究成果。部分章节曾在杂志《俄罗斯文艺》、专著《20世纪俄苏文学批评理论史》上发表，在此特向支持、帮助过我的编辑老师致以诚挚的谢意。特别感谢东南大学出版社编审刘坚博士后不辞辛苦、极有效率地完成了本书的审稿工作，并提出了专业的修改建议。

最后，感谢我的家人好友，风雨相随，不离不弃。

还有一个人在我身边短短七年，却让我明白何谓身心俱疲，何谓悲喜交加，何谓苦中作乐。这个人就是我的儿子苏畅。

在论文写作最心力交瘁的时刻，我因为他的不听话、不配合对他厉声训斥。他强忍着没有哭，可是不快瞬间就消失不见了。他还是那样快乐、单纯、憨厚、懵懵懂懂。

我想，孩子的特质恰好体现了纳博科夫所追求的彼岸世界的精神内核——好奇、清澈、澄净、善良、温柔、和谐,充满怜悯,无惧时空。孩子呱呱坠地,来到此地,或许,他们就是彼岸的使者,只为还原成人世界和现实世界无可比拟的真诚、美感和良善。

人云纳博科夫冷漠、刻薄、高傲、不可一世,可每每读到那些复杂残酷的文字,在绞尽脑汁,挖空心思之后,却总会有一种"万般柔情,涌上心头"的感觉。

"美加怜悯——这是我们可以得到的最接近艺术本身的定义。何处有美,何处就有怜悯。"守住这份感觉吧。这不是社会的道德,这是艺术的美德。

限于水平,书中难免有谬误之处,敬请学界前辈、同仁批评指正。

谢明琪

2019 年 10 月 31 日

于随园